PROLOGUE
Une roue brisée

– Tout a commencé par une roue brisée.

La voix de Lisbeth est aussi claire que celle d'une enfant. Elle s'élève dans la pénombre de la petite mansarde, tranchant les silences ouatés de la fin d'après-midi. Les persiennes de l'unique fenêtre dispensent à la pièce une luminosité orangée, constellée de particules de poussière flottant au gré d'une gravité à peine prononcée. La vieille femme se penche dans les gémissements de son fauteuil jusqu'à ce qu'un rai de lumière traverse de biais son visage fatigué. Les rides qui affleurent à la surface de sa peau s'animent tout à coup en un semblant de sourire.

– Une roue brisée, répète-t-elle à voix basse. Tout du moins, c'est le premier souvenir qui me vient à l'esprit quand je repense à mon enfance.

Je me cale contre le dossier de ma chaise, attendant la suite avec la patience dont je me suis armée, comme le docteur Willard, le médecin traitant de Lisbeth, me l'avait judicieusement suggéré :

« Elle n'a plus toute sa tête. Il se pourrait que vous ne puissiez rien tirer de cet entretien. »

À ce conseil, j'avais hoché la tête puis plissé des yeux, adoptant une attitude réservée et polie. J'avais toujours en mémoire l'interview-fleuve que j'avais effectuée l'année précédente avec un unijambiste. Certes, l'homme n'avait que quatre-vingt-dix-sept ans, mais j'avais su tirer de notre rencontre un récit détaillé de ses souvenirs de la grande crise de 1929.

« Je vais vous conduire jusqu'à sa chambre, a cédé le docteur Willard en constatant qu'il ne pourrait en rien altérer ma détermination. C'est au dernier étage. »

Lisbeth était assise dans un grand fauteuil en osier posté devant la fenêtre. Son regard se perdait vers l'horizon, bien au-delà des grands arbres qui jouxtent le parc de la maison de repos. Le docteur nous a abandonnées, non sans avoir stipulé qu'en cas de problème il se tenait à ma disposition, deux étages plus bas. Il a fermé la porte derrière lui, en veillant bien à ce qu'elle ne claque pas. Lisbeth a tout de même sursauté lorsque nous nous sommes retrouvées seules toutes les deux. Un silence s'est alors installé, empli d'observation mutuelle, un peu comme entre deux animaux sauvages avant que l'un d'entre eux ne se décide à faire le premier pas. Puis Lisbeth s'est présentée, m'a remerciée d'avoir accepté de venir lui rendre visite et a commencé son récit en évoquant cette histoire de roue brisée.

– Le choc a interrompu la monotonie de la route et le chariot a brutalement basculé sur le côté. Je me suis cogné la tête contre une caisse en bois, mais je n'ai pas pleuré… Je n'ai

Et le ciel se voila de fureur

Taï-Marc Le Thanh

Et le ciel se voila de fureur

l'école des loisirs
11, rue de Sèvres, Paris 6e

Du même auteur à *l'école des loisirs*

Collection M+

On ne coupe pas les pieds d'une jeune fille

Loi n° 49.956 du 16 juillet 1949 sur les publications
destinées à la jeunesse : janvier 2022
Dépôt légal : janvier 2022
Imprimé en France par Clerc
à Saint-Amand-Montrond

ISBN 978-2-211-31820-4

Pour Luis Alberto

d'ailleurs pas le souvenir d'avoir pleuré une seule fois durant mon enfance.

– Quel âge aviez-vous ?

Elle marque une hésitation avant de me répondre.

– Quatre ans.

– Nous étions donc en… (Je fais un rapide calcul mental.) 1865, conclus-je.

Lisbeth ne réagit pas. Son regard s'est de nouveau perdu dans le vide. Je tousse doucement dans mon poing fermé. Elle se tourne brusquement vers moi :

– Vous êtes-vous déjà demandé, jeune fille, pourquoi…

Elle ne termine pas sa phrase, fronçant les sourcils comme si les mots qu'elle s'apprêtait à prononcer venaient de s'évaporer dans les airs. Ses yeux brillent dans la semi-obscurité. Je crains soudain qu'une émotion trop vive ne l'ait fragilisée. L'évocation du passé peut s'avérer une expérience douloureuse chez certaines personnes âgées. Surtout pour une dame de cent seize ans.

Je n'aurais de toute façon pas eu grand-chose à lui répondre.

Pourquoi ?

Pourquoi je me retrouve en compagnie de cette vieille dame, à la questionner sur son passé ? Et surtout, pourquoi ai-je répondu à son invitation ? Je ne suis qu'une journaliste de seconde zone, pour un canard de seconde zone dirigé par un rédacteur en chef de seconde zone. De plus, je n'ai pour l'instant écrit qu'un seul article relatant l'histoire des États-Unis d'Amérique : celui de mon unijambiste. Par quel miracle Lisbeth a-t-elle pu tomber dessus ? Je n'arrive pas à me l'expliquer. Pour être parfaitement honnête, je n'aurais jamais donné suite à son message si mon patron de seconde zone n'était pas tombé dessus par inadvertance.

– Ce serait une bonne chose, ce papier, avait-il avancé.

Il n'avait rien ajouté. Inutile, j'avais deviné à sa mine fermée qu'il ne s'agissait pas d'une suggestion et que je n'avais d'autre choix que de m'exécuter.

Pourquoi ?

Parce que j'étais jeune, à l'aube vacillante de ma carrière journalistique. Et plus simplement parce que j'étais une femme et qu'en 1977, malgré les prémices d'une émancipation féministe annoncée, une femme était tenue d'obéir aux injonctions de son supérieur, qui plus est lorsqu'il s'agissait d'un homme, même de seconde zone.

J'avais donc traîné des pieds pour me rendre à ce rendez-vous. Pourtant, en voyant Lisbeth pour la première fois, j'ai réalisé que ce n'était finalement pas une si mauvaise chose de me retrouver en sa compagnie.

Alors pourquoi ?

Je n'en sais trop rien, mais je compte bien profiter de l'opportunité qui s'offre à moi. Le premier souvenir de Lisbeth remonte à 1865, il y a exactement cent douze ans de cela. Une simple roue brisée, suivie d'un choc.

Était-ce à ce moment précis que sa vie avait véritablement commencé ?

La sirène d'un bateau pousse un mugissement profond dans le lointain. Une autre lui répond. Le port de Manhattan est en effervescence. Les mouettes couvrent de leurs cris la rumeur continue de la ville.

Lisbeth me sourit.

– Pourquoi le temps passe-t-il si vite ? articule-t-elle de sa voix d'enfant.

Je hausse les épaules, je n'ai pas de réponse à lui fournir.

– 1865, c'était hier, poursuit-elle. Je n'ai qu'à fermer les yeux pour que défilent les souvenirs. Je sens le vent brûlant des plaines du Wyoming caresser mon visage.

Les yeux clos, la vieille dame s'abandonne à la brise, le menton tendu vers l'avant. Ses fins sourcils s'arquent vers le haut, comme si elle peinait à trouver son souffle. Son sourire s'élargit.

– Sans cette roue brisée, murmure-t-elle, il est probable que le cours du destin eût emprunté un tout autre chemin.

Je sors mon carnet de mon sac, en prenant garde à ne pas faire de gestes brusques. Le fil de sa mémoire semble si ténu que je crains de le briser. J'inscris avec soin la date sur la première page, en haut à droite.

28 août 1977.

Lisbeth s'est redressée sur son fauteuil. Sa voix d'oisillon blessé s'élève avec plus de force :

– Ma vie, jeune fille, a véritablement commencé ce jour-là. Dans les éclats de bois d'un moyeu fragilisé par les chemins tortueux de la piste de Santa Fe. Et tout ce qui a suivi n'est que le fruit de cet incident. (Un rire gracieux s'échappe d'entre ses lèvres.) Le bois sur la pierre, reprend-elle, songeuse. Rien n'est plus troublant qu'une trajectoire. Celle de deux objets, bien entendu, une roue sur une caillasse plutôt récalcitrante. Mais cela n'a rien de comparable avec les trajectoires de la vie.

Elle lève une main. Son index décrit une arabesque invisible dans les airs. À ce signal, les années commencent à défiler, le compte à rebours s'est enclenché. Les décennies s'effacent à une vitesse effroyable, jusqu'à me propulser au cœur de l'année 1865.

– Mon récit est celui d'une famille, dit Lisbeth. Probablement la famille la plus incroyable qui ait jamais foulé le sol américain. Une famille comme il ne doit en exister qu'une par siècle.

Une sonnerie de téléphone retentit dans le lointain. Lisbeth interrompt son récit. Sa poitrine se soulève au rythme d'une respiration profonde. Une vive émotion vibre à la surface de sa peau.

Peut-être est-ce une histoire qui finit mal ?

– Mon récit est celui d'un continent. (Sa voix s'est réduite à un souffle, comme si le poids de ses révélations pesait encore sur ses épaules.) Celui d'une vengeance également.

Un voile sombre traverse son visage. Elle lève brusquement la tête vers moi.

– Êtes-vous prête, jeune fille ?

Sa demande sonne comme une menace. Je hoche la tête en parvenant tant bien que mal à sourire.

– Ce que j'ai à vous confier, je ne l'ai jamais partagé avec personne. Mon histoire a traversé un siècle entier et, avant qu'elle ne disparaisse dans le chaos de ma mémoire, je tenais à la révéler. J'ignore si vous réalisez la responsabilité qui vous incombe, car ma demande n'a rien d'une formule de politesse. Il s'agit plutôt d'un avertissement.

Ma gorge est sèche, mes lèvres s'étirent alors que mon sourire se crispe.

– Je… je crois que je suis prête, balbutié-je.

– Alors…

Une infime suspension nous fige toutes deux. Les pupilles de Lisbeth sont si sombres qu'elles semblent minérales.

– Commençons, dit-elle.

Ici, même le ciel semble plus vaste.

PARTIE I

Le chariot disparut derrière la colline

Chapitre 1
Merde

La roue se brisa.

Le chariot bascula.

Un choc retentit sous la toile, mais pas de pleurs.

– Merde, dit Hidalgo.

Il prononça ce mot en français, ce qui ne manqua pas de faire rire les filles. « Merde », répétèrent-elles tour à tour, en prenant bien soin de faire rouler le « r ».

– Chut, souffla Hidalgo en descendant du siège du conducteur.

Il s'accroupit dans la boue pour constater les dégâts. La toile du chariot se souleva juste au-dessus de sa tête.

– C'est grave ? demanda une voix.

– C'est pas terrible, dit Hidalgo.

– C'est grave ? demanda une autre voix.

– Abigaël s'est cogné la tête, lança une troisième.

– Lisbeth aussi.

– Chut, souffla de nouveau Hidalgo.

Il finit par se lever en essuyant d'une main lasse les traces de terre sur ses genoux. Puis, du pied, il fit rouler la pierre responsable de l'accident hors du sentier.

– On dirait un crâne, fit remarquer une des filles.

La pierre était effectivement d'une blancheur immaculée et sa partie supérieure présentait une surface polie par l'érosion, aussi lisse qu'un galet abandonné au ressac de l'océan.

Hidalgo accueillit l'observation avec un mince sourire.

– On est quel jour ? demanda quelqu'un.

– Vendredi, je crois, répondit-il. Ou peut-être jeudi… je n'en suis pas sûr. Mais peu importe le jour. On pourrait bien être lundi, mardi ou mercredi, ça ne résoudrait en rien notre problème.

– C'est grave ? redemanda la première voix.

– Moins grave qu'une balle dans le derrière, plus grave qu'une ampoule sur le petit doigt de pied.

– Lisbeth se retient de pleurer.

Hidalgo écarta les pans de la toile et passa la tête par l'ouverture.

– Lisbeth ne pleure jamais, murmura-t-il.

À l'intérieur du chariot régnait le désordre. Une des caisses avait basculé et son contenu s'était en partie répandu sur le plancher. Les filles étaient agglutinées dans la partie basse de l'habitacle – mélange de bras, de jambes et de faces réjouies.

– Je vais vous faire descendre, déclara Hidalgo. Faites juste attention à ne pas marcher sur les fruits.

Abigaël fut la première, elle se laissa porter jusqu'au sol en serrant les lèvres, comme s'il s'agissait d'une opération cruciale. Puis ce fut le tour de Lisbeth.

– Faites attention à la boue, prévint Hidalgo. Ne tachez pas vos robes, j'ai déjà fait deux lessives la semaine dernière.

Les deux fillettes acquiescèrent, avant de se donner la main. Cet automatisme arracha un nouveau sourire à Hidalgo. Lorsqu'elles étaient toutes les deux ensemble, il n'était pas rare de voir les doigts d'Abigaël papillonner dans le vide avant de trouver ceux de Lisbeth. Dans ces moments-là, plus que jamais, elles ressemblaient à deux sœurs. Et ça n'avait rien à voir avec le fait qu'elles étaient toutes deux âgées de quatre ans.

Samantha descendit la troisième.

– Je pouvais le faire toute seule, protesta-t-elle. J'ai bientôt six ans.

Hidalgo ne répondit pas et la déposa au sol avec délicatesse.

Suivit Ellen – huit ans – et finalement Maureen qui, du haut de ses dix ans, bondit hors du chariot avant de se réceptionner avec souplesse sur la terre ferme.

– Fais ta maligne… grommela Hidalgo.

Il retira sa veste pour la suspendre à la branche d'un arbrisseau et retroussa les manches de sa chemise.

Pendant qu'il vidait le chariot, les filles s'installèrent sur un rocher et l'observèrent en silence. Au bout de quelques minutes à peine, son visage était déjà couvert de transpiration.

– Tu crois qu'il va le dire ? chuchota Ellen à Maureen.

– Le mot ?

– Oui.

Hidalgo parlait rarement français, même si c'était sa langue natale. Le seul écart qu'il s'autorisait consistait en ce juron qui lui avait échappé et qui exerçait une fascination indéniable sur les filles, surtout depuis qu'il leur en avait expliqué le sens. En catimini, elles avaient fini par appeler cet écart de langage tout simplement « le mot ».

Maureen secoua la tête :

– Non, je ne pense pas qu'il le dira. Il a l'air concentré sur sa tâche, ses mouvements sont calculés, impossible qu'il se cogne.

Ellen pouffa.

– Dix *cents* qu'il le dit, murmura-t-elle.

– Tenu, lui répondit Maureen.

Lorsqu'il ramassa les fruits tombés au sol, Hidalgo grogna sans qu'aucun mot ne franchisse pour autant le pas de ses lèvres. En sortant la caisse la plus volumineuse du chariot, il manqua de trébucher sur le marchepied, mais sa bouche resta close.

– Manqué… chantonna Maureen d'un ton moqueur.

Il sortit l'intégralité du chargement du chariot en ne produisant d'autre son que sa respiration hachée. Il termina par la boîte noire – unique moment où les filles se regardèrent tour à tour d'un air entendu.

– T'as perdu ton pari, chuchota Maureen à Ellen.

Cette dernière se contenta pour toute réponse de faire un nœud à la mèche de cheveux qui lui pendait devant le visage. Le huitième. Elle compta à voix basse avant de déclarer :

– Je te dois quatre-vingts *cents*.

L'une et l'autre n'avaient pas d'argent – elles n'en avaient aucune utilité –, aussi employaient-elles ce système pour tenir le compte de leur dette.

Hidalgo s'essuya le front du revers de la main.

– Nous allons nous installer deux jours ici. Il me faudra bien moins longtemps pour réparer cette satanée roue, mais j'ai l'impression que le coin regorge de gibier. Et j'ai vu quelques arbres à baies avant de gravir cette colline. Qu'en dites-vous ?

Les cinq filles accueillirent cette proposition avec enthousiasme. Elles descendirent de leur rocher dans le même mouvement pour se diriger vers une large toile blanche pliée, posée entre les caisses.

– Choisissez un endroit plan pour la tente, ordonna Hidalgo. Je vais aller inspecter les environs pour voir si le coin est sans risque.

Maureen leva les yeux au ciel. D'une part parce que ce n'était pas la première fois qu'elles installaient la tente – elles en connaissaient les étapes par cœur, du choix du terrain jusqu'à l'étendage de la toile –, et d'autre part parce qu'ils n'avaient pas croisé âme qui vive depuis au moins vingt-cinq *miles* : le coin devait être sans risque.

Hidalgo accueillit l'attitude de la jeune fille d'un :

– Il suffit d'une fois.

Maureen baissa les yeux. Il suffisait effectivement d'une fois, ce n'était pas faute d'avoir entendu cette maxime à maintes reprises, énoncée lors de simples moments d'inattention. Il suffit d'une fois pour que l'ours que tu n'as pas su localiser se retrouve face à toi, toutes griffes dehors. Il suffit d'une fois pour que le nid de frelons soit l'ultime bourdonnement que tu entendes de ta misérable vie. Il suffit d'une fois pour que la fièvre des marais ait raison de ta santé mentale. Selon Hidalgo, se prémunir du danger offrait la meilleure chance de survie. Il existait des milliers de façons de mourir dans l'Ouest sauvage. Et bien souvent la maxime « il suffit d'une fois » se ponctuait du conseil suivant : ne jamais baisser sa garde.

Le rouge de la honte monta aux joues de Maureen.

– Je ne baisse pas ma garde, récita-t-elle comme on récite un psaume.

– Parfait, dit Hidalgo avant de s'éloigner.

Lorsqu'il revint, vingt minutes plus tard, la toile de la tente offrait aux rayons du soleil sa blancheur mouchetée. Les filles s'étaient installées, Maureen coiffait Lisbeth, Abigaël attendait son tour en les observant. Samantha faisait courir un scarabée le long de ses doigts fins et Ellen commençait à ramasser du petit bois pour le feu.

Il considéra cette assemblée d'un regard tendre avant de déclarer d'une voix forte :

– Sam, Ellen, prenez vos affaires, on va chasser.

Le soleil était à son zénith. Hidalgo avançait dans les herbes hautes, à travers le bourdonnement incessant des insectes. Dans son dos, Samantha portait une besace, Ellen le carquois contenant les flèches. D'un geste vif de la main, Hidalgo leur fit signe de s'arrêter. Un peu plus bas, dans la plaine, deux daims paissaient en toute tranquillité. Samantha tapa dans ses mains, peinant à masquer son excitation.

– Ils sont trop gros, chuchota Hidalgo. Tu n'arriverais pas à en manger un entier tout de même ?

Une des bêtes leva la tête, sans interrompre sa mastication nonchalante.

– Ils nous ont vus, dit Hidalgo.

– On dirait qu'ils n'ont pas peur, souffla Ellen.

– On est peut-être les premiers êtres humains qu'ils rencontrent, ils ne savent pas encore bien à quoi s'attendre.

Les herbes hautes ployèrent sous une bourrasque un peu plus forte. Les deux daims disparurent en quelques bonds.

– Sage décision, dit Hidalgo en se relevant.

Puis il pointa son doigt vers l'horizon :

– Alors ce soir, lapin ou bécasse ?

– Je ne vois pas le lapin, protesta Samantha en plissant les yeux.

– Bécasse, dit Ellen sans marquer d'hésitation.

– Flèche ! ordonna Hidalgo d'un ton impérieux.

Ellen en sortit une du carquois.

– Donne-m'en deux, précisa l'homme.

Il les plaça sur l'arc et tendit la corde. Puis il émit un curieux sifflement entre ses lèvres serrées. À ce signal, deux volatiles s'envolèrent dans un battement d'ailes affolé. Hidalgo tira. Les deux projectiles fendirent les airs à grande vitesse avant d'aller percuter de plein fouet les bécasses. Un nuage de plumes ponctua leur chute.

– T'es fort quand même, murmura Samantha.

– Quand j'ai faim, je suis capable de tout.

La chair crépitait sous la morsure des flammes. Le groupe s'était réuni autour du foyer et formait un cercle parfait. Les filles étaient installées à même le sol. Hidalgo, quant à lui, s'était assis sur une caisse en bois. Des ombres rougeoyantes dansaient sur leurs visages. Lisbeth se plaqua tout à coup les deux mains sur le ventre, tentant de réduire le son du gargouillis qui montait de son estomac.

– Je crains que tu n'aies perdu, gloussa Hidalgo.

– C'est pas juste, protesta la petite fille, ça a l'air trop bon.

– Oui, mais ce n'est pas encore assez cuit.

– Un gage pour Lisbeth, dit Samantha.

La petite fille croisa les bras en affichant une mine boudeuse

– l'espace de quelques secondes. Mais les règles du jeu devaient être respectées : le premier gargouillis condamnait à un gage.

– Un cri d'animal ? proposa-t-elle.

– Excellente idée, appuya Hidalgo. La bécasse par exemple, on restera dans le vif du sujet.

Il attrapa un bâton et agaça les braises de son extrémité. Un chapelet d'étincelles incandescentes s'éleva en tourbillonnant avant de se confondre avec les étoiles. Lisbeth les regarda disparaître. Ses lèvres étaient pincées, elle semblait concentrée.

– Vas-y ! l'encouragea Abigaël.

Elle entrouvrit la bouche. Le son produit était d'une intensité inattendue. Les sourires s'élargirent dans l'assemblée.

– Tu t'es entraînée ? demanda Hidalgo une fois qu'elle eut terminé.

Lisbeth hocha la tête. Une bourrasque souffla, la fumée du foyer dériva dans sa direction. Elle la dissipa d'un geste de la main.

– Un jour, tu seras invisible, murmura Hidalgo. Un jour, tu seras dissimulée dans les herbes hautes et personne ne te verra. Ce jour-là sera un grand jour, celui où tu auras réussi à faire corps avec la nature.

Samantha poussa un cri, celui du coyote. Un hurlement lui répondit en écho dans le lointain. Puis ce fut le tour d'Ellen avec le coassement du crapaud buffle. Maureen enchaîna avec le son strident d'une grue cendrée. Abigaël termina en imitant le couguar, ce qui ne manqua pas de faire rire ses camarades.

– Je crois que ça va être bon, dit Hidalgo en découpant une lanière de viande avec son couteau.

Ses sourcils s'arquèrent vers le haut.

– Hmm, fit-il. Mais c'est pas mauvais, ça ! Où en est la sauce ?

Maureen souleva le couvercle de la casserole qui reposait au coin du feu.

– Caramélisée à point, annonça-t-elle après l'avoir remuée à l'aide d'une cuillère en bois.

– Parfait, dit Hidalgo. Tendez-moi vos gamelles.

Chaque morceau fut découpé avec soin, nappé de sauce aux framboises sauvages, et mastiqué avec application. Chaque saveur fut appréciée, chaque seconde fut considérée à sa juste valeur, estimée à l'aune de sa richesse.

Ellen prépara la sauce de la salade aux feuilles de pissenlit. Elle tira jusqu'à la dernière goutte du flacon d'huile d'olive.

– Il va falloir penser à faire le plein, grommela Hidalgo.

Le repas s'acheva avec un biscuit d'avoine chacune. Lisbeth termina les miettes de la boîte métallique vide.

– Là aussi, il faudra faire le plein.

– C'est quand, la prochaine ville ? demanda Samantha.

– Il y a un campement de trappeurs en aval de la rivière, à trente *miles* d'ici. Tout du moins, c'est ce qu'indique la carte. On devrait pouvoir troquer deux trois bricoles avec eux.

– Je n'aime pas les trappeurs, murmura Maureen.

– Moi non plus, siffla Ellen. Ils puent.

– Ils sentent la charogne, ajouta Samantha.

– J'étais trappeur avant, dit Hidalgo. Avant de vous trouver.

– Tu ne l'as pas été longtemps, remarqua Maureen. L'odeur de charogne a eu largement le temps de se dissiper.

Hidalgo leva les yeux au ciel.

– Et elle a été remplacée par une odeur de parfum de violette ? demanda-t-il.

Les filles rirent. Toutes, sauf Abigaël qui le fixait de ses yeux bleus sans mot dire. Hidalgo connaissait la raison de cette attitude. C'était l'heure des pourquoi. L'heure où le cerveau de la fillette se mettait en branle, où les questions réclamaient des réponses. Pour que le sommeil puisse envelopper son esprit rassuré. Qu'elle puisse sombrer en se disant que, finalement, la vie avait un sens. Pourquoi se trouvaient-elles réunies autour de cette flambée ? Pourquoi les avait-il recueillies ? Pourquoi avait-il quitté son pays ? Et pourquoi fuyaient-ils vers l'ouest ?

Mais avant qu'elle ait pu formuler la moindre question, Hidalgo la prit de court :

– Et pourquoi, mademoiselle, poses-tu toujours les mêmes questions avant d'aller te coucher ?

Abigaël baissa les yeux en rougissant. Hidalgo lui fit signe d'approcher d'un geste de la main. Le sourire aux lèvres, elle prit place sur ses genoux.

– Tout indique qu'il va être l'heure de vous conter une histoire, n'est-ce pas ? murmura l'homme.

La lueur des flammes dansait dans chaque regard.

– Parle-nous de ton pays, demanda Maureen.

– La France ? Le pays où on dit merde ?

Du bout de son bâton, il gratta la panse d'une bûche. La lueur s'intensifia dans les pupilles.

– Il y avait un endroit où les fermes étaient faites de grosses pierres grises, commença-t-il. Les villages se succédaient au gré des vallons. Les hommes et les femmes travaillaient dur aux champs. Et quand venait l'heure de prendre quelque repos, ils allaient flâner le long de la rivière qui portait le nom de Vézère.

Plus il avançait dans son récit et plus sa voix devenait grave. Les filles se laissèrent bercer par ce ronronnement chaleureux.

– On s'asseyait dans l'herbe. Et c'est là que mon père me racontait souvent une histoire. Une histoire du temps où il était soldat, une histoire du temps où il avait pris les armes avec ses compagnons pour renverser le pouvoir. Une histoire de roi et de reine qui n'avait rien d'un conte de fées, et qui se terminait par quelques têtes tranchées. Il me parlait aussi du pont qui enjambait la rivière un peu plus bas, à quelques encablures de là. C'est sur ce pont qu'il avait rencontré ma mère. Qu'il avait réussi à la séduire malgré sa maladresse. Il me parlait du petit village perché sur la colline que l'on pouvait apercevoir par grand soleil, tout là-bas sur l'horizon. C'est dans une de ces vieilles fermes en pierre que sa grand-mère lui contait ses propres histoires. Des histoires de famines terribles où l'on en était réduit à manger les animaux domestiques. Des histoires de pillards qui terrorisaient la région, de loups énormes qui dévoraient les enfants imprudents.

Tout en parlant, il sortit de la poche de son veston une petite pipe et une blague à tabac.

– C'est ainsi que se constitue l'histoire, poursuivit-il. Un récit en chasse un autre. Et il est probable que notre propre histoire sera contée un jour, dans quelques générations de cela.

– Mais que racontera-t-on ? demanda Abigaël.

Hidalgo haussa les épaules. Il avait bourré sa pipe et gratta une allumette sur la semelle de sa botte. Un nuage de fumée enveloppa son visage alors qu'il tirait une première bouffée.

– À ton avis ? demanda-t-il.

Les filles se dévisagèrent. Elles avaient chacune leur idée, peut-être sensiblement différente. Mais toutes convergeaient vers le même thème : la famille. Lisbeth s'étira longuement en bâillant. Il était temps d'aller se coucher.

– Je m'occupe de la vaisselle, dit Hidalgo.

Au moment de se lever, il s'arrêta. Abigaël était restée assise et elle le fixait toujours de son regard clair.

– Une dernière question ? demanda l'homme.

– Qu'est-ce qu'il y a dans la boîte noire ? demanda la fillette.

– Tu sais très bien ce qu'il y a dans cette boîte. Et tu sais également que c'est une chose dont je n'aime pas trop vous parler. Même si je sais qu'un jour il faudra bien aborder le sujet.

Abigaël lui adressa un grand sourire et alla rejoindre les autres pour préparer le couchage.

Ellen prit le premier tour de garde.

Il suffit d'une fois.

Hidalgo savait bien qu'elle finirait par s'endormir, comme à chaque fois. Il savait également qu'ils se trouvaient dans une région où ils ne risquaient rien. C'était tout du moins ce qu'il avait pensé en arpentant cette contrée sauvage dans la journée.

Il était à mille lieues de savoir à quel point il se trompait.

Lorsque le petit matin les cueillit, tout engourdis de rosée, il sentit immédiatement la présence, tapie dans le buisson qui jouxtait leur campement. Et les deux yeux rivés sur lui. Ses sens aguerris se mirent aussitôt en alerte. Il se leva calmement, en prenant soin de ne pas faire de mouvement brusque. Il s'avança de quelques pas avant de s'accroupir devant le buisson, la main tendue vers l'avant.

– N'aie pas peur, dit-il à mi-voix. Nous ne te ferons aucun mal.

Chapitre 2
Apocalypse, verset 1

Ils étaient quatre cavaliers.

L'un d'entre eux avait la peau noire et arborait une vilaine cicatrice qui tirait sa lèvre supérieure vers le haut, révélant le rose de sa gencive juste au-dessus de la canine. Cette malformation – due à la rencontre accidentelle entre une machette et son visage – lui avait valu le surnom de Rictus. Des quatre cavaliers, il était considéré comme le chef. Son regard sombre trahissait son expérience et les nombreuses épreuves qu'il avait déjà traversées. Fils d'esclaves, petit-fils d'esclaves, arrière-petit-fils d'esclaves, il avait un jour récusé son statut. Et ce n'était pas la machette de son maître qui était parvenu à briser sa détermination. Après son évasion, sa course se poursuivit dans les hurlements de ses victimes, qui succombaient à la folie meurtrière dans laquelle il avait fini par sombrer.

– On prend quelle direction ? demanda Malone.

– Tss tss, fit Rictus.

D'un geste du menton, il désigna l'homme accroupi au sol qui faisait couler une poignée de terre entre ses doigts bruns.

Rictus avait appris à faire l'économie des mots quand il avait réalisé qu'un simple soupir pouvait en dire bien plus qu'une phrase savamment tournée. Il flatta d'une main l'encolure de sa monture. Le cheval hennit de contentement. La bête savait qu'elle pouvait compter sur l'attention bienveillante de son maître. Rictus aimait les animaux. Bien plus que les hommes, en tout cas.

Cal se redressa. Il essuya sa main pleine de terre sur sa cuisse. Son sang cherokee pulsait fort, faisant saillir les veines sur ses tempes. D'un doigt, il montra la direction à prendre, geste bref et précis qui n'aurait supporté la moindre contradiction. Cal ne parlait pas non plus, mais pas pour les mêmes raisons que son chef: on lui avait tranché la langue à l'âge de quatorze ans.

– OK, fit Malone. Alors c'est parti.

Il donna deux coups brefs sur les flancs de sa monture alors que Cal enfourchait la sienne avec souplesse. Durant tout l'échange, un homme était resté en retrait. Un Mexicain qui, lui non plus, ne parlait jamais. Peut-être ne connaissait-il tout simplement pas l'anglais ? Il s'était présenté trois mois auparavant sous le nom de Luis, ou Pedro. Personne ne s'en souvenait vraiment. Chacun le considérait juste comme une paire de *cojones* supplémentaire – les *cojones* étant le nom qu'avaient donné ses compagnons aux deux colts argentés qui ornaient chaque côté de son ceinturon et dont il savait – il l'avait prouvé à maintes reprises – parfaitement se servir.

Une plaine aride s'étendait face aux quatre cavaliers. Ils galopèrent quelques *miles* avant de trouver un rythme plus tranquille, qui aurait pu être perçu par un observateur de passage comme celui d'une promenade. Leurs mines crispées par la concentration indiquaient pourtant tout le contraire : ces quatre hommes étaient en chasse.

Ce n'est que lorsque le soleil commença à décliner sur l'horizon que Malone se mit à parler. C'était toujours à ce moment de la journée que lui prenait l'envie de deviser sur tout et n'importe quoi. Il débutait d'ailleurs systématiquement par la même phrase :

– Au commencement était le Verbe.

Les autres ne bronchaient pas, peinant à dissimuler leur furieuse envie de truffer de plomb leur compagnon.

– Le Verbe avec un « V » majuscule s'il vous plaît, poursuivit Malone. Et vous savez pourquoi ? (Sans attendre la réponse, il expliqua :) Parce que c'est le Seigneur lui-même qui l'a créé. Et tout ce que crée Notre Bon Seigneur porte une majuscule. C'est aussi simple que ça. Toi par exemple : tu t'appelles Luis… ou Pedro, peu importe – Seigneur, pardonne-nous nos hésitations. Eh bien, ton nom prend une majuscule. (Il fit claquer sa langue contre son palais.) C'est pas classe ça ? Quand on prononce ton nom, on accentue la première lettre. C'est comme si… comme si… comme si ta personne entière était portée par un élan. (Un rire franc s'échappa d'entre ses lèvres.) Mais revenons au Verbe, si vous le voulez bien.

Luis, ou Pedro, cracha un long jet de chique noirâtre au sol, et pas forcément pour signifier son accord.

– Les Saintes Écritures, déclara Malone, il n'y a rien de tel. Et Dieu est loin d'être un couillon – pardonnez-moi ce langage quelque peu fleuri. Quand il a créé le Verbe, c'était bien pour que les hommes puissent bagouler tranquillement. Et je dis pas ça parce que vous avez tous les trois le bec mort…

Rictus lui lança un regard mauvais. Malone baissa sensiblement d'un ton :

– C'est important de pouvoir se raconter des trucs. On apprend à mieux se connaître. On partage… On…

Cal le coupa d'un geste autoritaire de la main. Il sauta de son cheval et inspecta le sol attentivement. Puis il adressa à Rictus un bref hochement de tête. Ils étaient sur la bonne piste. L'Indien plaça sa main en visière au-dessus de ses yeux. Dans le lointain se découpait le relief doux de collines grises.

Le groupe se remit en marche. Malone avait renoncé à parler. Tout comme ses compagnons, il sentait pulser au creux de son ventre les prémices de la chasse. Pourtant, il aurait eu tellement de choses à dire. Il aurait voulu leur parler de l'instant précis où l'être humain bascule, où il abandonne son statut d'être civilisé pour devenir prédateur ; de l'excitation infime qui fait bourdonner l'esprit, comme si on se trouvait pris dans un flux implacable, emporté par un courant qui ne pouvait se tarir que dans une explosion de violence.

Il caressa d'une main moite la crosse de la carabine fixée à la selle de son cheval. Son regard croisa celui de Rictus. L'homme noir avait rabaissé son chapeau sur son front, son visage ne trahissait aucune émotion. Son assurance était glaciale. Malone avait hâte d'en finir avec leur mission. Plus que jamais, il regrettait de s'être engagé en compagnie de ces trois taiseux. Sa seule consolation restait que, une fois la chasse terminée, il pourrait rejoindre le reste de la bande. Peut-être s'adonner à une partie de cartes, faire un peu de musique avec les deux Canadiens du groupe ou tout simplement rêvasser au coin du feu. Mais surtout, il pourrait bavarder et donner, par le Verbe, un sens à ses journées.

Il leur fallut deux heures pour atteindre les collines. La nuit commençait à tomber.

– Tss tss, fit Rictus.

Cela signifiait qu'il était temps d'établir un campement. Cal s'absenta un quart d'heure et revint avec deux lièvres morts qu'il tenait par les oreilles. Il les fit cuire sans un mot. Ils rongèrent la viande à même les carcasses, en silence, en faisant tourner une bouteille d'eau-de-vie frelatée. À la fin du repas, Luis, ou Pedro, lâcha un rot. Peut-être était-ce sa façon à lui de dire qu'il avait suffisamment mangé ? Au moment de se coucher, il lâcha un pet. Peut-être était-ce sa façon à lui de souhaiter bonne nuit à ses compagnons ?

Au petit matin, Malone se réveilla en sursaut, comme à chaque fois qu'il était pris par un terrible cauchemar – toujours le même, celui avec l'homme aux dents de scie. Il jeta des regards hébétés tout autour de lui, avant de réaliser que Cal était déjà levé. L'Indien se tenait face à l'horizon. Au loin, un mince filet de poussière troublait le paysage.

– Ben ça alors, siffla Malone entre ses dents. Si on pouvait s'attendre à croiser du monde dans ce désert !

Dix minutes plus tard, ils étaient en selle. Rictus cavalait en tête. Sans consulter les autres, il avait fait le choix de contourner les collines pour couper la trajectoire des voyageurs et bénéficier ainsi d'un effet de surprise. Qui sait ce que pouvait dissimuler ce chariot isolé qui faisait route vers l'ouest ? Alors qu'ils dévalaient une pente assez raide, Malone se remémora les paroles que leur avait adressées leur chef avant leur départ : « On ne laisse aucun témoin derrière nous, c'est compris ? »

★

Hidalgo tira sur les rênes d'un coup sec pour ralentir l'allure. Les chevaux réagirent en poussant un bref hennissement de protestation, avant de se plier à la volonté de leur maître.

– Ça va derrière ? demanda l'homme.

Aucune réponse… tout devait donc aller bien.

La piste était de plus en plus mauvaise, il ne tenait pas à briser de nouveau une roue. La réparation de la dernière lui avait donné beaucoup plus de mal que prévu. Sans compter la contracture au bras qu'il s'était faite. Il pesta : les quatre cavaliers qu'il avait repérés sur la petite colline n'allaient pas tarder à être sur eux.

– Tant mieux si ça va, héla-t-il. Parce qu'à mon avis ça ne va pas durer.

– C'est grave ? fit la petite voix d'Abigaël.

– Quatre types, déclara Hidalgo. Je ne sais pas si leurs intentions sont mauvaises, mais autant s'attendre au pire. Ils vont bientôt nous barrer la route. Mais quoi qu'il arrive, vous restez planquées derrière, OK ?

– OK, répondirent les filles en chœur.

– Et vous vous tenez prêtes en cas de grabuge.

Maureen avait déjà désenclenché les verrous de la boîte noire.

En découvrant les quatre cavaliers qui les attendaient tranquillement au détour de la piste, Hidalgo vit tout de suite à quel type d'individus il avait affaire. La paume de ses mains s'assécha aussitôt. Aussi sèche et chaude que la peau d'un lézard resté de longues heures au soleil.

Et une petite voix chantonna dans sa tête.

Laisse parler la poudre.

Il prit néanmoins l'initiative du premier mot :

– Salut.

Aucune réponse... La situation était loin d'être engageante.

Hidalgo dévisagea chaque homme avec attention. Les cavaliers avaient tout de mercenaires aguerris. Un Noir, un Indien, un Mexicain et un blanc-bec. La partie s'annonçait délicate. Il déplia longuement les doigts de sa main gauche avant de serrer le poing. Puis il leur adressa un large sourire :

– Il y a peut-être quelque chose que je pourrais faire pour vous ?

– On est sur les traces d'un gamin, lui dit celui qui avait l'air d'être le plus jeune.

– Un gamin ?

– Ouais, pas plus haut que trois pommes.

– Et je peux savoir ce que vous lui voulez, à ce gamin ?

Derrière la toile du chariot, Ellen comptait.

Un, deux, trois...

Elle eut le temps d'atteindre dix avant que le cavalier articule une réponse :

– Pas tes oignons.

– Si vous voulez que je vous aide, peut-être faudrait-il un peu éclairer ma lanterne ?

Le Mexicain cracha un filet de salive noire au sol. Maureen se remit à compter. Hidalgo lui avait enseigné cette technique : le nombre de secondes qui s'écoulaient entre une question et une réponse révélait la tension entre deux personnes qui conversaient.

Et plus ce temps était important, plus leur animosité respective était forte.

– T'en es à combien ? lui chuchota Lisbeth.

– Quinze, répondit-elle.

Ses mains étaient posées sur le couvercle de la boîte noire.

– La question me paraît pourtant simple, lança le blanc-bec. On cherche un gamin, tu l'as vu, oui ou non ? Y a pas à tervigerser.

– Tergiverser, corrigea Hidalgo.

– Hein ?

– Le mot exact est tergiverser. Il vient du latin *tergiversari* qui signifie « tourner le dos ».

Le blanc-bec éclata de rire et se tourna vers ses compagnons.

– Les gars, je crois qu'on a affaire à un petit malin.

Les épaules du Mexicain et de l'Indien se soulevèrent dans un ricanement. L'homme noir, lui, resta impassible.

– On se connaît ? demanda-t-il soudain.

Le blanc-bec sursauta. C'était peut-être la première fois qu'il entendait son chef prononcer une phrase entière.

– Je ne pense pas, répondit Hidalgo d'une voix sourde.

– Ton visage ne m'est pas inconnu, dit l'homme noir.

Le blanc-bec sursauta de nouveau. Son chef paraissait en état de concentration intense, comme s'il cherchait dans les tréfonds de sa mémoire un indice pouvant raccorder son intuition à un souvenir. Dans le dos d'Hidalgo, la toile du chariot bougea.

– Hé ! Mais t'es pas tout seul, lança le blanc-bec. T'as du monde avec toi dans ton chariot ?

– Ma famille.

– Ta famille ?

Le Mexicain avait porté sa main droite à la boucle de son ceinturon. Ses yeux étaient réduits à deux fentes sombres.

– Cinq enfants, dit Hidalgo.

Maureen compta jusqu'à vingt-sept.

– Tu te fous de nous! éructa le blanc-bec. On te dit qu'on cherche un gamin et toi tu te balades avec cinq enfants!

– Ce ne sont que des filles.

Le cheval de l'Indien se cabra, probablement sensible à la chape de nervosité qui avait enveloppé le groupe. Son maître le rappela à l'ordre d'un bref coup de rênes.

– Je suis sûr de t'avoir déjà vu quelque part, murmura l'homme noir.

– Des filles? s'exclama le blanc-bec.

Il se tapa sur la cuisse, pris d'une hilarité soudaine. Une fois calmé, il déclara:

– T'es pas bien de te balader dans ce désert avec des filles, mon gars. Tu sais bien que cet endroit n'est pas fait pour les filles. Qu'elles ne seront jamais à l'abri d'une mauvaise rencontre.

– Non, fit Hidalgo.

– Quoi non?

– Je ne suis pas d'accord avec toi. Ce monde est un monde pour les filles. Peut-être qu'elles mettront juste un peu plus de temps à s'y adapter. Et c'est sûrement à cause de salopards dans ton genre.

– Oh oh! Surveille un peu ton langage! réagit le blanc-bec.

Il avait dégainé son arme pour la pointer vers Hidalgo. Ce dernier ne cilla pas, il se contenta de lever lentement les mains en l'air. Dans son mouvement, sa chemise glissa, révélant le tatouage qu'il avait sur l'avant-bras.

Le visage de l'homme noir s'éclaira d'un coup, tandis qu'un souvenir affleura à la surface de sa mémoire.

Une odeur d'abord, celle d'un charnier. Et la voix d'un de ses compagnons de l'époque :

– N'entre pas, c'est un véritable carnage là-dedans.

– Ça va, avait-il répondu. J'ai déjà vu des macchabées.

C'était il y a dix ans exactement. Il avait dix-neuf ans à l'époque. Dans la fougue et l'insolence de sa jeunesse, il avait quand même pénétré dans cette grange.

Avait-il cherché à refouler la vision de ces corps par la suite ? Personne ne pouvait se préparer à un tel spectacle. Pas même un jeune esclave en fuite, déjà bien éprouvé par l'existence. Les têtes des victimes avaient été soigneusement alignées. Dix-sept au total. L'une d'entre elles avait toujours un cigare fumant aux lèvres.

– Des survivants ? avait-il demandé en essayant de contenir la nausée qui montait dans sa gorge.

– Le vieux Jim. Mais je sais pas s'il est en état de parler.

Le vieux Jim en question avait survécu à tellement de fusillades qu'on pouvait se demander à bon escient si sa peau n'était pas constituée d'un cuir aussi épais que celui des gigantesques sauriens qui peuplaient la terre autrefois. Il était assis sur le perron de la ferme, à hoqueter comme un enfant en bas âge.

– Au début, on a pensé qu'ils étaient une vingtaine tant ça défouraillait dans tous les sens, avait-il raconté. Quand on a réalisé qu'il était seul, la peur nous a saisis au bide. Une peur primale qui te donne envie de retourner illico dans le giron de ta maman, pour ceux qui en ont une, bien évidemment.

Le vieux Jim avait reniflé, la morve avait coulé sur sa barbe blanche.

– Il avait deux pétoires. Deux colts magnifiques avec une crosse en ivoire, qu'il avait tirés de derrière son dos. Il devait avoir un holster particulier qui portait ses flingues dans le creux de ses omoplates. Et à chaque coup de feu, les pans de sa gabardine noire flottaient dans les airs. Et chaque balle faisait mouche. Les gars ont à peine eu le temps d'expier leurs péchés – les pillages, les meurtres, les viols, la torture et toutes les choses qui constituaient le quotidien de la bande. Dans les yeux rouges de notre bourreau se reflétaient nos misérables existences, comme s'il se gorgeait de nos fautes passées. Comme s'il les absorbait et qu'elles constituaient la seule nourriture capable de le rassasier.

Le vieux Jim avait éclaté en larmes et, entre deux sanglots, il avait réussi à dire :

– Il a dû pactiser avec le démon lui-même. On l'appelle l'Ange de la mort, à cause du tatouage qu'il porte sur son avant-bras : une jeune femme au visage pur avec des ailes d'ange.

Rictus avait une conscience aiguë du temps. Il pouvait déterminer l'heure exacte de la journée rien qu'en observant la course du soleil.

Et quand il disait « je reviens dans une heure », il respectait sa promesse, sans jamais déborder d'une seconde.

Rictus savait quand c'était l'heure, c'était peut-être d'ailleurs sa seule qualité.

Il savait quand c'était trop tôt.

Il savait également quand c'était trop tard.

Là, c'était trop tard.

Il dégaina quand même ses deux revolvers.

La première balle l'atteignit à la poitrine. La seconde au ventre. Cal eut moins de chance. Avant même qu'il ait pu réagir, un troisième œil lui était apparu au milieu du front, net, écarlate et crépitant. Malone tourna sur lui-même lorsqu'il fut touché à l'épaule. Il tomba de son cheval en se tordant de douleur. Deux balles supplémentaires mirent fin à ses contorsions. Luis, ou Pedro, quant à lui, eut l'heureux réflexe de tirer sur les rênes de sa monture et de prendre la fuite. Même s'il avait l'intime conviction qu'il ne venait pas de sauver sa peau, mais juste de gagner un sursis.

– C'est fini ? demanda Abigaël.

– Pas tout à fait, répondit Hidalgo.

Il souleva la toile de la tente. Maureen était déjà en train de monter le fusil de précision.

– Des fois, soupira Hidalgo, j'ai l'impression de réécrire l'Apocalypse.

– Quel verset ? demanda Samantha.

– J'ai arrêté de les compter, mais pour notre nouveau passager on va dire que c'est le numéro un. Comment va-t-il ?

– On dirait que la fièvre est un peu tombée, dit Ellen.

La tête du petit garçon reposait sur ses genoux. Il dormait d'un sommeil agité, ses yeux bougeaient sous ses paupières closes et sa respiration était saccadée.

– Il ne s'est pas réveillé ?

– Malgré le bazar que tu as mis, tu veux dire ?

Hidalgo haussa les épaules. Abigaël et Lisbeth gardaient les mains plaquées sur leurs oreilles. Il leur faudrait encore un peu de temps avant de s'habituer au son d'un coup de feu.

– J'ai fini, murmura Maureen avant de tendre le fusil à son tuteur.

Hidalgo soupesa l'arme avant d'inspecter rapidement les pièces pour vérifier qu'elles étaient bien en place.

– Parfait, dit-il en sautant du chariot. Ellen, Sam, vous venez avec moi. Toi, Maureen, tu surveilles les autres.

Il gravit d'un pas mesuré une petite colline qui surplombait leur position. Les deux filles le suivaient, calquant leur allure sur la sienne. Une fois en haut, il demanda :

– Vent ?

– Nord-est, répondit Samantha. Force cinq.

– Pression atmosphérique ?

– Un bar et demi, déclara Ellen.

Il posa un genou au sol et épaula son fusil. Au loin se découpait la silhouette du cavalier mexicain traînant dans son sillage un épais nuage de poussière.

Luis, ou Pedro, filait à bride abattue. Ses éperons martyrisaient au sang les flancs de sa monture. Son chapeau avait glissé dans son dos, maintenu autour de son cou par une fine cordelette tressée. Ses yeux affolés avaient perdu leur éclat.

Un souvenir traversa son esprit. Celui de sa première selle. Il l'avait dérobée à un voyageur qu'il avait détroussé après l'avoir abattu. Le cuir était usé, il l'avait poli avec une peau de daim jusqu'à ce qu'il brille de nouveau sous le soleil. Puis il l'avait placée sur sa propre bête, et était monté dess…

Il y eut une détonation assourdissante.

La moitié supérieure de son visage disparut dans une explosion écarlate. Son corps inerte roula au sol alors que son cheval poursuivait sa course folle vers l'horizon.

– Celui qui vivra par la violence périra par la violence, murmura Hidalgo.

– Amen, dit Samantha.

– Il est probable qu'un jour je connaisse également une fin brutale, ajouta-t-il d'une voix éteinte. Il faudrait que vous vous prépariez à cette perspective, les filles.

Chapitre 3
Père de famille

Lisbeth donnait la béquée. Le garçon ouvrait la bouche de façon automatique sans la quitter des yeux. Puis il mâchait soigneusement, comme pour bien profiter de chaque cuillerée.

– Il vient d'où, à ton avis ? demanda Ellen.

Hidalgo avait repris place à l'avant du chariot. Ils avaient quitté les lieux de l'embuscade, sans même avoir pris la peine de dissimuler les corps de leurs agresseurs. Il répondit à travers la toile :

– Il a la peau claire et les cheveux très blonds. Il doit venir d'un pays de l'est de l'Europe. Je ne sais pas, la Russie peut-être ?

– C'est loin, la Russie ? demanda Abigaël.

– Oui, si on passe par l'océan Atlantique. C'est moins loin par l'autre côté.

– Ah oui, dit Samantha d'un air songeur. C'est vrai que la Terre est ronde.

– Mais pourquoi les bandits le pourchassaient ? questionna Ellen.

– Sa famille a dû être attaquée. Certaines bandes ne laissent jamais aucun témoin derrière elles. Pas de chance pour notre jeune ami, il est tombé sur des salopards de la pire espèce qui considèrent les enfants comme des témoins potentiels.

Aucune des filles ne releva l'écart de langage de leur tuteur. Elles avaient chacune senti la fureur qui perçait dans le timbre de sa voix, et ne voulaient en rien contrarier davantage son humeur par une remarque désobligeante.

– Ses yeux sont étranges, observa Maureen.

– Ils ont été brûlés, ou exposés à une très forte chaleur, expliqua Hidalgo. (Il hésita avant d'ajouter :) Ses blessures ont l'air assez graves. Il est probable qu'il perde la vue.

– Tu veux dire qu'il va devenir aveugle ?

– Oui.

Un silence de plomb s'abattit à l'intérieur du chariot.

– Tu… tu crois qu'il a mal ? finit par bredouiller Lisbeth en interrompant la béquée.

– Racontez-lui des histoires, ça lui changera les idées. Et même s'il ne parle pas notre langue, le son de votre voix le calmera sûrement.

Les cinq filles se dévisagèrent longuement, comme si elles guettaient un signal pour pouvoir commencer. L'aînée finit par se lancer :

– Je m'appelle Maureen et j'ai dix ans. J'ai été recueillie par Hidalgo alors que j'en avais quatre. À La Nouvelle-Orléans, alors que je vivais dans une maison c…

Elle posa un doigt sur ses lèvres en affichant un air songeur.

– Comment ça s'appelle déjà, ce genre de maison ? demanda-t-elle.

– Un bordel, répondit Hidalgo. Ou une maison close, c'est plus joli.

– Ah oui, c'est ça... Je vivais dans une maison close.

Elle reprit sa respiration.

– Je n'ai jamais su qui était ma mère, poursuivit-elle. Ni mon père d'ailleurs. Toujours est-il que j'étais promise à un avenir peu engageant. Jusqu'à ce que je rencontre l'homme qui conduit notre chariot.

Elle baissa soudain d'un ton, veillant à ce que l'intéressé n'entende pas ses paroles.

– J'étais petite à l'époque, mais je me souviens parfaitement du premier regard qu'il a posé sur moi. C'était un regard fiévreux, chargé de peine et d'incompréhension. Je me trouvais au magasin d'alimentation. J'étais missionnée pour faire les courses deux fois par semaine. Lui se tenait à l'arrière de la boutique, dans l'ombre d'une étagère. Il s'est avancé vers moi et m'a tendu une pomme. Je l'ai prise, bien qu'on m'ait recommandé de ne jamais accepter de cadeaux d'un inconnu. Quelle mise en garde absurde de la part des personnes qui s'occupaient de moi... Le lendemain, il était sur le seuil de la maison close et proposait de m'acheter. La tenancière s'y est opposée dans un premier temps, croyant avoir affaire à un individu peu fréquentable. Mais lorsqu'il a écarté le pan de sa veste, révélant ainsi la crosse nacrée de son revolver – et lui demandant si elle tenait vraiment à négocier –, elle a fini par céder. Et sa mauvaise grâce s'est entièrement dissipée lorsqu'il a tendu une épaisse liasse de billets.

Les yeux de Maureen brillèrent à cette évocation.

– Dès lors, nous sommes devenus inséparables, continua-t-elle. Je le suivais partout, comme un petit animal docile, observant méticuleusement le moindre de ses gestes, écoutant chacune de ses paroles comme s'il s'agissait d'un évangile. De temps en temps, il m'offrait une pomme. C'était sûrement sa façon à lui de célébrer notre rencontre. Et lorsque j'ai eu cinq ans, il m'a appris la boxe.

À cette dernière évocation, Abigaël et Lisbeth se renfrognèrent légèrement. Elles bouillaient d'impatience d'avoir leur première leçon.

– Deux ans plus tard, je me battais pour la première fois de ma vie, raconta Maureen. Mon adversaire était un garçon qui faisait bien trois têtes de plus que moi. Je lui administrai une raclée dont il doit encore se souvenir. Il parvint pourtant à me porter un coup, sur l'œil droit. Mon regard s'est auréolé d'une teinte plus sombre aux reflets bleutés. Je l'arborai comme une peinture de guerre.

Une nuance de fierté altéra sa voix.

– La boxe, c'est le sport le plus noble qui existe. Tout du moins, c'est ce que m'a expliqué Hidalgo. Il m'a également appris à encaisser les coups. Je m'appliquais à respecter ses conseils, et c'est avec l'impression de me frayer un chemin par la force de mes poings que j'ai traversé mon enfance. Nous avons beaucoup voyagé, dans un premier temps vers le nord du pays. Parfois nous nous arrêtions dans une ville pour y rester quelques mois. Hidalgo disait que j'étais sa fille. Ce qui, dans un sens, a fini par devenir la vérité. Il vivait de petits travaux, aidant aux champs ou au ramassage des fruits. Mais il excellait vraiment comme chasseur de primes. Lorsqu'il se lançait sur la piste d'une proie, il me confiait à des fermiers. Il ne m'a jamais laissée plus de trois jours.

En grandissant, je lui posais beaucoup de questions sur sa propre vie. Même si c'était un sujet qu'il n'aimait pas trop aborder. Il m'a juste confié un soir qu'il venait d'un pays qui s'appelle la France et qu'il l'avait quitté car il ne présentait plus d'espoir pour lui. L'avenir se situait ici, dans ce que les gens appelaient le Nouveau Monde. Le continent de toutes les opportunités, où tout demeurait possible, pour les hommes comme pour les femmes. Je savais que sa réponse masquait une réalité qu'il n'avait pas le cœur à avouer. Mais ça me suffisait. Ces trois premières années m'ont procuré de nombreux moments de grâce. Et tout aurait pu continuer ainsi si nous n'avions pas croisé la route de Lisbeth et Abigaël.

Les deux fillettes s'éclaircirent la voix au même moment. C'était leur tour de poursuivre le récit.

– On ne peut pas vraiment se souvenir, commença Abigaël. On n'était encore que des bébés. Mais Maureen nous l'a tellement raconté que j'ai l'impression de l'avoir vécu en toute conscience.

– C'était à Charleston, enchaîna Lisbeth. Le fleuve Santee était en cru, déversant sur les rives des tonnes d'alluvions. Et c'est parmi les débris de bois et de mousse marine qu'Hidalgo a trouvé le panier.

– Nous étions recroquevillées l'une contre l'autre, expliqua Abigaël, reposant tête-bêche sur une couverture infestée de puces. Il nous a délicatement extirpées de ce cloaque pour exposer nos petits corps dodus aux rayons du soleil brumeux.

Les deux fillettes éclatèrent de rire ensemble. Elles portaient une attention toute particulière à chaque mot qu'elles employaient, elles avaient dû les apprendre par cœur sans en connaître véritablement le sens.

– Hidalgo était embarrassée, dit Lisbeth. Malgré sa grande

expérience, il n'y connaissait pas grand-chose en bébés. Il a jeté un coup d'œil à Maureen. Notre grande sœur, d'un simple geste de la tête, lui a signifié qu'ils surmonteraient cette nouvelle épreuve.

– Et c'est ainsi que nous avons intégré la famille, termina Abigaël.

Un soupir d'aise s'échappa d'entre leurs lèvres.

– Il y avait quelque chose de biblique dans cette rencontre, raconta Maureen. Hidalgo et moi avons levé les yeux au ciel, juste pour nous assurer qu'aucune présence ne nous observait, dissimulée entre deux nuages. Je me souviens mot pour mot de ce que m'a dit Hidalgo ce jour-là : « Te voilà à présent avec deux petites sœurs. »

– Au début, ils ont pensé qu'on était jumelles, déclara Lisbeth. Même si la couleur de nos cheveux n'était pas la même. Même si la forme de nos visages différait.

– À Charleston, expliqua Maureen, on nous a dit que des communautés catholiques très sévères vivaient en amont du fleuve. Ce qui pouvait expliquer cette mise en scène. Mes deux nouvelles petites sœurs devaient être la conséquence d'un péché terrible.

– C'est toi le péché, dit Abigaël à Lisbeth.

– Non, c'est toi, lui répondit cette dernière.

– Un peu de respect, les juniors, gronda Ellen. La présence est peut-être toujours là, planquée derrière les nuages.

Le groupe partit d'un grand éclat de rire. Maureen calma ses sœurs d'un geste impérieux de la main.

– L'année suivante, poursuivit-elle, nous avons fait la connaissance de Samantha.

Les joues de cette dernière prirent une teinte rosée. Elle baissa les yeux, en proie à une vive émotion. De toute évidence, elle n'aimait pas s'exprimer en public.

– Je me souviens de l'odeur de bois brûlé, murmura-t-elle pourtant. Juste de cette odeur. Hidalgo m'a toujours soutenu que ce n'était pas plus mal. J'avais deux ans lorsque la ferme de mes parents a été attaquée par une bande d'Indiens renégats. Par miracle, lorsque le toit de la grange s'est effondré, deux larges poutres m'ont protégée de la vue de nos agresseurs. Et c'est dans les décombres encore fumants qu'Hidalgo m'a trouvée.

Son regard se perdit dans le vide l'espace de quelques secondes.

– Il m'a fallu deux ans supplémentaires avant de réussir à prononcer mon premier mot : « Merci. »

– Mais depuis, tu t'es rattrapée, ironisa Maureen.

Samantha lui donna une tape sur l'épaule en riant.

– Avec les cours quotidiens que nous impose Hidalgo, dit-elle, je n'ai pas d'autre choix que de parler.

– Notre langue est riche, lança Lisbeth du ton grave et docte que pouvait parfois prendre leur tuteur. Il convient d'en maîtriser toutes les subtilités afin de pouvoir véritablement communiquer.

Abigaël gloussa.

– Oui, mais tout de même, dit-elle, les poésies en français qu'il nous fait apprendre par cœur...

– Ah !... François Villon, soupira Maureen.

– Frères humains, qui après nous vivez, récita Lisbeth, n'ayez les cœurs contre nous endurcis, car, si pitié de nous pauvres avez, Dieu en aura plus tôt de vous mercis.

– Vous nous voyez ci attachés, cinq, six, poursuivit Abigaël. Quant à la chair, que trop avons nourrie, elle est piéça dévorée et pourrie, et nous, les os, devenons cendre et poudre.

– De notre mal personne ne s'en rie, enchaîna Maureen. Mais priez Dieu que tous nous veuille absoudre !

– Amen, conclut Ellen d'un ton lugubre.

Les autres se tournèrent vers elle, et avant même qu'elles ne lui aient demandé quoi que ce soit, la jeune fille commença :

– Ils m'ont trouvée quinze jours après Samantha. Contrairement à elle, je parlais beaucoup mais toute seule en marchant dans le désert. Il y avait cette phrase que je répétais de temps en temps.

– Mais pour les lâches, murmura Maureen, les incrédules, les abominables, les meurtriers, les impudiques, les enchanteurs, les idolâtres, et tous les menteurs, leur part sera dans l'étang ardent de feu et de soufre, ce qui est la seconde mort.

– Peut-être que, toi aussi, tu venais d'une famille de catholiques intégristes ? avança Lisbeth.

– Je ne sais pas d'où je venais, déclara Ellen. Mais j'étais pieds nus et je portais sur mon front les marques d'une maltraitance effroyable.

Elle souleva sa frange, révélant une cicatrice tortueuse, comme une grimace aux accents terribles. L'espace de quelques secondes, un abîme de désespoir traversa le fond de ses yeux clairs.

– Hidalgo m'a prise dans ses bras, poursuivit-elle. J'ignore combien de temps j'y suis restée blottie. Toujours est-il que, lorsque je suis enfin sortie de mon état catatonique, ma mémoire n'était plus qu'une vaste étendue blanche, vierge de tout souvenir.

Un sourire fendit ses lèvres alors qu'elle terminait :

– Qui ne demandait qu'à être remplie.

– Les débuts d'Ellen dans notre famille furent loin d'être simples, murmura Maureen.

– J'ai mis du temps à tempérer mon agressivité, expliqua cette dernière. Je sollicitais souvent Hidalgo et étais extrêmement jalouse des relations qu'il entretenait avec les autres.

Elle haussa les épaules, comme pour dissiper la honte qui la saisissait lorsqu'elle évoquait cet épisode.

– C'est vrai qu'on s'est battues, soupira Maureen. De vraies chipies.

Elle passa son bras par-dessus l'épaule de sa sœur et la serra contre elle avec affection.

– Hidalgo croyait devenir dingue en nous voyant, expliqua Samantha. Il multiplia les cours de boxe, la seule activité capable de calmer la situation.

– J'ai fait beaucoup de progrès à cette époque, déclara Maureen. Il faut dire que j'avais vraiment besoin de taper.

– Tu m'as cassé deux dents, gémit Ellen en souriant.

– Et toi une.

– Tu ne l'avais pas volé.

– Heureusement, elles ont repoussé.

Le silence se fit dans le chariot. Un cahot le troubla.

– Pardon, lança Hidalgo de l'extérieur.

Ils roulaient déjà depuis une heure. C'était le temps qu'il avait fallu aux cinq sœurs pour conter leur histoire.

– Voilà, tu sais tout, lança Maureen au jeune garçon.

Ce dernier n'avait pas bronché pendant leur récit. Et il n'avait pas quitté Lisbeth des yeux. Un voile blanc s'était lentement étendu devant ses pupilles. Ses paupières brûlées clignaient de temps en temps, de plus en plus lentement.

Dans ses souvenirs, des cris continuaient de résonner. Même s'ils s'étaient considérablement atténués. Le visage de la fille qu'il avait face à lui semblait d'une douceur incroyable. Une heure lui avait suffi pour en saisir toutes les expressions. Pour s'en repaître.

Il cligna une dernière fois des yeux. L'obscurité envahit peu à peu son champ de vision.

Il était désormais aveugle.

Mais il avait conservé au fond de son regard les traits fins de celle qu'il n'avait cessé de contempler, comme unique souvenir d'une vie passée que jamais il ne regretterait.

Son visage se figea en un étrange sourire, où se mêlaient intimement une tristesse insondable et la quiétude de ceux qui ont une confiance absolue en l'avenir.

Ce sourire ne le quitterait plus jusqu'à la fin de ses jours.

★

Les doigts de Rictus s'enfoncèrent dans le sol. Sa poitrine fut soudain soulevée par une puissante goulée d'air. Il se redressa brusquement, le visage marqué par une colère sans nom. Il découvrit aussitôt les corps de ses deux compagnons allongés dans le sable. Sa colère décupla. Il se leva avec peine et donna deux violents coups de pied dans le flanc de Malone qui émit un faible gémissement. Puis il considéra Cal en grimaçant avant de cracher par terre.

– Qu'est-ce qui s'est passé ? murmura Malone en clignant des yeux.

Puis il poussa un cri de douleur en portant sa main à sa blessure à l'épaule. Il ouvrit sa chemise et considéra longuement les deux impacts de balle dans le gilet blanc matelassé qu'il portait. Rictus était déjà en train de retirer le sien.

– C'est pas passé loin, souffla Malone. Quand je pense que je ne voulais pas enfiler ce truc.

Rictus s'avança vers lui et posa un pied sur sa poitrine.

– Qu'est-ce que tu... grogna Malone.

L'homme noir retira une cartouche de sa ceinture. Il en détacha la douille et versa la poudre grise sur la blessure du jeune homme.

– Non... gémit ce dernier.

Rictus gratta une allumette et mit le feu à la plaie de son compagnon. Le hurlement du blessé se répercuta longuement dans le désert.

Ils ramassèrent leurs armes et se remirent en selle.

– On va où ? demanda Malone en réalisant que Rictus prenait la direction de l'est.

L'homme noir ne répondit pas. Il se contenta de donner deux coups d'éperon sur les flancs de sa monture. Le cheval partit au grand galop.

– Mais on va où, bon sang? gémit Malone. Le reste de la bande est au nord.

Ils chevauchèrent trois jours et trois nuits. Sans même prendre le temps de s'arrêter pour dormir. Les chevaux écumaient, ahanaient comme des beaux diables, luttant contre la fatigue qui tétanisait leurs membres. La poussière et la terre se soulevaient au rythme de leurs sabots. Rictus ouvrait la route, son regard impassible rivé sur l'horizon. Un orage éclata le deuxième jour. La cavalcade se poursuivait au mépris des éléments déchaînés. Une nappe d'eau glacée les enveloppa.

– Je vais choper quelque chose, protesta Malone.

Son chef ne prêta aucune attention à sa remarque. Il se contentait de labourer les chairs de son cheval de ses éperons.

Ils atteignirent le relais postal le matin du quatrième jour. Quand ils pénétrèrent dans le saloon, un homme au comptoir leva brièvement les yeux sur eux avant de les replonger dans son premier godet de whisky de la journée. Le tenancier les considéra tous deux en fronçant les sourcils, avant de sortir deux verres de derrière son bar.

– Je peux faire quelque chose pour vous ? demanda-t-il en les servant d'un liquide ambré.

– Télégraphe ? répondit Rictus d'une voix grave.

– Derrière, s'empressa de dire le barman. Dans la petite remise. Vous y trouverez le vieux Mulhoney qui fera le nécessaire si vous voulez envoyer un message.

Le vieux Mulhoney en question les accueillit d'un sourire tordu. Sa casquette paraissait flotter sur son crâne blanc. Il la releva sur son front et saisit le morceau de papier que lui tendait Rictus. Ses lunettes glissèrent sur son nez fin alors qu'il déchiffrait l'écriture en pattes de mouche du début du télégramme que l'homme noir souhaitait envoyer : « Je l'ai retrouvé… »

Chapitre 4
Le rêve américain

Le gros Jacominus posa son doigt sur sa narine et souffla bruyamment par l'autre. Il n'avait jamais réussi à s'habituer à l'odeur. Même après cinq ans passés à tanner les peaux de castor. La cervelle de cerf bouillait dans la petite casserole de métal posée sur le feu depuis bientôt dix minutes. Ça allait bientôt être prêt. Il touilla l'épais gruau en bougonnant. Des pensées étranges traversèrent son esprit, concernant les humeurs de moelle qui se trouvaient réduites à l'état de bouillie blanchâtre et grumeleuse. Qui sait combien de pensées avaient pu se développer dans cet organe avant qu'il ne soit utilisé pour cette peu reluisante besogne ?

Il retira la casserole du feu et entreprit d'étaler une fine couche de sa mixture sur la peau qui reposait, fourrure contre le bois, sur la planche disposée à ses pieds.

Douze peaux attendaient leur tour, empilées dans l'herbe, auréolées d'un nuage de mouches bourdonnant. Jacominus les chassa avec humeur d'un geste du bras. Il plia la première peau, en prenant soin de ne pas se tacher les doigts. Peine perdue, il savait en son for intérieur que l'odeur ne le quitterait pas, même après les quelques verres d'eau-de-vie qui concluraient sa journée, et qu'il s'endormirait le soir en gardant ses mains loin de son visage. Et malgré cette précaution, son sommeil agité serait certainement peuplé de rêves horribles où des castors écorchés vifs défileraient dans une monstrueuse parade de protestation.

Il appliqua la bouillie de cervelle sur quatre peaux supplémentaires avant de remettre la casserole sur le feu.

– Dix minutes, maugréa-t-il. Ça me laisse le temps de m'en griller une.

Parler tout seul à voix haute lui permettait de combler le vide de sa solitude. Cela faisait deux jours que ses compagnons étaient partis en chasse, plus haut dans la montagne. Les daims y étaient nombreux en cette saison. Il lui tardait pourtant de les voir revenir, ne serait-ce que pour faire une partie de cartes ou éventuellement deviser sur les pensées que pouvait avoir leur gibier avant de se faire abattre.

De ses doigts luisants de graisse, il se roula une cigarette. Sa blague à tabac pendait à son cou, ballottant au-dessus de son ventre proéminent. Le vent souffla, dispersant dans les airs des miettes de tabac brun. Il étouffa un juron avant de craquer une allumette sur le cuir de sa ceinture. Face à lui s'étendait la plaine. Le Missouri traînait son indolence comme un grand serpent alangui. Une volée de grues traversa l'horizon, soulignant la course du soleil.

À la troisième bouffée, il remarqua le nuage de poussière qui troublait la régularité du paysage.

– Allons bon, grogna-t-il. V'là aut' chose…

L'arrivée d'étrangers dans leur campement de trappeurs ne leur avait pour l'instant jamais porté bonheur. Entre les bandes de soiffards venus de l'est pour échapper à la misère et les individus fuyant la justice et une vie de larcins minables, les diverses expériences qu'ils avaient vécues jusqu'alors n'avaient fait que renforcer leur méfiance naturelle vis-à-vis des étrangers.

Il écrasa rageusement sa cigarette sous sa botte et alla chercher son fusil sous la tente.

Le chariot pénétra dans le campement alors que le soleil avait commencé à décliner vers l'horizon. Jacominus les accueillit à l'entrée, assis sur une chaise, son arme posée sur ses genoux. Lorsqu'il aperçut les deux fillettes assises à côté du conducteur, ses traits se détendirent. Il garda néanmoins les sourcils froncés : on pouvait s'attendre à tout dans cette région reculée de l'Ouest sauvage.

– Salut, l'ami ! lui lança Hidalgo.

– Salut, lui répondit Jacominus d'un ton bourru.

– On est en route vers l'ouest, c'est possible de rester la nuit au campement ?

– Vous êtes combien ?

– Moi, les deux demoiselles et quatre autres enfants à l'intérieur du chariot.

– Une vraie colonie, railla Jacominus. Mais ça devrait pouvoir se faire. Je vais vous montrer où vous installer.

Hidalgo demanda aux enfants de l'attendre dans le chariot puis le trappeur l'invita à le suivre. Ils traversèrent tous deux le campement. Une ferme à moitié délabrée se dressait au centre.

– Ça fait longtemps que les fermiers sont partis, expliqua Jacominus. Il y a des pierres tombales un peu plus haut sur la colline. À mon avis, ils faisaient partie des gens qui n'ont pas eu trop de chance dans la grande conquête de ce foutu pays. Ils ont bien fait de déguerpir avant que la fatalité ne porte ses derniers coups sur leur misérable vie. (Il eut un mouvement de la main au niveau de la poitrine, vague simulacre de signe de croix.) En attendant, on profite de ce qui reste de la bâtisse pour s'abriter quand il pleut trop fort. Ou pour jouer aux cartes sur la grande table.

– « On » ? demanda Hidalgo.

– Nous sommes cinq pour l'instant, mais les quatre autres sont partis chasser dans les hauteurs. Ils ne devraient pas tarder à revenir.

Il avait lancé sa dernière phrase comme un avertissement.

– Ça tourne pas mal au niveau du campement. Je crois que je suis celui qui est resté le plus longtemps. En même temps, j'ai personne qui m'attend nulle part. Ni femme ni enfants. Je suis libre comme le vent.

L'amertume faisait vibrer sa voix.

– Tu viens de Hollande ? demanda Hidalgo.

Le trappeur lui jeta un regard circonspect.

– Tu t'y connais en accents, on dirait, dit-il. T'as pas mal bourlingué, non ?

Hidalgo haussa les épaules pour toute réponse. Jacominus n'insista pas. Ils traversèrent un champ où étaient disposées des tentes.

– C'est ici qu'on crèche, expliqua le trappeur. On est plutôt tranquilles.

Ils descendirent jusqu'à un petit terre-plein limité par une rangée d'épineux.

– Vous avez qu'à vous installer ici. Tu feras passer ton chariot par le chemin qui longe le campement. À une centaine de mètres plus bas, il y a le fleuve, si les gamins veulent faire trempette.

Il ajouta d'un ton légèrement moqueur :

– Faites juste gaffe aux caïmans.

– Y en a pas dans la région.

– Ha ha ! Tu connais la faune aussi. J'imagine que ton pays n'a aucun secret pour toi, le bourlingueur ?

– Je viens de France.

– J'aurais pas deviné, tu t'en sors pas mal niveau accent.

– Disons que je me suis plutôt bien intégré.

Jacominus le toisa, incapable de dire si cette dernière remarque relevait d'une insulte à son égard. Avant qu'il ne prenne congé, Hidalgo l'attrapa par le bras :

– Passez nous voir ce soir avec tes compagnons, c'est nous qui invitons pour le repas.

★

Les cinq filles accueillirent leurs invités d'un sourire. Abigaël s'essaya même à une petite révérence en tenant les pans de sa robe. Le garçon était assis sur le marchepied du chariot, entre Ellen et Samantha.

– Ben ça alors, siffla Jacominus en les dévisageant, tu parles d'une famille.

Puis, se tournant vers les trois hommes qui l'accompagnaient :

– Ils viennent juste de redescendre des hauteurs. Voici Salomon, Bradley et Hans.

– Je croyais que vous étiez cinq, fit remarquer Hidalgo.

– Luigi a rejoint la tribu des gens pas vernis, murmura le

dénommé Salomon. Il est tombé sur un puma plus costaud que lui.

– On l'a enterré là-haut, sous une pile de caillasses, dit Hans. C'est pas le pire endroit, au moins il aura une belle vue.

– Belle vue, belle vue, tu parles, grommela Bradley. J'en peux plus de ce pays de malheur.

– Avant que tu joues à ton petit jeu des accents, lança Jacominus à Hidalgo. Salomon est juif polonais et Hans allemand. Il n'y a que Bradley qui peut se prétendre Américain pur jus. C'est d'ailleurs le seul à se plaindre des magnifiques paysages qui s'offrent à nos yeux.

– Je t'en foutrais des magnifiques paysages, répondit l'intéressé. Et je t'en foutrais aussi de l'Américain pur jus. J'ai pas deux générations d'ascendance sur ce sol. Et je peux te garantir que mes aïeux avaient rien de sangs purs. Cette contrée rassemble le plus grand ramassis de fils de traînées du monde.

– Langage, murmura Hidalgo en désignant les enfants.

Bradley grogna une excuse inintelligible.

– Ça sent bon, dit Salomon en considérant la marmite qui chauffait sur le feu.

– J'imagine qu'aucun d'entre vous n'est végétarien, déclara Hidalgo.

– Végétarien ? Qu'est-ce que c'est ? demanda Salomon.

Hidalgo ne répondit pas, c'était un mot récent dans le vocabulaire courant, et il n'était pas bien sûr d'en connaître la définition précise. Il invita ses convives à s'installer autour du feu.

La sauce fumante nappait parfaitement les morceaux de lapin. Quelques gouttes coulèrent sur les doigts de Jacominus lorsqu'il fut servi par Maureen. Il hésita, avant de se lécher le bout de l'index.

– Hmm… fit-il. Merci, mademoiselle.

Chacun mangea en silence. Les filles s'installèrent parmi eux, le garçon blond également. Les cuillères raclaient avec force le fond des gamelles.

– On peut dire que tu es à la hauteur de la réputation des gens de ton pays, déclara Bradley une fois qu'il eut fini. C'était fameux.

– C'est les deux petites qui ont préparé le repas.

– Oui, mais c'est toi qui nous as appris, dit Lisbeth.

– T'as une sacrée tribu tout de même, murmura Hans. Elles sont toutes de toi ?

– Si on veut, répondit Hidalgo.

Sa réponse évasive n'engageait pas à la poursuite de la conversation.

– Et le garçon ? demanda pourtant Salomon. Il dit pas grand-chose assis dans son coin. Il a un souci ?

– Il est aveugle. On l'a trouvé sur la route, il y a quatre jours. Et on sait pas d'où il vient. Il n'a pas prononcé le moindre mot pour l'instant.

Hans lui adressa quelques mots dans sa langue natale. N'obtenant aucune réponse, il conclut :

– Il est pas allemand en tout cas.

Salomon fit pareil avant de déclarer :

– Il est pas polonais non plus.

– Dommage que Luigi soit mort, dit Jacominus. Si ça se trouve, le gamin est italien.

– Ça m'étonnerait, remarqua Salomon. Avec une tignasse blonde comme la sienne.

Jacominus s'était levé, il sortit une bouteille de son sac.

– Il va être temps de trinquer, déclara-t-il. Parce que la flotte c'est bien, mais ça va finir par nous faire rouiller.

Ses propos furent accueillis par les rires nerveux de ses compagnons. Chacun montra un empressement fébrile à tendre son godet.

– Je vais rester à l'eau, murmura Hidalgo.

Son refus déclencha un léger mouvement de stupeur.

– T'as arrêté ? demanda Salomon.

– C'est une longue histoire. Et j'ai vu tant de dégâts provoqués par l'alcool que ça m'a coupé l'envie de recommencer.

– Soit, dit Hans, tu fais comme tu veux. Mais nous, on trinque.

– Je peux vous accompagner avec un verre d'eau si personne n'y voit d'inconvénient.

Les trappeurs acquiescèrent d'un geste lent de la tête, et levèrent leur verre dans un mouvement parfaitement synchrone.

– À Luigi, déclara Bradley.

– À Luigi, répétèrent ses compagnons.

– À Luigi, murmura Hidalgo.

– À Luigi, dirent les filles.

Salomon se racla la gorge.

– Luigi, déclara-t-il, il y en avait pas deux comme lui. Il était fort comme un Turc. C'était d'ailleurs le plus fort d'entre nous. Ses arrière-grands-parents ont dû traverser la mer Méditerranée pour venir s'échouer en Italie.

– Luigi a sûrement voulu continuer dans le même mouvement, enchaîna Hans, mais c'est l'océan Atlantique qu'il a traversé. Et tout costaud qu'il était, il a fini par trouver plus fort que lui.

– Son rêve s'est interrompu sous les griffes d'un puma, murmura Bradley.

Jacominus servit une nouvelle tournée.

– Puissent nos rêves ne jamais s'interrompre, lança-t-il d'une voix forte.

Ses amis levèrent leur verre avec enthousiasme. Une lueur fiévreuse brillait dans leurs yeux.

– Puissent nos rêves ne jamais s'arrêter, répéta Jacominus. Le mien, je l'emporterai dans ma tombe.

Et avant qu'Hidalgo lui en demande plus, il raconta :

– Je rêve d'une pépite, aussi grosse que mon poing serré. Je rêve de son éclat, de sa chaleur sous mes doigts. Je rêve de la mine ébahie du joaillier lorsque je la poserai sur son comptoir, du sifflement admiratif qui s'échappera d'entre ses lèvres lorsqu'il la soupèsera. Je rêve du costume que je m'achèterai ensuite et du regard que les femmes poseront sur moi quand je sortirai de chez le tailleur. Et je rêve de la tournée générale que j'offrirai à tous les moribonds qui hantent les saloons.

– Ha ha ha ! s'écria Hans. Mais il est parfait, ton rêve ! Moi en tout cas, j'adhère, en espérant faire partie des clients du saloon le jour où il se réalisera. Ressers-moi un coup, va...

Les quatre amis trinquèrent cette fois au rêve de Jacominus.

– Il va falloir que tu cherches bien plus en amont du fleuve pour la trouver, ta pépite, fit remarquer Bradley.

– J'irai là où mes pas me conduiront, dit Jacominus. Mais pour l'instant, il me faut vendre des peaux de castor pour pouvoir acheter le matériel nécessaire à la prospection. Parle-nous un peu du tien, de rêve, au lieu d'essayer de me casser le moral.

– Mon rêve est bien plus simple, raconta Bradley. Une petite ferme, qui ne paierait pas de mine. Avec un champ de blé. Juste ce qu'il faut pour pouvoir faire mon propre pain. Je rêve de cette odeur de levure chaude qui te saisit au petit matin et de la croûte du pain qui se brise lorsque tu t'en coupes une tranche généreuse.

Le regard des hommes se perdit dans le vide. Même s'ils avaient mangé à leur faim, leur appétit parut en cet instant sans limites.

– Je rêve de la femme qui élèvera mes enfants, poursuivit Bradley. Et je peux te garantir que je n'aurai pas besoin d'un joli costume pour la séduire.

Il donna une bourrade dans le dos de Jacominus en riant.

– Une ribambelle de marmots, murmura-t-il d'un ton songeur.

Puis en désignant les filles qui buvaient ses paroles :

– Un peu comme les tiens, le bourlingueur.

– T'auras des vaches ? demanda Hans.

– Une seule, juste pour le lait. Je rêve de cette mousse blanche sur les lèvres de mes garçons au moment du petit déjeuner.

– Et des poules ?

– Pour les œufs, bien évidemment. Il nous en faudra un paquet pour que ma femme puisse préparer sa délicieuse tourte aux myrtilles.

– Bon sang ! s'écria Jacominus. Tu nous inviteras, j'espère ?

– Vous serez toujours les bienvenus. Tant que vous observerez les bonnes manières.

– Tu peux compter sur nous, affirma Hans. Il n'y avait que Luigi qui jurait comme un charretier.

La troisième tournée fut de nouveau pour l'Italien. Les voix étaient plus pâteuses, un bref silence s'abattit sur l'assemblée, avant que Salomon ne le brise en s'adressant à Bradley :

– En fin de compte, tu l'aimes bien, ton pays.

– Bah ouais. Il n'y a pas plus belle région que l'Amérique. Si je rouspète sans arrêt, c'est à cause de ces maudites ampoules au bout de mes orteils. Elles me font souffrir le martyre.

– Et toi, Hans ? demanda Jacominus.

L'intéressé fit tourner l'alcool dans son verre avant d'en boire une lampée.

– Je rêve de cet ours qui, paraît-il, vit un peu plus haut dans les collines, déclara-t-il.

– Ha ha ! Il va t'en falloir un sacrément beau, de costume, si tu veux le séduire ! s'exclama Salomon.

– Ne dis donc pas d'âneries, gronda Hans. Je rêve de sa peau. Je rêve du soin que je mettrai à la tanner. Et je rêve surtout du moment où je m'emmitouflerai dedans. J'attendrai que la nuit tombe. Une nuit noire, aussi noire que le regard de Lucifer lui-même. Et là, je m'allongerai dans une prairie, bien au chaud dans ma peau d'ours. Et je regarderai les étoiles. Et vous savez ce que je ferai ensuite ?

Ses compagnons secouèrent la tête.

– En contemplant les étoiles, je rêverai des endroits, tout là-haut, que probablement personne ne visitera jamais.

Ils levèrent tous les yeux. La Voie lactée scintillait le long de la voûte céleste.

– Ici, murmura Bradley, même le ciel est plus vaste.

Les regards convergèrent alors vers Salomon. Des quatre trappeurs, il était le seul à ne pas s'être confié sur son rêve.

– Mes aspirations sont bien plus simples que les vôtres, mes amis, murmura-t-il.

Il dévisagea tour à tour ses compagnons avant de déclarer :

– Je souhaite que de tels moments puissent se répéter jusqu'à la fin de mes jours. (Puis il tendit son verre en soupirant :) Maudit Puma.

Les yeux brillèrent au coin du feu. Les trappeurs trinquèrent une nouvelle fois. Hans se leva péniblement pour aller soulager sa vessie dans un buisson. En revenant prendre place, il demanda :

– Et toi, le bourlingueur ? Quels sont tes rêves ?

Hidalgo leur adressa un large sourire. Il appréciait leur compagnie.

– Nous allons vers l'ouest, commença-t-il. Là où la terre finit par disparaître dans l'océan. Il y a là-bas des paysages qui n'ont jamais été explorés, des animaux sur lesquels nul homme n'a encore posé les yeux. Je rêve de ce monde nouveau. Pour que mes enfants puissent y bâtir leur utopie. Je rêve d'échapper au passé.

Les filles s'étaient sensiblement rapprochées de lui. Maureen avait même posé sa tête sur son épaule.

– On appelle l'Europe le Vieux Continent, poursuivit-il. J'y ai laissé trop de mauvais souvenirs. Partir sur de nouvelles bases, tel est notre but. Et j'ai l'intime conviction que nous trouverons à l'ouest ce que nous cherchons.

– Le voyage ne sera pas de tout repos, dit Salomon.

– Il y a une bande qui sévit dans les hauteurs du Missouri, appuya Hans. On a eu du bol pour l'instant, ils ne nous sont pas tombés dessus.

– Carré d'as, murmura Jacominus. C'est comme ça qu'on appelle leur chef. La chance plane au-dessus de lui tel un oiseau de mauvais augure. On a l'impression que les balles font des détours pour l'éviter.

– Mieux vaudrait que vous tombiez pas sur eux, dit Bradley. Avec tes mômes, ça risque d'être compliqué. Une vraie bande de salopards.

– On va essayer de les contourner alors, déclara Hidalgo. Merci pour l'information, en tout cas. Nous piquerons vers le sud dès demain. Il y a une piste qui file vers l'ouest à une centaine de miles d'ici. Et nous nous arrêterons à Crimson Creek. Il nous faudra une semaine pour aller là-bas.

– Crimson ? lança Bradley d'un air songeur. C'est une petite bourgade de rien du tout, mais vous y trouverez de quoi prendre un bon bain chaud.

– Au moins, aucun risque de rencontrer un caïman dans une baignoire, s'écria Jacominus.

Les filles rirent de bon cœur. Hidalgo se leva en s'étirant.

– Messieurs, je crois qu'il est temps pour nous de prendre congé.

– Merci, bourlingueur, pour ce moment passé en votre compagnie, dit Jacominus. Et merci, mesdemoiselles, pour votre si charmante présence. Si vous avez besoin de quoi que ce soit, vous savez où nous trouver.

– Il ne vous resterait pas un peu d'huile d'olive ? demanda Hidalgo.

Chapitre 5
Crimson Creek

– Comment va Anton ce matin ? demanda Hidalgo.

– Anton va bien, répondit Lisbeth. Il a l'air d'apprécier le prénom qu'on lui a donné. En tout cas, à chaque fois que je le dis, son sourire s'élargit.

– Qui va s'occuper des chevaux ce matin ?

– Moi, dit Ellen.

– Moi aussi, dit Samantha.

– Parfait. Brossez-les bien parce que nous arriverons à Crimson Creek dans l'après-midi. Autant faire bonne impression aux habitants. Comme je vous l'ai déjà dit…

– On sait, on sait, récita Samantha. On peut juger de la bienveillance d'un homme à l'état de sa monture. Quelqu'un qui prend soin de sa bête est également susceptible de prendre soin des autres.

– Eh ben, si vous savez tout, moi, je n'ai plus qu'à aller pêcher notre déjeuner.

– Encore du poisson ! protesta Abigaël.

– Ça rend intelligent, lui souffla Maureen d'un air moqueur.

– Mais moi, je n'ai pas envie de devenir intelligente,

bougonna sa sœur. J'ai pas envie de grandir, j'ai envie de rester une enfant toute ma vie.

– Sauf que… dit Hidalgo avec une note d'espièglerie dans la voix.

Le visage de la fillette s'éclaira soudain.

– Eh ouais, dit son tuteur. Demain, c'est votre anniversaire, à Lisbeth et à toi. C'est aussi le jour de votre première leçon de boxe.

Lisbeth battit des mains avant de se reprendre, la mine plus sombre :

– Si ça se trouve, c'est même pas le vrai jour de notre anniversaire.

– C'est en tout cas le jour où on vous a trouvées toutes les deux, expliqua Hidalgo. C'est donc celui-là qu'on a choisi.

Il s'éloigna vers la rivière qui jouxtait leur campement, sa canne à pêche sur l'épaule. Ellen et Samantha sortirent deux brosses d'une caisse, avant de se diriger en sautillant vers les chevaux qui paissaient un peu plus loin.

Une heure plus tard, ils reprirent la route. La robe des bêtes brillait sous le soleil. Hidalgo donna un coup de rênes, le chariot s'ébranla.

– Et pourquoi ne pas chanter une chanson à Anton ? proposa l'homme.

Le trajet se fit en musique.

★

Lorsqu'ils pénétrèrent dans Crimson Creek, le silence régnait sur la petite bourgade.

– On dirait une ville fantôme, murmura Maureen, qui s'était installée à côté de son père.

– Les gens doivent faire la sieste, fit remarquer ce dernier. Il est un peu tôt dans l'après-midi.

Un pli d'inquiétude barrait malgré tout son front. Le vent soufflait par rafales, faisant tourner des boules d'épineux à travers la rue principale. Maureen n'était pas si loin du compte.

– On va aller faire un tour du côté du saloon, proposa Hidalgo. C'est toujours là-bas que se concentre l'animation.

L'enseigne de l'établissement pendait légèrement de travers. Le bois était usé et le dernier « o » à peine lisible. Hidalgo remarqua des traces d'usure qui n'avaient pas grand-chose à voir avec l'érosion du temps : des impacts de balles.

– On dirait que cette ville n'a pas toujours été la petite bourgade paisible évoquée par les trappeurs, maugréa-t-il.

Ses épaules se crispèrent légèrement alors qu'il pestait intérieurement : se pourrait-il qu'une fois, une seule fois, le voyage se déroule sans qu'il soit obligé de faire parler la poudre ? Il parvint néanmoins à se détendre en se disant qu'après tout ces impacts n'étaient peut-être que la conséquence d'une soirée agitée entre jeunes gens avides de sensations et voulant faire sortir la ville de sa torpeur. C'est pourtant les mains complètement sèches qu'il pénétra seul dans le saloon.

Deux hommes occupaient la salle principale : le barman et un homme assis à une table, concentré sur une réussite.

– Messieurs, salua Hidalgo d'une voix forte.

L'homme aux réussites lui répondit d'un murmure, le barman d'un bref mouvement du menton.

– Une ginger beer, commanda Hidalgo.

La bouche du barman se tordit dans une moue perplexe. Ce n'était apparemment pas dans ses habitudes de servir une boisson sans alcool. Il fouilla dans un placard en grommelant :

– Où je les ai mises, ces saletés... ?

Il finit par trouver une petite bouteille. Il passa son pouce sur l'étiquette couverte de poussière pour s'assurer de son contenu. Après avoir attrapé un verre dans les hauteurs du bar, il finit par servir son client. Durant toute l'opération, Hidalgo n'avait cessé de l'observer. Dans ses souvenirs, il n'avait jamais croisé quelqu'un d'aussi blanc. Le terme de ville fantôme employé par Maureen lui revint à l'esprit. Et sa nervosité monta d'un cran. Le barman paraissait avoir la peau plaquée sur les os. Lorsqu'il offrit un semblant de sourire à son client en poussant le verre dans sa direction, ses pommettes saillirent et ses paupières se tendirent. Hidalgo le remercia d'un signe de la tête.

La boisson était tiède et âpre. Une profonde gorgée ne suffit pas à chasser le goût de poussière qui tapissait son palais. La route avait été longue, les enfants aussi devaient avoir soif. Il finirait son verre avant d'aller les chercher. Mieux valait s'assurer que l'endroit était sans danger.

Il suffit d'une fois.

Dans le large miroir qui surplombait le bar, il observa l'homme attablé. Son allure était soignée. Il portait un veston, un pantalon de toile et une chemise blanche parfaitement repassée. Il posa une carte sur la table et fut soudain pris d'une quinte de toux qui s'acheva dans un souffle asthmatique. Il grogna quelques mots inintelligibles avant de poser une nouvelle carte. L'homme paraissait inoffensif, et Hidalgo abandonna son observation.

– Il y a moyen de prendre un bain et d'avoir une chambre ? demanda-t-il au barman.

– Tout est possible tant qu'on allonge les billets verts, lui répondit le spectre.

– Une grande chambre, précisa Hidalgo. Je ne suis pas tout seul.

– Z'êtes nombreux ?

Une lueur de contrariété s'alluma dans son regard. Peut-être n'aimait-il pas trop être dérangé dans son établissement ?

– Six enfants et moi-même. Mais j'ai suffisamment de billets verts pour subvenir à nos besoins.

Dans les yeux du barman, la contrariété se transforma en intérêt.

– C'est courageux de se balader avec des enfants dans cette région, fit soudain une voix dans le dos d'Hidalgo.

L'homme attablé avait interrompu sa réussite et avait levé les yeux sur lui. D'une main, il l'invita à venir prendre place à sa table.

– Ça n'a rien à voir avec le courage, dit Hidalgo en s'installant.

– La folie, alors ? avança l'homme dans un mince sourire.

– Qui sait ?

– Mais je manque à tous mes devoirs, dit l'homme en tendant la main. Je ne me suis même pas présenté : Virgil Panowski. Je suis le maire de cette ville.

La poigne était vigoureuse bien qu'un peu moite.

– Si vous êtes maire, vous allez sûrement pouvoir me renseigner : où sont les habitants ? demanda Hidalgo.

Virgil sourit au trait d'ironie. Il semblait apprécier l'humour.

– Une épidémie de grippe particulièrement virulente a considérablement réduit nos effectifs cet hiver. La ville compte à l'heure actuelle une bonne cinquantaine d'habitants. Du fait de notre faible nombre, je cumule également avec la fonction de représentant de l'ordre.

Hidalgo sentit comme un avertissement dans cette dernière phrase. Il commanda un autre verre au barman d'un mouvement de la main.

– J'en ai plus, grogna ce dernier.

– De l'eau fera l'affaire.

L'homme maugréa.

– Ne faites pas attention au mauvais caractère du doc, murmura Virgil. Il a toujours été soupe au lait.

– Le barman est également docteur? s'étonna Hidalgo. Décidément, le cumul des fonctions est une coutume à Crimson Peak.

– Ha ha, j'apprécie beaucoup vos traits d'esprit. Un peu de légèreté ne pourra que faire du bien à ma pauvre ville. Mais si vous alliez chercher vos enfants? Ils doivent mourir de soif dans votre chariot.

La chambre que leur proposa le doc était vaste et comptait dix lits. C'était plus qu'il n'en fallait pour Hidalgo et sa famille. Ils choisirent de se regrouper à côté de la fenêtre. Une forte odeur de poussière régnait dans la pièce. Le ménage n'avait pas dû être fait depuis longtemps.

– On va rester ici trois jours, déclara Hidalgo, histoire de prendre des forces. Et puis, je dois vous avouer que j'en ai plein les fesses du chariot.

– Moi aussi, dit Lisbeth.

Elle tenait Anton par la main et l'avait conduit jusqu'à l'étage où se trouvait leur chambre. Le petit garçon avait marqué une hésitation en pénétrant dans le saloon et avait tressailli lorsque Virgil Panowski les avait accueillis d'une voix aimable. Il avait tiré sur la main de la fillette, faisant mine de revenir sur ses pas. Hidalgo avait posé une main sur son épaule, pour tempérer son trouble. À ce contact, l'enfant s'était immédiatement calmé. Qui sait quelles expériences il avait vécues avant de les rencontrer ?

D'un commun accord, ils lui avaient choisi le lit le plus proche de la fenêtre.

– Des fois, j'ai l'impression qu'il voit encore un peu, dit Samantha. Quand il fait plein soleil, ses pupilles bougent un peu, comme s'il restait sensible à la pleine lumière.

– Il faudrait lui trouver des habits, proposa Hidalgo. Il ne peut pas continuer à porter la chemise que vous lui avez prêtée, son pantalon est en piteux état, quant à ses chaussures, n'en parlons même pas.

– On pourra venir avec toi ? demanda Abigaël.

– Bien entendu, j'ai vu qu'il y avait un magasin au coin de la rue. Ils auront sûrement de quoi vêtir un enfant. En espérant que le propriétaire ne soit pas mort de la grippe, lui aussi. Puis j'essaierai de trouver un peu de farine et des œufs pour préparer un gâteau.

Il ajouta dans un pincement de lèvres :

– Le barman ne semble pas du genre à être un fin cuisinier.

Le repas du soir confirma sa supposition. Le rata qu'il leur servit avait la consistance de la mélasse, avec des grumeaux aussi durs que du bois. Les enfants mangèrent pourtant sans protester, en accord avec le principe que leur avait appris leur mentor: « N'attends pas d'avoir faim pour regretter tous les plats que tu as refusé de manger. » Le maire se joignit à eux, non sans leur avoir demandé la permission. Dix autres hommes se trouvaient dans la grande salle du bar au moment du repas. Quatre se disputaient une partie de poker à une table au fond, les autres étaient accoudés au comptoir, à deviser à grand renfort de cris et d'éclats de rire. L'ambiance était sereine, ce qui acheva de détendre Hidalgo. Malgré les manières suaves de Virgil et son regard parfois fuyant, il se dit qu'ils allaient vraiment prendre du repos durant ces trois jours.

À la fin du repas, Hidalgo et les enfants prirent congé. Dans la chambre, il leur narra une histoire, un récit vieux comme le monde que lui racontait sa grand-mère quand il était petit, un récit biblique où il était question d'une arche et d'un homme qui conduisait des êtres innocents loin du monde souillé par la malveillance de la race humaine. Les respirations se firent plus lentes. Juste avant qu'il ne souffle la chandelle, Abigaël murmura d'une toute petite voix:

– C'est drôle, dans cette ville, il n'y a pas de femmes.

★

Hidalgo était en position de garde, les jambes écartées, genoux fléchis, le dos rond et les deux poings ramenés au niveau du visage. Lisbeth et Abigaël l'observaient avec attention. Maureen se tenait derrière, en simple spectatrice. Hidalgo lui avait confié un jour qu'elle prendrait tôt ou tard le relais de l'instruction, et que la pédagogie était une discipline qui ne souffrait guère la tiédeur. En cet instant, la jeune fille voyait exactement ce que son tuteur avait voulu dire : l'éclat passionné dans les yeux d'Hidalgo se reflétait à l'identique dans le regard de ses deux élèves.

– La boxe française est la discipline de combat la plus efficace du monde, commença l'instructeur. Elle a été créée essentiellement pour les combats de rue. (Il adressa un regard entendu aux deux fillettes, avant de leur expliquer :) Et je crains malheureusement que vous y soyez un jour ou l'autre confrontées.

Un sourire traversa le visage de Lisbeth, trahissant l'impatience qu'elle avait à en découdre, malgré son très jeune âge.

– Pour l'instant vous êtes des petites filles, poursuivit Hidalgo, mais plus tard, lorsque vous atteindrez l'adolescence et l'âge adulte, vous attiserez la convoitise d'un nombre incalculable d'individus fort peu fréquentables. Et là… ?

– Combat de rue ! s'écrièrent Abigaël et Lisbeth de concert.

– Parfait, dit Hidalgo dans un sourire. Alors maintenant, en garde !

La séance dura deux bonnes heures. Ils s'étaient installés dans un champ, de l'autre côté d'une petite colline, à l'abri des regards. Un grand arbre leur dispensait suffisamment d'ombre pour échapper à la morsure du soleil qui cheminait lentement vers son zénith. Les fillettes étaient infatigables. Malgré la maladresse de leurs mouvements et l'approximation de leurs coups, elles mettaient du cœur à gagner l'approbation de leur tuteur. Maureen observa le cours d'un regard amusé, et peut-être même avec une pointe de jalousie. Elle aussi était passée par cette étape. Elle s'en souvenait comme si c'était hier. Le corps fourbu, les muscles peinant à retrouver leur souplesse, les bleus, les hématomes, les foulures et les moments de découragement. La boxe française sollicitait tous les membres, des bras aux pieds. C'est ce qui la différenciait de sa cousine anglaise, considérée comme bien plus noble. Elle avait été inventée au début du siècle pour remplacer l'escrime qui faisait bien trop de victimes lors des duels. Elle en avait d'ailleurs conservé les principaux mouvements.

– Vous ressemblez à deux ballerines, dit Hidalgo dans un souffle.

Les deux fillettes rosirent sous le compliment. Les muscles de leurs cuisses maigrelettes les faisaient souffrir et elles essayaient de le cacher.

– La prochaine séance aura lieu dans trois jours, déclara Hidalgo. Histoire de vous laisser récupérer un petit peu.

Mais alors qu'ils s'apprêtaient à quitter les lieux, un cri retentit au loin. En contrebas, deux silhouettes couraient dans leur direction. Hidalgo s'avança à la rencontre d'Ellen et Samantha. Elles étaient essoufflées et semblaient prises de panique.

– Il… il est arrivé quelque chose, parvint à articuler Ellen.

– Qu'y a-t-il ? demanda Hidalgo en la prenant par les épaules.

– C'est… c'est Anton, il a disparu. Il dormait dans la chambre, on s'est juste absentées quelques minutes pour aller aux toilettes, et quand on est revenues, il n'était plus là.

L'homme se tourna vers Maureen et lui dit d'un ton autoritaire :

– Vous restez ici toutes les cinq ! C'est compris ? Vous ne bougez pas. Il n'a pas dû aller bien loin dans son état.

– Mais… protesta Lisbeth. On pourrait t'aider à le retrouv…

– Vous restez là ! la coupa Hidalgo. J'ai un mauvais pressentiment à propos de cette ville. Et je ne veux prendre aucun risque avec vous si les choses dégénèrent.

Les fillettes baissèrent les yeux. L'inquiétude de leur tuteur paraissait sincère, inutile de s'opposer davantage à ses ordres.

★

La rue principale était déserte. Hidalgo resta dans l'ombre d'une maison jusqu'à atteindre le chariot. Il grimpa à l'arrière en s'assurant que personne ne l'observait. Ses colts étaient rangés sous le siège du conducteur, une petite trappe cadenassée dans le fond du chariot permettait d'y accéder. Il n'en prit qu'un, après s'être assuré qu'il était chargé.

Puis il réfléchit.

Il aurait pu alerter le maire de cette disparition, il savait pourtant d'expérience qu'il ne pouvait accorder sa confiance à personne. La dernière fois qu'une des filles avait disparu – l'année précédente, Samantha s'était fait enlever par un détraqué –, il avait agi en solitaire et ne l'avait pas regretté : les habitants de la ville où l'incident s'était déroulé n'auraient jamais permis qu'il abatte de sang-froid le fils de bonne famille responsable du forfait. Il était intervenu avant que le pire arrive et Samantha avait rapidement relégué son expérience au rang de souvenir pénible. Il lui arrivait encore de se réveiller au milieu de la nuit, en proie à une vive panique, mais c'était de plus en plus rare.

Hidalgo pénétra dans l'hôtel par la porte de derrière. Il emprunta l'escalier pour se rendre à l'étage à l'insu du doc occupé à déchiffrer un journal. Dans la chambre, le lit d'Anton était défait, la fenêtre grande ouverte. Hidalgo se pencha pour observer les environs : la façade présentait de nombreuses prises, mais bon sang, le gamin était aveugle ! Un détail attira cependant son attention : au sol, les branches d'un buisson étaient brisées et la terre semblait avoir été foulée avec force. Hidalgo fronça les sourcils : c'étaient les traces d'une chute. Se pouvait-il que... ? Si le garçon avait pris le risque de se faufiler par la fenêtre et de sauter malgré son handicap, c'est qu'il devait avoir une bonne raison. Quelque chose avait dû lui faire peur... Hidalgo serra la mâchoire. Non, c'était bien plus que ça : il devait être terrorisé.

★

Les filles étaient silencieuses. Cette histoire de disparition leur évoquait des mauvais souvenirs. Maureen avait passé son bras autour des épaules de Samantha et la maintenait serrée contre elle. Abigaël fredonnait une comptine, peut-être pour essayer de détendre l'atmosphère ? Ellen était restée debout et scrutait les abords de la ville. Lisbeth avait le menton posé sur ses genoux repliés. Des cinq, elle paraissait la plus affectée.

Soudain, elle se redressa et pointa son doigt vers l'horizon.

– Il y a quelque chose là-bas, murmura-t-elle.

Dans le lointain, le champ se fondait en une étendue désertique de terre sèche et de rocaille.

– Je ne vois rien, dit Ellen.

– Si, là-bas, insista la petite fille en tendant son index. Quelque chose qui brille.

Maureen plissa les yeux. Elle venait de remarquer la lueur fugace qui renvoyait l'éclat des rayons du soleil.

– C'est peut-être Anton ? dit-elle dans un souffle.

★

Hidalgo s'accroupit pour étudier les traces au sol. L'empreinte des pas était encore fraîche.

– Il a dû longer la façade, se murmura-t-il à lui-même.

Il imagina l'espace de quelques secondes le petit garçon titubant dans la poussière. D'après les marques au sol, il était pieds nus. Un nœud d'angoisse se forma dans le creux de son estomac. Il posa ses doigts sur le bois de la façade et fit un pas les yeux fermés. Il poursuivit jusqu'à ce que sa main rencontre le vide. Quelques mètres seulement séparaient leur hôtel de la maison suivante. Anton avait dû continuer par là, il aurait été imprudent qu'il gagne la rue principale. Hidalgo poursuivit dans cette direction, toujours les yeux clos, faisant confiance à son intuition. À la troisième maison, il découvrit deux panneaux de bois qui conduisaient vers une cave. L'un d'eux bâillait sensiblement, il avait été refermé à la hâte. Hidalgo l'ouvrit et descendit à tâtons dans l'obscurité. Les marches de bois grincèrent sous son poids.

★

Maureen buta contre une pierre de bonne taille. Son regard ne quittait plus le point brillant sur la ligne d'horizon. Elle ne se retourna qu'une seule fois pour adresser un signe de la main à ses sœurs restées à l'attendre sous le grand arbre. Son souffle était court. La lueur ne changeait pas de place. S'il s'agissait d'Anton, il était immobile.

Le sable et la caillasse couvraient à présent le sol ; chacun de ses pas soulevait un nuage de poussière. À une centaine de mètres de son objectif, Maureen réalisa que le point scintillait au ras de la terre. Une forte appréhension lui serra le cœur.

★

Hidalgo sentit immédiatement la présence tapie dans un coin de la cave, derrière un amas de caisses en bois. Il s'approcha doucement, en évitant les mouvements brusques.

– Anton ? appela-t-il.

Un gémissement lui répondit, semblable à celui d'une bête traquée.

– C'est moi, murmura-t-il.

Le petit garçon était recroquevillé sur lui-même. Ses yeux grands ouverts brillaient dans l'obscurité, tels ceux d'un félin dans la nuit. Hidalgo s'agenouilla et le prit dans ses bras.

★

Maureen se figea. Le point brillant était un bracelet qui scintillait sous les rayons du soleil. Il était fixé à un poignet. La main qui dépassait du sol était couverte de terre et de croûtes plus sombres qui ressemblaient à du sang séché. La jeune fille porta ses mains à son visage en étouffant un cri. D'autres corps gisaient derrière, révélés par le vent qui soufflait de plus en plus fort. L'horizon était gris foncé. Au loin, la tempête grondait.

Maureen s'éloigna à reculons du charnier. Les pensées se bousculaient dans son crâne. Elle devait mettre ses sœurs en sécurité, elle devait alerter Hidalgo. Avant qu'il ne soit trop tard.

Il était peut-être déjà trop tard.

★

– *Nä… Nä…* répétait Anton d'une voix brisée par la peur.

Au moins, Hidalgo avait une indication sur la nationalité de l'enfant : il était suédois. Même s'il savait que *nä* signifiait non, ses connaissances dans cette langue étaient limitées. La communication allait se révéler compliquée. Anton tremblait de tout son corps. Hidalgo mesura à quel point il était fragile en le serrant un peu plus fort contre lui. Il donnait l'impression d'un oisillon blessé dont les os pouvaient se rompre à tout moment.

– Je suis là, chuchota Hidalgo.

– *Nä… nä*, ne cessait de répéter le petit garçon.

– Tu as vu quelque chose ? demanda Hidalgo avant de réaliser l'absurdité de sa question.

Non, Anton n'avait rien vu, mais peut-être avait-il… entendu ?

Un vent de panique souffla dans le crâne de l'homme. Il se leva précipitamment.

– Tu… tu restes planqué ici, ordonna-t-il à Anton avant de bondir vers la sortie.

Il déboula à l'extérieur comme un beau diable. La rue principale était déserte. Hidalgo tendit l'oreille, des notes de musique s'élevaient au loin. Il en identifia immédiatement la provenance.

Lorsque Hidalgo pénétra dans le saloon, la musique s'interrompit. L'homme installé devant le vieux piano se tourna vers lui et lui adressa un sourire marqué par la cicatrice qui révélait une gencive rose, juste au niveau de la canine.

Hidalgo porta la main à son revolver.

– Tss, tss, fit Rictus en désignant du menton le fond de la pièce.

Malone était présent lui aussi. Il avait en main un fusil dont le canon était pointé sur la poitrine de Maureen. Ses quatre sœurs se tenaient derrière elle.

– Relâchez-les, gronda Hidalgo.

– Je ne crois pas que tu sois en mesure d'exiger quoi que ce soit, lui lança Malone. Il semblerait que le vent ait tourné pour notre petit malin.

– N'en sois pas aussi sûr, dit Hidalgo.

Derrière Malone, une porte venait de s'entrouvrir lentement. Hidalgo identifia la silhouette de Virgil qui s'avançait dans le dos du bandit, un pistolet à la main. Son visage se révéla à la lumière, une lueur mauvaise traversa ses traits.

– Shérif? murmura Hidalgo.

– Je vous ai dit que je représentais la loi dans cette ville, déclara Virgil. Il ne me semble pas avoir mentionné que j'étais shérif. Je me situerais plutôt de l'autre côté de la barrière.

Sa chemise entrouverte révélait le tatouage qu'il avait sur la poitrine : un carré d'as. Il partit d'un grand éclat de rire.

Chapitre 6
Apocalypse, verset 2

Ils étaient effectivement une cinquantaine. Sur ce point, Virgil Panowski n'avait pas menti. Le reste de la bande était entré dans le saloon une fois Hidalgo désarmé. Et l'intuition d'Abigaël se révélait exacte : il n'y avait aucune femme dans l'assemblée. Hidalgo avait le regard rivé sur ses cinq filles. Elles le regardaient en silence, pas une d'entre elles ne semblait avoir peur. Peut-être auraient-elles dû ? Il allait falloir jouer serré.

– Hidalgo, hein ? dit Virgil. Il semblerait que tu n'aies pas toujours porté ce prénom.

– Qu'est-ce que vous voulez ? demanda Hidalgo d'une voix sèche.

– Profiter de tes talents, répondit le maire.

La bande de Virgil formait un cercle autour de leur prisonnier. Ils affichaient tous un air mauvais où se conjuguaient la joie sadique d'être dans le camp des plus forts et la perspective de pouvoir très vite donner libre cours à leur cruauté. Leurs origines étaient multiples – européenne pour la plupart, mais également africaine, mexicaine et indienne. Un individu se démarquait des autres par sa taille et sa musculature impressionnante. Son visage évoqua vaguement quelque chose à Hidalgo. Son attitude – poings et mâchoire serrés – trahissait son envie de se jeter sur lui et de le réduire en pièces. Sans nul doute, l'individu devait faire partie de la famille de l'Indien qu'il avait tué d'une balle entre les deux yeux quelques jours auparavant.

Il allait falloir jouer très serré.

Virgil l'invita à venir s'asseoir à une table.

– Pas de geste brusque, précisa-t-il.

Une fois Hidalgo assis, le maire commença :

– Il semblerait que j'aie bien plus d'atouts que toi en main.

D'un mouvement du menton, il désigna les filles dans son dos.

– Qu'est-ce que vous voulez ? répéta Hidalgo.

– Trois fois rien, juste un petit service… pour commencer. Il y a une ville, à une demi-journée d'ici, un peu plus au nord. Sensiblement plus grande que celle-ci. Et dans cette ville, il y a une banque. Et dans cette banque, il y a un coffre. (Une lueur gourmande traversa son regard alors qu'il terminait :) Et dans ce coffre, il y a de l'or.

– Vous êtes suffisamment nombreux pour braquer une banque, rétorqua Hidalgo. Pourquoi faire appel à moi ?

– Nous comptions nous y rendre demain matin de bonne heure, mais je me suis dit que ce serait un excellent moyen pour toi de nous témoigner ta détermination à garder ta famille intacte.

Rictus grogna derrière lui.

– Et si je refuse ?

– On commencera par la petite blonde.

Les mains d'Hidalgo étaient si sèches qu'il avait l'impression qu'elles étaient recouvertes d'une fine pellicule de sable. De violentes pulsations martelaient ses tempes. Il peinait à masquer la tension qui montait en lui. Il devait pourtant patienter. À l'heure actuelle, il n'avait aucune chance.

– Et après ? demanda-t-il.

– Après… hésita Virgil. Après tu resteras un moment avec nous, je suis sûr que tu t'accommoderas sans problème de notre quotidien. Tu m'as l'air assez souple, comme garçon. Et puis, d'ici quelque temps, il se pourrait que nous ayons une surprise pour toi. Je crois que certaines personnes aimeraient bien te mettre la main dessus. D'anciens amis, apparemment. Rictus a eu le bon réflexe de les alerter peu de temps après votre rencontre.

Il observa Hidalgo avec attention, guettant le moindre trouble sur son visage.

– Tu vas partir dans l'heure, déclara-t-il, avec un de mes hommes.

Rictus se redressa sur son tabouret – ce devait être lui qui avait été choisi pour cette mission.

– Tu chevaucheras sans arme jusqu'à la ville. Une fois sur place, on te donnera un revolver. Tu seras libre de l'utiliser ou non… contre les gardes de la banque. Mais attention ! (Un sourire sadique tendit ses lèvres.) Rictus t'attendra au relais postal, les doigts posés sur le télégraphe pour nous prévenir. À la moindre entourloupe…

Il joignit l'index et le majeur, mimant avec sa main la forme d'un pistolet qu'il pointa vers les filles.

– Bam, murmura-t-il.

Ils se mirent en route sans tarder. Juste avant de quitter le saloon, Hidalgo adressa un regard à ses filles, suffisamment long pour qu'il ait le temps de cligner trois fois des yeux. Les cinq sœurs connaissaient ce signal, et sa signification. Ellen hocha la tête, juste pour lui montrer qu'elles avaient compris et qu'elles se tiendraient prêtes.

Une fois qu'Hidalgo fut en selle, on lui lia les poignets avec une corde de chanvre. Le cheval fit un écart nerveux. Le ciel avait pris une teinte charbonneuse. Les éclairs zébraient l'horizon de lignes crépitantes.

– Vous devriez être sur place en fin d'après-midi, d'ici trois heures, dit Virgil. Rictus s'occupera de m'envoyer immédiatement un message pour me prévenir que vous êtes arrivés à bon port. Si tout se passe bien, vous devriez être rentrés dans la soirée.

Il désigna les filles qui assistaient au départ sur le perron du saloon.

– En t'attendant, je vais raconter des histoires à tes filles. Je suis sûr qu'elles adorent ça.

Puis il donna une claque sur la croupe du cheval, qui partit dans un hennissement.

À peine étaient-ils sortis de la ville qu'il se mit à pleuvoir à verse. Les chevaux ralentirent leur allure, la visibilité à travers le mur d'eau était réduite. Hidalgo cavalait en tête, Rictus le suivait à quelques mètres, ménageant une distance suffisante pour pouvoir agir en cas de problème. Les deux silhouettes s'enfoncèrent dans le gris de la pluie avant de disparaître derrière une petite colline.

★

Le Doc prépara cinq chocolats chauds avec toute la mauvaise grâce qui le caractérisait. Puis il les servit sur la grande table ronde. Abigaël porta le bol à ses lèvres, avant de le reposer en soufflant : le liquide était bouillant.

– Prenez votre temps, dit Virgil en s'asseyant. On a quelques heures devant nous, quelques heures pour faire connaissance.

Un homme ricana dans le fond de la pièce. Virgil le fit taire d'un regard.

– Vous n'avez rien à craindre de ce ramassis de fils de chiennes. Je suis leur chef et j'ai ordonné qu'on ne touche pas un seul de vos cheveux. Ces hommes sont des rustres, mais s'il y a bien une qualité qu'on ne peut pas leur enlever, c'est leur loyauté envers moi.

Les filles ne réagissaient pas. Elles étaient comme subjuguées par leur geôlier. Elles avaient largement eu le temps de l'entendre parler la veille pendant le dîner. À présent, la suavité de sa voix leur paraissait être l'expression même d'une menace terrible. Elles l'écoutèrent cependant sans broncher.

– J'aimerais vous raconter une histoire, mesdemoiselles, commença-t-il. L'histoire d'un homme qui a traversé l'océan pour venir semer la discorde dans ce magnifique pays. L'histoire d'un homme qui est né en France.

Il s'interrompit pour dévisager une à une les cinq sœurs. Puis il reprit :

– Il s'agit d'une histoire peu banale qui a déjà fait le tour du monde. Une histoire qui s'est rapidement trouvée déformée par des fantaisistes, avides d'oreilles attentives, qui l'ont enjolivée en y gommant toute trace sordide.

Les yeux de Virgil pétillèrent d'une joie indicible.

– Car je peux vous garantir que ce ne sont pas les éléments sordides qui ont manqué à cette histoire. En tout cas, dans la version qui m'a été contée et que je souhaiterais partager avec vous aujourd'hui.

Il donna un coup de poing sur la table, faisant sursauter les filles.

– Êtes-vous prêtes ? demanda-t-il d'un ton joyeux.

Maureen hocha la tête, ses sœurs l'imitèrent, même si ni les unes ni les autres n'avaient envie d'entendre ce que Virgil avait à leur confier.

– Voici l'histoire…, déclara-t-il sur un ton théâtral.

Il leva son index, comme un avertissement à son auditoire, et termina :

– … de l'Ange de la mort.

★

Alors que les deux cavaliers empruntaient un sentier qui descendait de la colline et filait vers la plaine, un objet tomba de la poche d'Hidalgo.

– Qu'est que… ? grogna Rictus.

L'objet s'était partiellement enfoncé dans la boue. L'homme noir n'avait pas eu le temps de voir de quoi il s'agissait. Il soupira fortement : cela faisait à peine un quart d'heure qu'ils avaient quitté Crimson Peak, et les ennuis commençaient déjà. Il se demanda s'il avait bien fait d'accepter cette mission. Malgré ses poings liés, Hidalgo avait réussi à tirer sur les rênes, son cheval était à l'arrêt.

L'objet renvoya un éclat doré dans la boue. Rictus fronça les sourcils. Il descendit de cheval sans quitter Hidalgo des yeux. Ce dernier haussa les épaules dans un signe d'impuissance :

– Pardon, je n'ai vraiment pas fait exprès.

L'objet gisait au pied de sa monture. Rictus se pencha. Ses doigts trouvèrent rapidement le contact du métal. Du pouce, il nettoya la boue ; c'était de l'or, une chaîne à laquelle était suspendu un médaillon. Sa cicatrice se tendit en un sourire. Il se redressa.

Tout alla ensuite très vite.

D'un mouvement du bassin, Hidalgo enroula sa jambe autour du cou de Rictus, l'enserrant dans le pli de son genou. Puis il banda le muscle de sa cuisse. La nuque craqua. Et Rictus s'écroula, mort.

– J'aurais préféré une fin plus lente pour toi, marmonna Hidalgo. Beaucoup plus lente. Mais tu jouais bien du piano et les artistes, je les respecte.

Il descendit de cheval en faisant passer sa jambe par-dessus l'encolure de la bête, et se réceptionna lourdement au sol. Rictus avait un couteau fixé à sa botte. Il l'utilisa pour détacher ses liens.

Puis il se remit en selle et fit demi-tour. En atteignant la position dominante de la colline, il s'arrêta quelques minutes. La ville de Crimson Peak s'étendait devant ses yeux. Les lumières des habitations se concentraient au niveau du centre, là où se dressait le saloon. « Une cinquantaine d'hommes », avait mentionné Virgil Panowski. Hidalgo en avait compté quarante-sept.

Il se remémora la plupart des visages. Ces hommes n'étaient pas nés de la dernière pluie, ils lui donneraient probablement du fil à retordre. Mais il n'avait pas peur. L'averse drue tapait sur ses épaules voûtées. Un éclair illumina le ciel, un halo crépitant révéla sa silhouette. Il sauta au sol, plongea ses deux mains dans une flaque de boue et s'en enduisit le visage.

Dans un premier temps, la mort frappa à vingt-quatre reprises.

Dans un second…

William dormait. Il ne rêvait pas particulièrement. Des formes lumineuses et colorées flottaient autour de lui, il les observait d'un air béat. Il hoqueta soudain… quelque chose clochait. Les formes se dissipèrent brusquement, William n'arrivait plus à respirer. Il se réveilla.

Une main était plaquée sur sa bouche avec force. Deux yeux le fixaient, cernés par un agglomérat de boue luisante. Une terreur sans nom s'empara de William. Il chercha à se débattre.

– Chhhh, fit la voix de l'homme qui le maintenait cloué sur son lit.

Les mouvements de William étaient de plus en plus faibles. Sa tête bascula en arrière. Il sentit un liquide chaud couler le long de son cou. L'éclat de lumière sur la lame du couteau l'éblouit quelques secondes. Puis son regard se vida de toute substance vitale en se perdant sur les poutres brunes du plafond de sa chambre. Les formes colorées refirent lentement leur apparition dans son champ de vision, cette fois pour l'éternité.

William faisait partie de ces vingt-quatre personnes qui

avaient choisi de faire une sieste en attendant que l'orage se calme. William faisait partie de ces vingt-quatre personnes qui partirent sans éclat – ni souffrance.

La pluie ne semblait pas vouloir s'arrêter, même si la fin d'après-midi était proche. L'obscurité était identique à celle du cœur de la nuit. Hidalgo louvoyait de maison en maison, profitant des ténèbres pour se faufiler. Sous les éclairs, sa main brillait d'un rouge écarlate, celui du sang des hommes qu'il venait d'égorger. Une heure lui avait suffi.

Il se dirigea vers une grange en périphérie de la ville. Là-bas, il pourrait souffler un peu et envisager la suite de son infiltration. Si ses calculs étaient exacts, il restait vingt-trois hommes, bien réveillés quant à eux. Il devait trouver un moyen d'atteindre son chariot, en espérant que ses adversaires n'aient pas cherché à forcer l'ouverture de sa boîte noire. Pour l'instant, personne ne semblait l'avoir repéré. Il bénéficiait encore de l'effet de surprise. Mais il devait faire vite, les cadavres qu'il avait laissés dans les différentes chambres de la ville n'allaient pas tarder à être découverts.

En pénétrant dans la grange, il réalisa qu'il s'était trompé sur un point : un homme au moins l'avait repéré, le frère de Cal. Posté au centre de la grange, l'Indien considéra longuement Hidalgo avant d'ôter sa chemise. Sa musculature était impressionnante. Il se frappa la poitrine de la paume de la main. De toute évidence, il voulait régler ça avec les poings.

– Je regrette pour ton frère, murmura Hidalgo. Mais il ne m'a pas vraiment laissé le choix. Je regrette pour toi aussi…

Un ricanement s'échappa d'entre les lèvres du colosse.

– Je regrette surtout pour votre pauvre mère. C'est toujours dur de voir ses propres enfants finir mal.

L'Indien s'élança. Hidalgo fit un pas de côté pour l'éviter. Il souffla lentement pour vider l'air de ses poumons. Ses yeux se fermèrent une fraction de seconde, le temps de faire le vide dans son esprit. Puis il passa à l'attaque.

Peu importe la taille, peu importe la force de ton adversaire – si tu respectes les principes de la mise à mort, quelques secondes te suffiront pour sortir victorieux de ton combat. Le bœuf est conduit à l'abattoir. Il doit d'abord fléchir les genoux pour permettre à sa tête de reposer sur le billot.

Premier coup dans la rotule gauche. Le frère de Cal poussa un cri mêlant surprise et douleur.

Dans le même élan, deuxième coup dans les côtes. Les épaules de l'Indien s'affaissèrent.

Un violent uppercut à la base du nez. Le cartilage se désolidarisa pour perforer la masse cérébrale et s'y enfoncer dans un bruit humide. Le visage du colosse se figea dans une expression de surprise avant qu'il ne s'écroule au sol, mort.

– Désolé pour tout, murmura Hidalgo. Mais vous vous êtes attaqués à la mauvaise personne.

Sans plus attendre, il grimpa à l'échelle de bois qui conduisait au grenier. Une ouverture dans la façade lui offrait une vue étendue sur la ville, et particulièrement sur son chariot, toujours stationné au même emplacement. Deux hommes en assuraient la garde. Hidalgo serra le manche de son couteau dans son poing. Il allait encore falloir jouer un peu de la lame avant de s'attaquer aux choses plus sérieuses.

Les deux gardes portaient chacun un fusil. L'un d'entre eux s'était abrité sous un porche et fumait une cigarette. Ce serait la dernière. Hidalgo attendit l'ultime bouffée, il n'avait pas le cœur à refuser ce plaisir à sa victime. Le corps s'affaissa sans un bruit.

– Hé ! fit le second garde en les apercevant.

Le couteau siffla dans le noir avant de se ficher dans le cou de l'homme. Hidalgo glissa le cadavre sous le chariot et écarta la toile pour se faufiler à l'arrière.

La boîte noire était toujours à sa place, bien dissimulée dans un double fond du chariot. Un soupir de soulagement s'échappa des lèvres d'Hidalgo. Il déverrouilla l'ouverture et souleva le couvercle. Le fusil de précision était sur le dessus. Il le monta rapidement. Au second plan de la boîte noire se trouvaient un fusil à canon scié et un colt à répétition. Au troisième et dernier plan, il y avait le sabre. Il lui restait également un colt à crosse d'ivoire sous le siège conducteur.

Il emporta tout ce dont il avait besoin et sortit discrètement du chariot. Il avait déjà laissé trop de corps derrière lui, il se donna dix minutes avant que l'alerte ne soit donnée. Pendant ce laps de temps, il devrait tout régler.

Quatre hommes jouaient aux cartes, à l'abri sous une toile tendue par des piquets. À travers la lunette du fusil de précision, Hidalgo voyait leurs lèvres bouger. Sur le parapet du toit où il s'était installé, il avait aligné quatre balles, pointes en l'air. La pluie était drue mais pas suffisamment pour dévier les trajectoires létales des projectiles de métal. Les quatre malfrats ne mettraient pas longtemps à réagir et à se jeter au sol. Il plaça la première balle dans la chambre de la carabine. Le cœur de l'orage était pratiquement au-dessus d'eux ; il avait compté les secondes entre l'éclair et le grondement du tonnerre. Il attendit que le ciel soit de nouveau zébré de lumières, compta jusqu'à cinq et tira. La détonation fut couverte par le grondement. Le premier joueur fut atteint à la tête, tout comme le deuxième. Le troisième eut le temps de se baisser. N'ayant aucune idée de l'endroit où était dissimulé le tireur, il ne put éviter la balle qui lui transperça le cœur. Le quatrième joueur, quant à lui, se précipita vers la maison qui jouxtait leur abri de fortune. Hidalgo l'atteignit avant qu'il n'arrive sur le perron. Sa tête alla cependant percuter de plein fouet le bas de la porte.

– Merde… souffla Hidalgo.

Il sortit une nouvelle poignée de balles. La porte s'ouvrit juste au moment où il plaçait une munition dans la chambre. Il tira. Un premier corps sur le perron. Une silhouette se profila derrière. Nouveau coup de feu, nouveau cadavre. Mais combien étaient-ils à l'intérieur de cette maison ? Hidalgo serra les dents. Cette fois, pas de tonnerre pour couvrir le bruit des détonations. Le prochain affrontement serait direct. À l'autre bout de la rue, une rumeur monta du saloon. Ses coups d'éclat n'étaient pas passés inaperçus.

Après s'être assuré que la maison était vide, Hidalgo posa son arme et descendit du toit. Lorsqu'il s'engagea dans la rue principale, un premier homme sortit du saloon. Sans sommation, Hidalgo fit feu. L'homme tourna sur lui-même et s'écroula sans un cri. Un décompte morbide défilait dans l'esprit d'Hidalgo : Rictus, vingt-quatre hommes qui dormaient, l'Indien de la grange, les deux gardes du chariot, les quatre joueurs de poker, les deux dans la maison, plus un premier venu du saloon, il restait treize personnes à abattre.

L'odeur du sang commençait à lui tourner la tête.

Les filles allaient une nouvelle fois être témoins d'un carnage. Il se promit intérieurement que ce serait le dernier, même s'il était conscient que cette promesse resterait difficile à tenir. Si Virgil Panowski avait dit vrai, sa présence en Amérique avait été signalée. Il ne s'écoulerait guère de temps avant que ne déboulent d'autres hordes de chiens enragés. Mettre les filles à l'abri deviendrait alors sa priorité. Son passé ne les concernait pas. Il pensait tout du moins en avoir fait table rase le jour où il avait commencé à les recueillir.

Deux silhouettes se profilèrent à la sortie du saloon. Une balle ricocha au pied d'Hidalgo, une autre l'atteignit à l'épaule. Il ne ralentit pas pour autant son allure. Il continuait d'avancer d'un pas déterminé.

Treize personnes.

Un cri monta de l'intérieur du saloon.

Lisbeth.

Hidalgo se mit à courir. Cinq hommes se trouvaient à présent sur le perron du saloon. Il extirpa de son dos son fusil à canon scié – l'arme idéale pour le combat rapproché. Les balles sifflaient à ses oreilles. Il plongea derrière un empilement de caisses en bois. Son épaule blessée lui arracha une douleur aiguë. Il reprit calmement son souffle.

OK. Ils s'attendent à ce que je leur rentre dans le lard. C'est le moment d'utiliser la ruse. La bonne vieille ruse du coyote.

Il posa son chapeau sur le bord d'une caisse avant de contourner en courant la maison qui se trouvait à sa droite. Il allait prendre ses ennemis à revers. Des coups de feu retentirent dans son dos, puis des voix :

– Tu l'as eu ?

– Je sais pas, j'ai touché son chapeau en tout cas.

– Alors tu l'as eu parce que souvent il y a une tête sous un chapeau.

– Je sais vraiment pas, il faudrait aller vérifier.

– Vas-y, toi…

– Bah…

Lorsque Hidalgo déboula de l'autre côté, ils étaient huit devant le saloon. Le fusil à canon scié cracha ses projectiles mortels à trois reprises. Ce fut suffisant pour réduire ses adversaires à l'état de charpie sanguinolente.

Puis il le jeta au sol pour s'emparer de son colt à crosse d'ivoire. Si ses calculs étaient exacts, ils devaient être quatre dans le saloon. Une broutille…

Il entra en trombe dans la pièce principale. En un coup d'œil, il jaugea la situation : Doc était derrière le bar, fusil au poing, Malone se tenait dans les escaliers en compagnie d'un autre homme, tous deux le doigt sur la gâchette de leur pistolet. Virgil était avec les filles, le canon de son arme pointé sur la tempe de Lisbeth.

– Tu ne manques pas de culot, mon ami, lança-t-il. Mais ta rout…

Lisbeth eut juste le temps de se boucher les oreilles, tout comme Abigaël.

Virgil fut projeté en arrière, touché entre les deux yeux. Puis ce fut le tour du Doc qui alla s'écrouler dans le fracas du bris des bouteilles soigneusement alignées derrière le comptoir. L'homme qui accompagnait Malone bascula par-dessus la rambarde de l'escalier. Quant au blanc-bec, une balle dans la main lui fit lâcher son arme.

Un nuage de fumée planait dans la pièce. Une forte odeur de poudre flottait dans l'air.

– Tu es blessé ? demanda Samantha dans un filet de voix.

– Trois fois rien, répondit Hidalgo.

En prononçant ces mots, il réalisa qu'il avait été également touché dans le gras de la cuisse, sur l'avant-bras et au niveau du cou. À cet endroit, la balle n'avait fait que l'effleurer. Il s'en était fallu de peu, à quelques millimètres près…

Un gémissement le sortit de ses pensées morbides. Malone se tenait la main en grimaçant. Hidalgo l'apostropha avec virulence :

– Toi, tu restes vivant. Et tu racontes ce que tu as vu. Libre à toi d'en rajouter un peu, je ne suis pas très regardant sur la réalité historique. Mais tu racontes, et tu t'appliques à le faire correctement. Des fois que d'autres petits malins se risqueraient à tenter leur chance.

Il eut un geste du menton en direction du blanc-bec.

– Tu n'es pas un petit malin, toi ?

– N… non, monsieur, bredouilla Malone.

D'un mouvement du pied, Hidalgo fit glisser son revolver jusqu'à lui.

– Tu en es bien sûr ?

– Ou… oui, monsieur.

Malone avala sa salive avant de murmurer :

– Vous… vous savez pas à qui vous vous êtes attaqué, murmura-t-il.

Hidalgo l'interrompit en pointant l'index vers lui.

– Attends, laisse-moi deviner, dit-il. Virgil n'était qu'un homme de main, un personnage de seconde zone. Il œuvrait pour quelqu'un de bien plus puissant, qui a suffisamment d'esprit pour ne pas passer ses journées en compagnie de dégénérés de ton espèce. Quelqu'un de suffisamment puissant pour tirer toutes les ficelles depuis son petit salon privé, entre deux gorgées de cognac hors d'âge.

Malone hocha la tête.

– L'histoire se répète, soupira Hidalgo. Quel que soit le continent. Et c'est pour cette raison que je compte sur toi pour raconter tout ce que tu as vu. En attendant, tu vas faire un peu de ménage. Tes copains, tu vas les brûler. En revanche, les habitants de la ville que vous avez massacrés, tu vas prendre le temps de leur offrir une sépulture décente. Nous resterons avec toi, pour nous assurer que tu fais correctement le boulot.

Malone renifla. Sa main blessée lui faisait souffrir le martyre. Il ne comptait pas pour autant contrarier l'homme qui avait toujours son doigt pointé dans sa direction.

– O… OK, parvint-il à bredouiller.

Hidalgo se tourna alors vers ses filles :

– Anton est dans la cave de la troisième maison en remontant vers le nord. L'accès se situe à l'arrière. Je pense que le bonhomme va avoir besoin d'être rassuré. Prenez le temps de lui expliquer ce qui s'est passé et qu'il ne court à présent plus aucun risque. C'est sûrement cette bande qui a décimé sa famille…

Il gravit les marches de l'escalier d'un pas lourd en murmurant :

– Quant à moi, je vais aller me faire couler un bon bain.

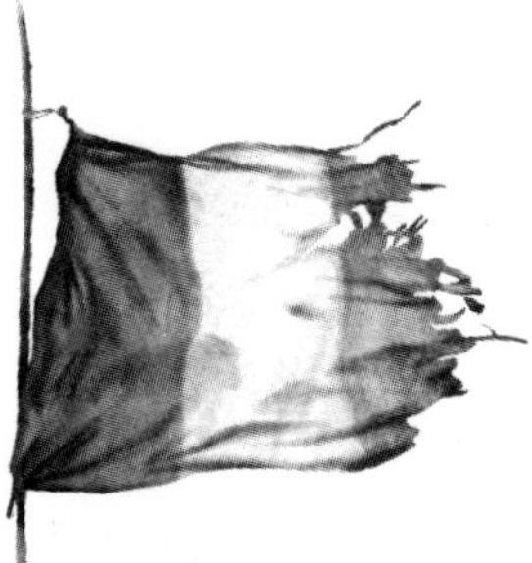

Chapitre 7
Seconde chance

– Le maire nous a parlé de toi, commença Maureen.

Hidalgo lui jeta un regard en coin. Il avait tant redouté le moment de cette conversation. Depuis le massacre de Crimson Peak, les filles – et plus particulièrement l'aînée – avaient témoigné de la réserve à son égard. C'était toujours un peu le cas après une explosion de violence – et celle de la petite bourgade avait été particulièrement spectaculaire.

Cela faisait une semaine que les habitants de Crimson Peak, qui gisaient pêle-mêle dans le charnier, avaient été enterrés par Malone, soigneusement alignés dans le cimetière qui surplombait la ville. Le bandit avait ensuite quitté les lieux, non sans avoir gratifié Hidalgo et sa famille d'un laconique :

– Bon ben salut, hein…

Il s'était éloigné, les épaules voûtées sur sa monture, tel le ménestrel partant en quête d'un nouvel auditoire, se préparant à narrer les abominations perpétrées par l'Ange de la mort. Une première phrase tournait déjà en boucle dans sa tête :

– Au commencement était le Verbe…

Il allait pouvoir s'en donner à cœur joie.

– Le maire nous a raconté ton histoire, insista Maureen.

Le chariot fut ballotté, et un des chevaux souffla bruyamment. La jeune fille s'était installée sur le siège du conducteur. D'après le silence qui régnait à l'arrière, le reste des enfants devait tendre l'oreille pour ne pas perdre une miette de la conversation.

– Et… ? fit Hidalgo.

– Et c'est une bien belle histoire, ironisa Maureen. C'est juste dommage que ce ne soit pas toi qui nous l'aies racontée.

– J'avais prévu de le faire.

– Quand ?

Hidalgo ne répondit pas. Il admettait avoir repoussé le moment de se confier, de leur parler de sa vie d'avant, des erreurs qu'il avait commises, de la famille qu'il avait eue et qu'il avait perdue.

Il s'était promis de le faire… Quand ? D'autres impératifs l'avaient détourné de cette tâche : s'occuper d'Anton et lui apprendre à parler anglais. Mais surtout enseigner l'usage des armes à feu aux filles. Après leurs récentes expériences, c'était devenu nécessaire.

– Quand ? répéta Maureen. C'est important pour nous d'avoir ta version des faits. Parce que, pour être honnête, le maire ne nous a pas dressé un portrait très réjouissant de ta personne.

– J'imagine, oui, soupira Hidalgo. Mais pouvait-il en être autrement ?

– Alors quand ?

– Ce soir, par exemple ? Au coin du feu. Après le repas. Ça vous va ?

– Oui, dit Maureen.

– Oui, répétèrent quatre petites voix derrière la toile du chariot.

Hidalgo fit claquer les rênes. Le chariot poursuivit sa route, toujours plus vers l'ouest.

Ce soir-là, Hidalgo prépara un bon repas, sûrement dans le but de calmer les ressentiments de sa famille. Ils avaient fait le plein de biscuits à Crimson Peak – et d'autres provisions également, sans le moindre scrupule, la ville étant condamnée à disparaître. Hidalgo en avait donné un à chacun des enfants. Puis il s'était préparé un café.

– C'est pas le matin qu'on boit du café normalement ? fit remarquer Abigaël.

– On boit du café quand on en a envie, jeune fille, répondit-il d'un ton sec.

Ses gestes étaient empreints de nervosité. Une cuillère aurait pu tenir debout dans la mélasse qu'il se prépara. Il en but une première gorgée, peinant à contenir une grimace de dégoût.

Les filles l'observaient en silence. Anton donnait l'impression de le fixer également, malgré sa cécité.

– Par quoi voulez-vous que je commence ? demanda Hidalgo en buvant une autre gorgée.

– Par le début, dit Maureen sans le quitter des yeux.

– Alors le début... Pour moi, tout commence en 1818 par un cri. Celui que je poussai en sortant du ventre de ma mère...

– Tu peux nous faire aussi la version abrégée, si tu veux, le coupa Samantha.

Hidalgo déglutit. Sa gorge était aussi sèche qu'un champ de pierres sous le soleil au zénith. Il aurait tout donné pour boire une rasade de whisky, malgré la promesse qu'il s'était faite il y a bien longtemps.

– Je suis né trois ans avant la mort de Napoléon, dans une région dont je vous ai déjà beaucoup parlé : le Périgord. Mon père était paysan, mon grand-père également, et il y a de fortes chances que les générations précédentes se soient aussi cassé le dos à travailler la terre.

Il poussa un profond soupir.

– Je ne voulais pas de cette vie, j'avais besoin de mouvement. Les saisons passaient bien trop lentement pour que je me cale sur leur rythme. Je réclamais de l'action : dès l'âge de quatorze ans, je choisis d'intégrer l'armée. Très vite, je montrai des capacités au combat et, surtout, à ne jamais baisser les yeux. Ce qui me valut quelques ennuis avec mes supérieurs. L'armée reste une institution où l'obéissance et la discipline sont de rigueur.

– Amen, dit Ellen.

– Malgré tout, mes éclats ne passèrent pas inaperçus. Un beau jour, alors que je croupissais dans un cachot humide pour avoir frappé mon sergent et que la seule perspective qui se présentait à moi avait la teinte du déshonneur, je reçus la visite d'un homme. Le timbre de sa voix me mit aussitôt en confiance. Il faut dire que j'avais tout juste seize ans et que j'étais encore très influençable. L'homme, qui se prénommait Victor, me proposa un marché : il montait une faction en marge de l'armée, soutenue par l'État, et avait besoin de jeunes hommes de ma trempe. Cette branche s'appelait la faction des Ailes rouges. Avais-je seulement le choix ?

Hidalgo haussa les épaules.

– J'acceptai son offre. Commença pour moi un long et douloureux apprentissage, celui de l'art de la guerre. Je n'ai pas le souvenir d'avoir vu une seule fois un de mes instructeurs sourire. Sauf peut-être la fois où je m'étais brisé la jambe en tombant d'un muret où je m'entraînais à l'escrime.

Les enfants étaient à présent suspendus à ses lèvres. Ils avaient conscience qu'ils allaient découvrir la vie de celui qui les avait adoptés, les sauvant d'un destin affreux ou d'une mort certaine. Seule sa voix grave rompait maintenant le silence d'un rythme lent et mesuré.

– J'appris à me battre, contre un, deux ou trois adversaires. Et même plus encore. J'appris à anticiper les coups, à les encaisser sans fléchir. À accepter la douleur, celle qu'on m'infligeait mais également celle que je pouvais dispenser aux autres. À dix-sept ans, j'étais devenu une véritable machine. Nulle arme n'avait de secret pour moi. Nulle façon de tuer un homme non plus.

Un voile sombre passa devant ses yeux.

– Et pourtant, malgré toute l'âpreté de mon caractère, je n'étais pas seul. J'avais un ami. Il se prénommait Louis et n'était autre que le fils de Victor. Lors de notre instruction, la camaraderie qui nous avait dans un premier temps réunis – mélange de rivalité et de complicité – se transforma rapidement en amitié franche. Nous devînmes inséparables. Et premiers de notre promotion.

Une note de fierté nuança le timbre de la voix d'Hidalgo.

– À l'aube de mes dix-huit ans, Louis me présenta sa cousine. Le sang pulsait fort dans mes veines à cet âge, je tombai immédiatement amoureux. Elle s'appelait Élisabeth et était la personne la plus magnifique qu'il m'ait jamais été donné de contempler.

– Version abrégée s'il te plaît, dit Samantha d'un ton agacé.

– Nous nous sommes mariés en secret, reprit Hidalgo sans tenir compte de l'intervention de sa fille. Malgré les conseils que Victor m'avait dispensés en matière d'engagement : « Ton activité au sein de la faction sera telle que tu n'auras guère le temps de fonder une famille », m'avait-il prévenu. Je me lançai pourtant dans ce qui me paraît aujourd'hui être le plus grand défi de ma vie. Au bout d'un an, le ventre d'Élisabeth commença à s'arrondir.

À ces mots, les yeux de Lisbeth se remplirent de larmes. Hidalgo s'en aperçut vite et demanda d'une voix douce :

– Qu'y a-t-il ?

– C… c'est vrai… que… (Elle peinait à formuler sa question.) C'est vrai que tu as tué tes propres enfants ? réussit-elle à articuler.

Le visage d'Hidalgo se durcit sous la colère.

– C'est Virgil qui t'a raconté ça ?

La petite fille hocha la tête en reniflant. Hidalgo la fixa de son regard clair.

– Me crois-tu capable de faire une chose pareille ? demanda-t-il.

Le silence se fit dans l'assemblée. La question d'Hidalgo avait provoqué une gêne, et un sentiment de honte des enfants, coupables d'avoir ruminé de bien sournoises pensées ces derniers jours.

– Ce furent les plus belles années de ma vie, reprit Hidalgo, la gorge serrée par l'émotion. Je ne dormais pas beaucoup à cette époque, entre les différentes missions que l'on me confiait et ma vie familiale. Mais je m'accommodais de ce rythme. À l'âge de vingt-cinq ans, j'étais papa de trois magnifiques enfants.

Maureen ouvrit la bouche avant de marquer une hésitation. Elle renonça finalement à demander quel était le nom des enfants.

– La vie s'écoula, aussi paisible que peut l'être une existence rythmée par les attentats déjoués et les pique-niques en bord de Seine. Et puis le sort commença à s'acharner sur ma famille. Il y eut la grippe, tout d'abord. Mon plus jeune fils y succomba. Il y eut ensuite la disparition de mon père, sauvagement assassiné par une bande de soudards. Ma mère ne s'en remit jamais, elle le rejoignit quelques mois plus tard. Ces pertes en cascade me plongèrent dans la détresse. J'avais appris à encaisser les coups, je veux dire… physiquement. Ceux que me portait la vie elle-même me paraissaient trop durs à surmonter. Et rien ne put m'extirper de la noirceur du monde dans lequel j'avais plongé. Pas même ma femme, ni même mes deux filles.

Hidalgo observa un long moment de silence. Il scruta avec attention chacun des enfants qui lui faisaient face.

– L'alcool, finit-il par déclarer. Voilà pourquoi je n'y toucherai plus jamais. L'alcool s'empare de toi, l'alcool te retourne, brouille tes pensées… L'alcool te fait lever le bras pour l'abattre sur celles et ceux qui ne le méritent pas. L'alcool pervertit ta personnalité. Il y a quinze ans de cela, je ne savais plus où j'en étais. Élisabeth ne vivait plus avec moi, même si elle me permettait de voir mes deux filles. Et le monde continuait à tourner, bien trop vite à mon goût. Il y avait cet homme au pouvoir : Louis-Philippe Ier. Un roi.

Ses épaules s'affaissèrent d'un coup en prononçant ce simple mot.

– Toutes les révolutions du monde n'avaient rien pu y faire.

Malgré toutes les têtes coupées, l'humanité tournait en rond. Et de nouveau, un roi dirigeait notre pays. Ce qui se passa ensuite me semble à présent d'une clarté limpide… et aussi d'une stupidité monstrueuse.

Sa voix devint soudain plus grave.

– Je ne pourrai jamais entrer dans le détail des pensées qui m'animaient à l'époque. Mon geste pourrait être interprété comme un concentré d'impulsions. Il n'en est rien. Je ne voulais plus de ce monde. Je ne voulais plus de cette Europe, de ce vieux continent aux relents fétides. Je voulais tirer un trait sur les bafouillages de l'humanité, la faire repartir sur de nouvelles bases, plus fraîches. Et c'est là que j'ai fait le premier mauvais choix dans ma vie… Ma tentative d'assassinat a échoué de peu. Le roi a été touché à l'épaule. Il n'a pas bronché. Il faut dire que ce n'était pas la première fois qu'il échappait à un attentat. Malgré la sécurité qui l'entourait, j'ai pu m'enfuir. Mais j'étais à présent coupable de tentative de régicide, considéré comme le plus abominable des crimes. Et mon châtiment fut à la hauteur de mon forfait. Il y eut d'abord Louis, puis son père. Ils furent tous deux fusillés pour trahison, alors qu'ils n'avaient rien à voir avec mes activités. Il y eut ensuite l'incendie. Je me souviens comme si c'était hier de l'odeur du bois brûlé. Ma femme et mes deux filles n'ont pas dû souffrir. On m'accusa de ce crime, arguant que la folie avait définitivement pris le pas sur ma personnalité. Ce qui n'était pas loin d'être le cas.

Les mâchoires d'Hidalgo se serrèrent lorsqu'il confia :

– Un seul homme était la cause de ma punition et de ma disgrâce. Il s'appelait Joseph et faisait partie de ma promotion. En moins de temps qu'il ne faut pour le dire, j'étais devenu l'homme le plus recherché de France. J'aurais pu m'enfuir ou, pourquoi pas, mettre fin à mes jours. Mais c'est là que j'ai fait le deuxième mauvais choix de ma vie. Le sang appelle le sang... Ils devaient être deux cents, trois cents... Bien plus qu'un seul homme ne peut combattre. Mon action relevait du suicide.

Hidalgo marqua un temps d'arrêt, son hésitation reflétait son envie de trouver les mots exacts pour traduire ses émotions telles qu'elles subsistaient dans sa mémoire.

– C'était du suicide, finit-il par admettre. S'attaquer au Palais-Royal avec pour seule arme le sabre que m'avait donné un vieux Japonais, c'était une façon comme une autre d'en finir avec la vie.

Les enfants écoutaient en silence. La tension avait pourtant diminué dans l'assemblée. Les révélations d'Hidalgo sur la fin de sa famille les avaient-elles rassurés ?

– Je n'avais aucun plan, juste l'intention de me jeter dans la mêlée, en emportant dans ma tombe un maximum de soldats. Je savais que mes chances d'atteindre le roi étaient nulles, mais je gardais bon espoir de frapper parmi ses proches. Je n'étais qu'une bête assoiffée de haine et de vengeance. C'est durant cette nuit que ma légende s'est construite. J'ignore combien sont tombés sous mes coups. Je n'ai pour seuls souvenirs que l'odeur du sang et les cris sauvages que je poussais à chaque fois que j'abattais mon sabre. À un moment, je me suis retrouvé face au roi. Il était à une centaine de mètres de moi mais, malgré tout, nos regards se sont croisés. Mon corps était criblé de balles, mon souffle court. Je comptais les secondes avant que la vie ne me quitte. Mes adversaires m'observaient en silence, conscients que le moindre choc pouvait me faire basculer. Ils m'ont pourtant laissé faire quelques pas. Peut-être étaient-ils impressionnés par mon coup d'éclat ? Moi, je n'avais qu'une seule envie : en finir. Un soldat s'est mis en travers de mon chemin, fusil au poing, baïonnette tendue vers l'avant. J'ai puisé dans mes dernières forces pour me jeter sur lui. Le pic de métal m'a transpercé de part en part.

– Mais… mais tu aurais dû mourir, balbutia Samantha.

– J'aurais dû, dit Hidalgo. Mais ça ne s'est pas vraiment passé comme ça. Je me suis réveillé en sursaut, quelques heures ou jours plus tard. J'étais recouvert d'un drap blanc. Apparemment, mes ennemis avaient cru à mon trépas. Mais ce n'était pas l'heure pour moi. Je me suis levé, malgré les plaies qui provoquaient de terribles douleurs à chacun de mes mouvements. Et j'ai fui. J'avais tout perdu, tout ce qui aurait pu me retenir sur cette terre. Ma famille, mes amis et mes convictions. J'aurais dû être en peine, et pourtant… J'avais l'impression de bénéficier d'une seconde chance.

Il dévisagea avec attention les enfants un par un avant de terminer :

– Et d'avoir l'obligation de la saisir.

– Tu as réussi à t'enfuir ? demanda Ellen.

– Sans trop de difficultés. Mes ennemis ont dû penser que mon corps avait été volé à la morgue. Et j'avais suffisamment de ressources pour embarquer sur le premier bateau et traverser l'océan pour atterrir ici.

– Et tu nous as trouvées ? demanda Lisbeth.

– Pour faire court, oui. Il n'a pas fallu longtemps avant que nos routes se croisent.

Il semblait fatigué, comme si conter son histoire l'avait fait vieillir brusquement de quelques années. Il sortit sa pipe de sa poche et la bourra lentement de tabac.

– Tu nous raconteras la suite un jour ? demanda Abigaël.

– Quelle suite ?

– Le moment où tu es arrivé à New York, par exemple.

Hidalgo sourit entre deux bouffées.

– Je vous raconterai tout ça, promis.

Les enfants s'étaient levés un à un pour se rapprocher de lui. Lisbeth et Abigaël s'assirent chacune sur un genou. Samantha se blottit contre une de ses épaules, Ellen contre l'autre. Maureen se plaça derrière lui et entoura son cou de ses bras blancs. Anton se tenait en retrait, Hidalgo l'appela doucement pour qu'il puisse rejoindre le groupe. Le petit garçon s'assit au milieu. Hidalgo les enveloppa tous de ses bras. Ils restèrent un long moment immobiles, sans rien dire, perdus dans leurs pensées. Une larme coula sur la joue d'Hidalgo, il l'essuya du revers de la main pour qu'aucun des enfants ne la voie. Son regard se perdit dans le lointain. Le lendemain, ils continueraient vers l'ouest. Ils suivraient la course du soleil, le seul guide de leur périple, comme si sa lumière était garante de pureté.

Et non, ils ne gâcheraient pas les secondes chances.

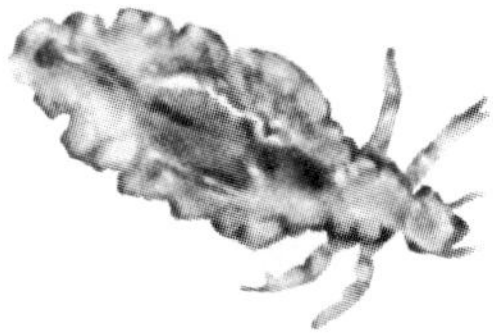

Chapitre 8
Les Misérables

La proue soulevait des nuages d'écume. Le bateau fendait les flots avec force, sa masse se soulevant au gré de la houle. Le ciel était clair, une nuée de mouettes volaient dans le sillage du bâtiment en poussant des cris. Quelques marins leur répondaient d'un sourire éclatant ; la présence des oiseaux signifiait qu'ils ne devaient plus être très loin de leur destination. Un homme vêtu de noir se tenait à l'avant, accoudé au bastingage. Il émanait de lui une tension telle que les autres passagers évitaient de passer à proximité. Les muscles de sa mâchoire pulsaient au rythme des pensées qui le traversaient. À un moment, pourtant, le capitaine se risqua à venir prendre place à ses côtés. L'homme en noir ne broncha pas. Ses yeux restaient fixés sur l'océan.

– Nous arriverons d'ici quelques jours, déclara le capitaine.

Bien qu'il s'agisse d'une bonne nouvelle, l'homme ne réagit que par un bref grognement.

– Les marins ne sont pas fâchés d'arriver enfin, insista le capitaine. J'imagine que vous non plus. Le bateau craque de partout, on dirait qu'il est sur le point de se désagréger.

L'homme en noir émit un petit ricanement.

– Ne me parlez pas de votre bateau, dit-il. Ne me parlez pas de votre équipage et ne me parlez pas de ce maudit voyage. La puanteur est telle ici que j'ai longtemps hésité entre cesser de respirer ou sauter par-dessus bord. Vos hommes sont si peu intelligents que mes tentatives de communication se sont toutes soldées par un échec retentissant.

Le capitaine baissa les yeux :

– Cinq d'entre eux ont perdu la vie lors de cette traversée…

– Paix à leur âme, grommela l'homme en noir. Mais cela n'excuse en rien leur stupidité. Je dois vous confier que j'appréhende beaucoup mon séjour dans les Amériques. J'espère pouvoir traiter avec des gens d'un tout autre niveau.

– Vous y allez pour affaires ? demanda le capitaine.

Il regretta aussitôt sa question. La personne qui avait payé le voyage de l'homme en noir l'avait pourtant prévenu : « Ne pose pas de questions. » C'était trois mois auparavant. La longue traversée de l'Atlantique avait entièrement effacé cette recommandation de son esprit.

L'homme en noir lui lança un regard mauvais. Contre toute attente, il lui répondit pourtant :

– Je vais retrouver une vieille connaissance et récupérer quelque chose que cette personne me doit.

Le timbre de sa voix était glaçant. Le capitaine rentra sensiblement sa tête dans ses épaules, se félicitant de ne pas être à la place de la personne que recherchait l'homme en noir. Ce dernier se détourna de lui, il en avait apparemment terminé avec leur conversation. Un nouveau nuage d'embruns se forma sur le pont. L'eau coulait sur le visage de l'homme en noir. Il ne réagit toujours pas, son regard restait fixé sur la ligne d'horizon. Le capitaine regagna ses quartiers, l'abandonnant à ses sombres pensées. Une mouette se posa quelques secondes sur le bastingage avant de redécoller aussitôt. Même les oiseaux fuyaient sa compagnie.

Il accosterait à New York dans quelques jours. Commencerait alors la grande ronde des questions. La langue ne serait pas vraiment une barrière pour lui.

– Joseph Dargent, je m'appelle Joseph Dargent.

C'est la première phrase qu'il avait apprise en anglais, il y avait bien des années de cela. Il avait eu maintes fois l'occasion de l'utiliser, lors de ces interminables banquets diplomatiques lors desquels il assurait la protection personnelle des hauts fonctionnaires. Il avait même eu la coquetterie de prononcer son prénom à l'anglaise – *Djoesef* – et même de l'abréger – *Djoe*.

– Vous pouvez m'appeler Jo.

Au fond de lui, il détestait ce diminutif, mais il avait entendu dire qu'il était très prisé des Américains. S'il voulait mener à bien sa mission, mieux valait s'intégrer.

Dès son arrivée, il filerait vers l'ambassade de France. Là-bas, tout le monde était prévenu de sa venue. Il resterait une semaine, le temps qu'on le renseigne sur les mœurs des autochtones des régions qu'il allait devoir traverser. Il ne faisait pas grand cas de cette instruction, il avait suffisamment d'expérience pour se faire comprendre par n'importe qui. Il avait surtout ses deux pistolets et il savait les utiliser. Selon lui, la poudre restait le meilleur moyen d'obtenir gain de cause. Il ne comptait pas s'en priver, il devait aller vite : sa proie avait quelques longueurs d'avance sur lui.

À cette pensée, ses poings se serrèrent sur le bastingage.

Sa proie. Il ne voyait pas d'autre moyen de nommer celui qui l'avait contraint à traverser l'océan sur ce maudit rafiot. Rien que pour cette raison, l'autre paierait.

La rage le consumait, concentrée sur l'accomplissement de sa vengeance. La nuit, il grinçait tellement des dents qu'il lui arrivait au réveil de trouver des morceaux d'émail dans sa bouche. Il traquerait sa proie, il s'en était fait la promesse. Et c'était devenu depuis sa seule raison de vivre. L'homme qu'il recherchait avait ôté la vie à son frère. Il ne quitterait pas le continent américain sans avoir mené sa vengeance à bien.

La cloche sur le pont sonna brusquement. Joseph Dargent ne se retourna même pas. Ce devait être pour annoncer la mort d'un nouveau passager. Des familles entières avaient été décimées par les maladies et les différentes infections. Les cales grouillaient de parasites, des escadrons de puces vous couraient sur les mollets dès les premières marches de l'escalier conduisant à cet enfer. Certains poux avaient la taille d'un ongle de petit doigt. Et quand ils n'avaient plus de sang à pomper sur la tête des enfants, ils se nourrissaient d'excréments.

Joseph Dargent s'était installé sur le pont dès la première semaine de voyage. Il ne voulait pour rien au monde se mêler à cette plèbe. Le capitaine avait stipulé qu'il s'agissait pourtant d'un avant-goût de ce qui les attendait en Amérique.

– Là-bas, tout est pire, avait-il grogné à un de ses passagers qui se plaignait.

Joseph Dargent s'accommoderait de ce constat, les conditions de vie extrêmes ne l'effrayaient pas : il avait voyagé dans les confins de la Russie et sous le soleil brûlant d'Égypte. Ce qui lui avait pesé le plus, en revanche, c'était la pauvreté culturelle des populations locales. Il ne s'attendait pas à être surpris en Amérique, et redoutait même le pire. Il avait relu quatre fois *Les Misérables* – discrètement, bien entendu, l'auteur étant considéré comme un ennemi du régime. Il allait passer de Victor Hugo à une bande de cow-boys dégénérés pour qui l'hygiène n'était qu'un détail très accessoire. En une traversée d'océan… Il ne pouvait concevoir que ces deux mondes puissent cohabiter à la même époque.

Un cri retentit depuis les hauteurs. La vigie pointait son doigt vers l'avant en hurlant. Joseph Dargent plissa les yeux : l'horizon s'était épaissi d'une fine ligne claire. Un soulagement souleva sa poitrine. Il allait enfin pouvoir accoster. Il allait enfin pouvoir se mettre en chasse. Sa proie s'était déjà taillé une belle réputation sur ces terres éloignées. La partie risquait d'être serrée. Mais Joseph ne s'en souciait guère. Il se savait du bon côté de la loi. Il connaissait surtout les atrocités commises par celui qu'il recherchait : l'homme qui avait décimé la moitié de son bataillon, l'homme qui avait survécu à ses blessures, qui s'était fait passer pour mort pour pouvoir ensuite s'enfuir. Un concours de circonstances terrible avait de nouveau mis Joseph Dargent sur sa piste. Une légende qui planait sur l'Ouest et qui avait même réussi à traverser l'océan. Une légende qui portait la marque d'un tatouage qu'il connaissait bien, car il avait le même : une jeune femme avec des ailes d'ange. L'homme qu'il cherchait avait eu la clairvoyance de changer de nom lorsqu'il avait débarqué en Amérique. Il se faisait dorénavant appeler Hidalgo.

carnet de croquis

EXTRAITS I

Papa nous a promis de nous apprendre à jouer au poker un jour... C'est drôle, j'arrive à voir quand il nous fait des promesses qu'il ne tiendra jamais.

Menteurs ! voleurs ! tricheurs !

le rêve américain

Les étoiles scintillent sur le drapeau
Les étoiles brillent dans les yeux de celui qui aspire au rêve américain

Le castor

animal mignon
(mais qui pue... bon sang qu'est ce qu'il pue!)

dans les yeux de Jacominus, le rêve américain brille aussi fort que la pépite qu'il imagine trouver.
« Aussi grosse que mon poing serré »

 = $$$

et le rêve américain de Jacominus prend l'apparence d'espèces sonnantes et trébuchantes.
il porte un nom : Fortune

un jour, je me ferai tatouer aussi S.

Le tatouage du père.
L'Ange de la Mort.
Une dague pour chaque bras vengeur.

37 étoiles sur le drapeau
et 13 bandes. du bleu,
du blanc et du rouge.
Comme sur le drapeau
du pays du père.
ur son cheval
très très loin.
Cal indien renégat
i.f.t. (indice de fils de trainée) : 6,5/10
CRÂNE DE MORT
Poème Morbide
et dans le front de Cal
s'est logée une balle de métal
S.
c'est pas mal
un peu court
mais ça rime
eil couchent nous indique la direction à suivre, toujours plus
l'ouest. J'entends déjà l'océan gronder, les vagues s'abattre
fracas sur les plages de sable fin. les mouettes saluent
présence de leurs cris stridents et m'invitent à m'enfoncer plus
ndément dans mon rêve américain.

LA mystérieuse boîte NOIRE

elle est grise, ta boîte....

Malone
poète contrarié
ift : non communiqué

Au commencement était le Verbe.

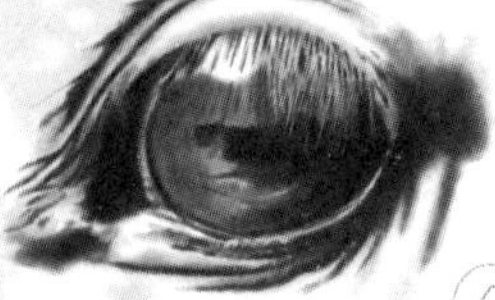

la mélancolie dans le regard de Baudelaire

CATACLOP CATACL

Baudelaire, notre premier cheval. Il a parfois un tempérament mélancolique.

Fumer Pue
Rictus
taiseux
i.f.t : 8/10
BANG
BANG
!!!
Luis... ou Pedro
mexicain taciturne
i.f.t : 7/10
Mc Queen
notre second cheval
une seule chose l'intéresse : LA VITESSE !
ZOU!!!!!

ENTRACTE 1
Cinq filles dans la boue

Lisbeth interrompt son récit.

– Voudriez-vous une tasse de thé ? me demande-t-elle. Ou quelque chose de plus rafraîchissant ?

J'accepte un verre de limonade. Elle se lève pour se rendre dans le coin cuisine à petits pas, après avoir décliné ma proposition de l'aider.

C'est notre quatrième journée passée ensemble, j'ai pourtant l'impression que notre entretien dure depuis des mois. Je n'ai pas vu le temps passer.

Lisbeth pose deux verres sur la table basse qui nous sépare et me tend la bouteille.

– Occupez-vous de l'ouvrir, mon petit, me demande-t-elle. Ces satanés bouchons m'ont toujours donné du fil à retordre.

Je nous sers deux grands verres. Les bulles pétillent en libérant leur effervescence. La boisson est fraîche, Lisbeth en boit une gorgée. Elle contient un hoquet avant de poursuivre son récit :

– Imaginez, dit-elle. Imaginez cinq filles dans la boue. Car il s'agissait bien de ça. Il y avait évidemment les prairies d'herbes sauvages qui s'étendaient à perte de vue, les collines boisées abritant une faune incroyable et variée, les portions de désert aussi sèches et brûlantes que la porte d'un four laissée ouverte. Mais l'impression générale des journées passées dans le grand Ouest était que nous étions bel et bien cinq filles dans la boue.

Elle secoue la tête, soudain prise d'un grand désarroi.

– Pauvre Hidalgo, murmure-t-elle. Il se démenait pourtant pour nous sortir de cette fange.

Elle boit une autre gorgée.

– Nous étions ses princesses, explique-t-elle. Il se donnait un mal fou pour nous inculquer les bonnes manières, pour parler correctement la langue, pour manger sans faire de bruit, pour ne pas prendre la parole de façon impulsive et pour apprendre à écouter les autres.

Une lueur malicieuse traverse son regard lorsqu'elle ajoute :

– Il nous enseigna également toutes les façons possibles et imaginables de se battre. Que ce soit à mains nues, à l'arme blanche – du couteau au sabre d'assaut – ou à l'aide d'armes à feu. Nos mauvaises rencontres ne se limitèrent pas à l'incident de Crimson Peak. Loin de là. La bande de Virgil Panowski marqua cependant le début de notre long et douloureux apprentissage pour devenir de véritables petits soldats.

Je porte ma main devant ma bouche pour masquer mon sourire. Difficile d'imaginer cette petite vieille dame serrant une arme dans son poing et tirant à tout-va.

– Vous avez tort de vous moquer, siffle Lisbeth.

Une irrépressible rougeur se développe sur mes joues. Je bredouille quelques mots d'excuse.

– Mais je comprends votre attitude, poursuit la vieille dame. Ce que nous rapportent les livres d'histoire n'est pas franchement compatible avec mon propre récit. Peu de femmes se sont illustrées à cette époque : Calamity Jane, Annie Oakley… Elles se comptent sur les doigts d'une main. Le Far West n'était pas un endroit pour les fillettes. Et pourtant…

Son regard se fait soudain plus perçant.

– J'avais six ans la première fois que j'ai tiré au fusil de précision. Et j'ai fait mouche.

Elle se lève soudain pour aller fureter dans un buffet au fond de la pièce. Elle trouve ce qu'elle cherche dans le troisième tiroir : une boîte en bois au couvercle patiné par le temps. Lorsqu'elle l'ouvre, je suis parcourue d'un frisson incontrôlable. Une fine couche de poussière recouvre chacun des revolvers ; ils n'ont pas dû être manipulés depuis longtemps. La respiration de Lisbeth ralentit et devient plus profonde.

– Il nous en a offert un à chacune, murmure-t-elle. Avec une recommandation bien particulière : être discrète, très discrète. Je me rappelle ses mots comme si c'était hier : « Restez en arrière-plan, sinon vous finirez dans un cirque. » Il n'avait pas tort quand je vois ce qui est arrivé à Calamity et à Annie.

– Annie Oakley a été une circassienne de grande renommée, fais-je remarquer.

– Je vous parle d'Ouest sauvage depuis quatre jours, pas de cirque.

Je bredouille une nouvelle fois de plates excuses et bois une gorgée de limonade pour me donner une contenance et masquer ma gêne. Lisbeth effleure du doigt la crosse d'un des pistolets. Elle s'attarde sur le motif d'une jeune fille avec des ailes d'ange.

– On n'était pas des enfants de chœur.

Sa voix est un souffle, si basse que je peine à saisir les mots qu'elle vient de murmurer.

– Mais nous nous sommes toujours efforcées d'éviter les ennuis, reprend-elle d'une voix plus forte. Hidalgo nous avait recommandé la discrétion pour une autre raison. Avec les gens qu'il avait aux trousses, mieux valait faire profil bas. Nous n'en avions pas forcément conscience à cette époque, même si Malone nous avait mis en garde avant de nous quitter. La bande de Virgil n'était malheureusement que la partie immergée de l'iceberg. L'annonce de sa mort a fait l'effet d'un véritable coup de tonnerre. Et le bruit de l'événement est fatalement parvenu en haut lieu.

Lisbeth lève les yeux au ciel, comme si le haut lieu en question relevait d'une plaisanterie sinistre.

– La pègre n'était pas encore très développée à l'époque, explique-t-elle. Enfin, pas comme elle peut l'être de nos jours. Mais elle existait, suffisamment pour nous causer des ennuis. Notre première erreur a été de considérer l'Ouest de l'Amérique comme un espace sauvage et vierge où il serait aisé de nous cacher. Tu parles… Un homme qui se balade avec cinq filles et un garçonnet aveugle ? On aurait pu tout aussi bien inscrire sur la bâche de notre chariot : « Nous sommes les meurtriers de la bande de Virgil ! » Les ennuis se sont mis à pleuvoir, vous n'avez même pas idée. La famille entière de Virgil nous est tombée dessus. Ses frères, ses cousins, ses oncles… Leur lien de parenté n'était qu'un prétexte pour dégainer leurs armes et faire parler la poudre. Bien mal leur en a pris, il ne doit plus rester beaucoup de Panowski sur le continent américain. Hidalgo nous défendait, nous étions sa portée. Alors bien sûr, il fut blessé plus d'une fois. Il n'était pas invulnérable. Mais on avait l'impression qu'un ange ailé planait au-dessus de sa tête. Le même qu'il avait tatoué sur son avant-bras. Un ange gardien qui veillait sur chacun de ses pas, lui faisant esquiver la trajectoire des balles. Il a dû traverser un nombre incalculable de fusillades. Et nous avec, cachés par son corps massif qui faisait rempart. Je me souviens de la première fois qu'Anton a parlé. Je lui avais appris les chiffres. Autant commencer par quelque chose. Un soir, il s'est mis à compter, au contact de ses doigts, les cicatrices sur le corps d'Hidalgo. Ça en faisait un paquet.

Et puis un matin, au réveil, nous avons remarqué dans le regard de notre père une lueur qui n'y était pas la veille. C'était de la fatigue, une fatigue si intense qu'elle paraissait tétaniser tout son corps. Maureen a pris l'initiative de notre avenir. Nous l'avons vue murmurer quelque chose à l'oreille d'Hidalgo, et à cet instant précis, elle donna l'impression d'être sa maman.

Lisbeth sourit à cette évocation. Pour elle, ce souvenir devait être merveilleux : Hidalgo avait réalisé l'inconcevable, fonder sa propre famille dans un milieu hostile. Il avait réussi à rayer son passé pour repartir sur de nouvelles bases.

– Nous sommes partis dans les montagnes, poursuit la vieille dame. Nous avons franchi des cols. J'ai vu la neige pour la première fois de ma vie. Puis, nous sommes descendus dans une vallée. Je décrivais à Anton avec minutie chaque détail du paysage qui s'offrait à nous. Le moindre buisson, le moindre arbre, la moindre roche. La nature entière bruissait de vie. Les oiseaux pépiaient, les chevreuils nous toisaient sans manifester de frayeur. Au cœur de cette vallée se trouvait une prairie, à l'herbe si grasse qu'il était difficile de résister à l'envie de se rouler dedans. C'est dans ce paradis que nous nous sommes installés. Hidalgo a construit un chalet, nous l'avons aidé, coupant, sciant, ajustant… Les journées se déroulaient au son de nos éclats de rire. De nos pleurs aussi parfois, lorsqu'une lame ripait sur des doigts maladroits. Nous l'avons aimée, notre maison, nous lui avons même donné un nom : Santa Esmeralda. Nous étions toujours cinq filles dans la boue, mais la terre avait fini par sécher sur nos jambes fluettes et se disperser dans un nuage de poussière grise. Isolés du monde, nous avons construit bien plus qu'un havre de paix. Nos journées s'organisaient autour des leçons que nous prodiguait notre tuteur. De langues, de sciences, de mathématiques mais également d'entraînement au maniement des armes. C'est à cette période que nous nous sommes prises de passion pour le dessin. Toutes les cinq. Nous partagions un carnet et chacune y relatait notre quotidien, au crayon gras ou même à l'encre noire et au pinceau. De temps à autre, Hidalgo s'absentait. Il revenait quelques jours plus tard avec des vivres, des munitions et des nouvelles du monde. Parfois, dans ses sacoches, il ramenait des livres. C'était en quelque sorte notre unique contact avec la civilisation. Je les dévorais, même si je n'en saisissais qu'une infime partie. Les romans nous faisaient voyager hors de notre paradis. Et puis il y eut les poèmes. Je me souviens parfaitement des silences qui ponctuaient leur lecture. Des silences d'une qualité inouïe où se mêlaient la contemplation des paysages qui nous entouraient et la certitude de nous élever au-dessus de toute considération matérielle.

Le soleil se couche lentement sur le récit de Lisbeth. Sa voix se fait de plus en plus basse. Peut-être va-t-il être temps de prendre congé ? Elle n'en a pourtant pas fini. Elle poursuit son histoire alors que la pénombre gagne peu à peu sa chambre.

– Une année s'écoula, puis une autre. À l'âge de sept ans, je parlais trois langues : l'anglais, le français et l'espagnol. J'excellais au tir à l'arc. Je pouvais abattre un lapin à cent pieds. Je ne le faisais pourtant que pour nourrir la famille. Nous vivions dans le respect absolu de la nature qui nous avait accueillis en son sein. Aucune herbe n'avait de secret pour nous, aucune plante, aucun animal. Nous grandissions et devenions des enfants de la terre. La croissance de Maureen fut la plus spectaculaire. Elle passa du statut d'enfant à celui de belle et grande jeune fille. Je me souviens de la façon dont nous observions sa poitrine naissante, de nos rires en cachette qui avaient le don de l'agacer prodigieusement. Lorsqu'elle eut ses premières règles, Hidalgo prit le temps de lui expliquer. Et Maureen accepta sa féminité avec une grâce qui forçait d'admiration. Elle devint notre modèle. Et quand elle atteignit seize ans, j'en avais dix. Le temps passe vite dans les montagnes. Six ans s'étaient écoulés. Nous avions tous grandi, Anton y compris. Sa cécité ne semblait pas lui peser. Il connaissait nos voix par cœur, pouvait se diriger sans l'aide de personne, grâce aux sons qui l'entouraient. Il maniait le sabre avec une dextérité étonnante. Il reconnaissait les plantes à leur odeur et c'est souvent lui qui nous préparait de puissantes décoctions vitalisantes. Parfois, nous grimpions en haut de la montagne qui surplombait notre vallée. Il nous fallait pas moins d'une demi-journée pour atteindre le sommet. De là, nous contemplions le monde qui s'étendait sous nos yeux. L'autre monde. Celui auquel nous avions échappé. Une nuance de regret traversait alors parfois nos yeux, qui s'estompait rapidement lors de la descente. Le monde pouvait tourner sans nous, les nouvelles de la civilisation que nous rapportait Hidalgo étaient loin d'être réjouissantes. Partout des guerres et des conflits, entre les pays, les peuples d'une même race. Nous nous suffisions à nous-mêmes et aurions pu rester dans notre paradis jusqu'à la fin de nos jours… si le destin ne nous avait pas rattrapés de la façon la plus brutale.

Le regard de Lisbeth se perd dans le vague, alors qu'elle répète dans un murmure :

– De la façon la plus brutale.

PARTIE II

Le soleil se posa sur l'horizon

Chapitre 9
Retrouvailles

Joseph Dargent pointa le canon de son revolver sur l'homme cloué au sol devant lui. Du pied, il écarta le fusil sur le parquet. L'arme alla cogner contre le buffet qui se trouvait au fond de la pièce. Joseph serra les dents, ses tempes bourdonnaient d'une vibration continue. La douleur s'était installée jusque derrière sa nuque. Il trouva pourtant la force de murmurer :

– Fin de partie.

Il prit appui contre le bureau sur sa droite. Sa jambe lui faisait un mal de chien.

– Sept ans que je te recherche, siffla-t-il. Sept ans que j'arpente de long en large ce pays de malheur. À côtoyer ces rustres bas du front, à me plier à leurs coutumes sans âge.

Il cracha un jet de salive écarlate avant de s'essuyer la bouche du revers de la manche.

– Je comptais sur un aller-retour rapide, dit-il. Je comptais sur mes talents de limier pour te débusquer rapidement. Mais il a fallu que sept ans s'écoulent avant que je retrouve ta trace.

Son doigt tremblait sur la gâchette de son arme, peinant à contenir la pression de sa phalange sur le métal froid.

– Fin de partie, répéta-t-il.

– P… pas vraiment, répondit l'homme à ses pieds.

Les yeux de ce dernier ne cillaient pas, comme s'il cherchait à pénétrer au plus profond des pensées de Joseph. Comme s'il voulait imprimer sur sa rétine l'image de son bourreau et l'emporter dans sa tombe. Puis les souvenirs affluèrent, semblables à une vague déferlant sur la grève. Les cris de joie des enfants tout d'abord, et le bruit du vent dans les branchages épais des arbres. Le son des roues du chariot sur le chemin de terre s'insinuait dans ses pensées, celui des halètements des chevaux également. Un mince sourire tendit ses lèvres. Il ferma les yeux quelques secondes, goûtant à l'apaisement retrouvé. Il n'avait pas peur, il savait que ce moment devait arriver tôt ou tard. Il avait fait une croix sur son passé, mais celui-ci avait fini par le rattraper.

– J'attends cet instant depuis si longtemps, grogna Joseph.

L'homme ne réagit pas. Les images se multipliaient dans son esprit. Celle d'une vallée si verte qu'il était impossible de la contempler sans cligner des yeux. Celle d'une cabane, modeste lorsqu'elle avait été construite, puis plus grande lorsque les filles avaient réclamé chacune leur chambre. Le son du ruisseau qui courait en contrebas était ténu mais suffisamment fort pour procurer un vivifiant sentiment de fraîcheur pendant les fortes chaleurs. Il sourit plus franchement en se remémorant le visage de ses enfants au hasard de ses souvenirs.

La partie n'était pas finie. Loin de là.

Tant qu'elles étaient vivantes, tant qu'elles pourraient saisir la vie à bras-le-corps et en savourer chaque précieuse seconde.

Ces six années passées dans leur paradis avaient été les plus belles de sa vie. Ses filles y avaient grandi, poussé comme de magnifiques plantes. Leurs rires s'étaient épanouis dans l'espace vierge de cette parcelle de nature qui n'avait jamais été polluée par la présence humaine. Le ciel lui avait semblé d'une pureté incroyable, jusqu'à ce qu'un nuage y apparaisse. Un minuscule nuage.

Il suffit d'une fois.

Il fronça les sourcils. Des bruits désagréables montèrent dans sa tête. Un vent de panique souffla jusqu'à lui. Les filles criaient, l'urgence tendait leur voix. Les chevaux protestèrent lorsqu'il leur passa leur mors. Ils tapaient du pied avec nervosité. Six ans qu'ils avaient retrouvé leur liberté dans les prairies d'herbe grasse, ils ne voulaient quitter cet éden pour rien au monde.

L'homme inspira une grande goulée d'air. Il suffoquait. Sa bouche se remplit de sang.

– Il est l'heure de mourir, François, murmura Joseph Dargent.

Ses traits étaient congestionnés par la haine.

– Je… je ne m'appelle pas François, répondit l'homme. Je m'appelle Hidalgo.

Joseph lui lança un regard sceptique, teinté d'ironie.

Puis il tira.

Chapitre 10
Denver

– J'ai mal au ventre, gémit Samantha.

– C'est sûrement un pet de travers, déclara Hidalgo.

Il adressa un sourire en coin à sa fille. Sa voix manquait pourtant d'entrain. Sam n'avait pas quitté son lit depuis trois jours. Son regard brillait d'une fièvre qui n'augurait rien de bon. Ses sœurs se relayaient à son chevet. L'inquiétude commençait à gagner le groupe.

– On va attendre demain matin, proposa Hidalgo. Et si ça ne s'est pas arrangé, on avisera.

Un courant d'air fit vaciller la flamme de la chandelle posée sur la table de nuit. La respiration de Samantha ralentit, elle venait de s'endormir. Hidalgo quitta la chambre sans faire de bruit. Maureen et Abigaël l'attendaient dans la cuisine.

– Les autres dorment ? demanda-t-il.

Maureen hocha la tête pour toute réponse. Un pli barrait son front. Il se marqua davantage lorsqu'elle découvrit le visage de son père.

– Ça ne se présente pas bien ? demanda-t-elle dans un souffle.

– Pas super. Je ne suis pas médecin mais ça m'a tout l'air d'être une crise d'appendicite.

– D'appendi… quoi ? questionna Abigaël.

– C'est une inflammation abdominale. Lorsque j'étais dans l'armée, j'ai pu observer de nombreux cas.

– Et ça se soigne ? dit Maureen.

– Seul un chirurgien serait capable d'une telle prouesse.

Un silence implacable s'abattit dans la pièce. La sentence sonnait comme une épitaphe. Abigaël déglutit, les larmes aux yeux :

– Ça veut dire que…

– Ça veut dire que je vais l'emmener demain, la coupa Hidalgo. En trois jours, je peux rejoindre Denver, la grande ville la plus proche. Avec un peu de chance, j'y trouverai un chirurgien.

– Et tu vas nous laisser tout seuls ? demanda Abigaël.

– Maureen a seize ans, elle a largement l'âge de s'occuper de vous.

Un coyote hurla dans le lointain. Maureen marqua une hésitation avant de déclarer à voix basse :

– Non.

Hidalgo se redressa, surpris. La jeune fille s'était rarement opposée à lui avec autant de fermeté.

– Non, insista-t-elle. Vu les circonstances, je n'envisage pas que nous soyons séparés. Samantha est en danger. Nous voulons être à ses côtés si les choses devaient mal tourner… comme nous l'avons toujours été.

La détresse nuançait le timbre de sa voix. Hidalgo considéra sa fille aînée. La détermination brûlait si fort dans son regard qu'il sut qu'il n'avait pas le choix.

– Qu'il en soit ainsi, déclara-t-il finalement. Nous partirons à l'aube.

Ils quittèrent la vallée bien plus tôt. Samantha se réveilla au milieu de la nuit en hurlant.

Les filles crièrent. Hidalgo leur demanda de se calmer. Les chevaux piaffaient. Hidalgo leur passa la main sur l'encolure. Puis il s'installa sur le siège du conducteur. Le vent se leva alors, chaud et sec, comme pour saluer leur départ. Le chariot s'ébranla.

De nouveau, la route s'ouvrait devant eux.

Le souvenir des cahots, du bruit des roues sur la caillasse, de la toile qui se tend par intermittence leur revint immédiatement en mémoire ; la familiarité de ces éléments émergea dans leur esprit troublé, comme une vie antérieure qui refaisait surface.

Un lit de fortune avait été installé pour Samantha – quelques couvertures disposées sur le plancher. La tête de la jeune fille reposait sur les genoux de sa sœur aînée.

Dès le début de ce nouveau voyage, les enfants constatèrent qu'une chose avait changé. Ils étaient désormais plus à l'étroit et mirent un moment avant de caler leurs jambes pour ne pas se gêner les uns les autres. Maureen avait à présent seize ans, Ellen quatorze, Samantha douze, Lisbeth, Abigaël et Anton dix.

Hidalgo, lui, en avait cinquante-six. Parfois, pour se moquer, les enfants l'appelaient le vieillard. Ce qui ne venait pas forcément à l'esprit en considérant sa silhouette massive et ses gestes vifs et précis.

La boîte noire avait été rangée dans un coin du chariot, ainsi que les deux pistolets sous le siège du passager. Hidalgo priait intérieurement pour ne pas avoir à s'en servir. Cela faisait six ans qu'il ne les avait pas utilisés, préférant largement l'arc pour aller chasser. Emporter ses armes était pourtant une nécessité : ils allaient de nouveau être en contact avec la civilisation.

Hidalgo avait eu l'occasion de se rendre à Denver une ou deux fois au cours des dernières années. Il ne gardait pas un très bon souvenir de cette expérience. L'impression désagréable que les passants le dévisageaient dans la rue ne l'avait pas quitté. Il avait baissé son chapeau sur ses yeux avant de rapidement terminer ses courses. Puis il était parti, sans même se retourner.

– C'est grand, Denver ? demanda Ellen alors qu'ils roulaient déjà depuis trois heures.

– C'est immense, répondit Hidalgo de l'avant.

La jeune fille passa sa tête par l'ouverture de la toile.

– Immense comment ?

– Il y a beaucoup d'habitants…

– Combien ?

– Je ne sais pas, je n'ai jamais été très doué avec les chiffres, plusieurs milliers, je suppose.

– Environ cinq mille, intervint Maureen du fond du chariot. Je l'ai lu dans un des journaux que tu as ramenés un jour.

– Ça fait un paquet, siffla Hidalgo entre ses dents.

– Il y aura des enfants ? demanda Lisbeth.

– Probablement, s'il y a des gens, il y a aussi des familles. Et souvent dans les familles, il y a des enfants.

– Ne nous parle pas comme si on était des bébés, gronda Lisbeth.

– J'essaie juste de vous expliquer, se défendit Hidalgo en levant les mains.

– Et ne lâche pas les rênes, termina Lisbeth.

Le chariot s'engagea dans une descente. Face à eux s'étendait la plaine. Cela faisait une éternité qu'ils n'avaient pas contemplé une ligne d'horizon aussi nette.

– Comment va votre sœur ? demanda Hidalgo.

– Elle dort, répondit une voix. Elle a l'air d'aller un peu mieux.

Hidalgo savait que c'était provisoire, et qu'elle se réveillerait dès que la douleur se manifesterait. Les trois jours qui les séparaient de Denver risquaient d'être éprouvants. L'appréhension lui tordait le ventre depuis leur départ. Qu'ils trouvent un chirurgien était une chose, que ce dernier sache opérer une appendicite en était une autre.

Leur première nuit dans la nature fut particulièrement pénible. Les filles avaient dressé la tente, retrouvant dans leurs gestes un mécanisme inscrit dans leur mémoire. Ils avaient devisé devant le feu comme ils avaient eu l'habitude de le faire par le passé. Samantha avait bu un bouillon chaud, en silence. Elle souriait, de toute évidence pour rassurer sa famille sur son état. Avant d'aller se coucher, Anton chanta. C'était devenu un rituel depuis quelques mois. Le jeune garçon faisait preuve d'un goût prononcé pour la musique. Son oreille était fine, comme si les notes s'y déposaient avec délicatesse et précision, et sa voix d'une pureté étonnante. La musique était pour lui une seconde nature – avec le maniement du sabre.

Hidalgo jeta une poignée de sable sur le feu. Il ne voulait pas attirer de visiteurs indésirables pendant la nuit. Les enfants se recroquevillèrent sous un amas de couvertures pour échapper à la morsure du froid. Un oiseau ulula dans le lointain, signalant qu'il était l'heure de s'abandonner à ses rêves.

Samantha se réveilla une heure plus tard. Dans son délire fiévreux, elle se mit à parler, évoquant un bison énorme qui venait la chercher pour la conduire vers des plaines oubliées, ondulant sous la chaleur du vent. Le bison avait un regard doux, si doux qu'il était difficile de ne pas y plonger. L'océan grondait au cœur de ses pupilles. Les vagues mugissaient avant de s'écraser avec fracas sur les plages constellées de coquillages dorés.

Hidalgo lui passa un linge humide sur le front. Maureen pleurait en silence. Ellen s'était assise dans un coin. À la lumière d'une chandelle, elle inscrivait dans leur carnet de croquis tout ce que sa sœur malade racontait.

Le petit matin les cueillit épuisés. Ils reprirent la route en silence. Abigaël et Lisbeth chuchotaient dans un coin du chariot. Même si aucun mot ne parvenait aux oreilles des autres, chacun savait quel était le sujet de leur conversation. L'état de leur sœur les inquiétait. Étant les plus jeunes, elles ne pouvaient concevoir que la famille puisse être privée d'un de ses membres.

Dans le milieu de l'après-midi, Ellen chercha à détendre l'ambiance maussade qui régnait dans le chariot :

– Il y aura des magasins à Denver ?

– Bien sûr, répondit Hidalgo.

– Des boutiques de robes ? précisa la jeune fille.

Son père partit d'un rire clair.

– Nous y voilà, murmura-t-il.

– Ben quoi ? s'offusqua Ellen. Il n'y a pas de mal à demander ! Ça fait six ans qu'on porte les mêmes frusques. On a dû les coudre pour les adapter à notre taille !

– Je vous ramène des vêtements chaque fois que je pars faire des courses.

Les filles éclatèrent de rire en même temps. Même Samantha

trouva la force de le faire. Hidalgo se mura dans un silence boudeur.

– Tu es un guerrier, papa, finit par déclarer Maureen. C'est peut-être ta plus grande qualité… et la seule.

Ils repartirent tous d'un éclat de rire.

– Oui, il y aura des magasins, dit Hidalgo. Et je vous y emmènerai.

– Mais il nous faut de l'argent ? demanda Lisbeth.

– L'argent n'est pas un problème. J'en avais déjà un paquet lorsque je vous ai rencontrés. J'ai eu une vie avant, vous savez. Et j'ai exercé différentes activités assez lucratives, comme chasseur de primes par exemple. Et ce n'est pas dans notre vallée que j'ai eu l'occasion de dépenser mon pécule.

– J'aimerais une robe rouge avec des froufrous, déclara Ellen.

Hidalgo regretta un instant d'avoir ramené autant de magazines de ses excursions. Mais après tout, la civilisation pouvait avoir du bon, surtout lorsqu'elle faisait briller des étincelles dans les yeux de ses filles.

– Il y aura des armureries aussi ? demanda Maureen.

– En pagaille, répondit-il.

– Ils auront le dernier colt, tu crois ?

– Il devrait coûter un peu cher, mais je suis prêt à quelques sacrifices pour te faire plaisir, ma chérie.

Le trouble se dissipa quelque peu dans le chariot. Même Samantha paraissait moins souffrir.

– Peut-être qu'un instrument de musique te ferait plaisir, Anton ? proposa Hidalgo.

Le sourire de l'intéressé s'élargit de façon conséquente.

– Une guitare ?

– Je ne sais pas, répondit le garçon. Il faut que je réfléchisse.

Lisbeth se pressa contre lui.

– J'aimerais bien que tu joues de la guitare, murmura-t-elle.

À cette remarque, un frisson d'euphorie parcourut l'assemblée.

– On aimerait toutes que tu nous joues de la guitare, dit Ellen.

Le voyage se poursuivit dans le silence de ces perspectives agréables.

La seconde nuit fut semblable à la première, et lorsqu'ils atteignirent enfin les faubourgs de Denver, les enfants tenaient à peine sur leurs jambes. Ils écartèrent pourtant la toile du chariot pour découvrir, non sans enchantement, le décor stupéfiant de la ville.

L'après-midi touchait à sa fin. Les rues exhibaient une effervescence fascinante. Une poussière mordorée se révélait à travers les rayons du soleil qui déclinait sur l'horizon. Les hommes s'activaient aux dernières tâches de la journée. Le chariot traversa un troupeau de vaches. Les bêtes s'écartèrent sur son passage dans une résignation maussade. Un des cow-boys salua brièvement Hidalgo en soulevant son chapeau d'un doigt. Un autre fit un clin d'œil aux enfants. La rue regorgeait d'échoppes dont la devanture ouverte offrait leurs denrées aux regards. Un forgeron, torse nu, tapait comme un sourd sur une tige de métal incandescente. Il épongea son front couvert de transpiration au passage du chariot.

– Regardez ! lança Ellen en pointant du doigt le bord de la rue.

Une femme habillée d'une robe rouge y marchait en prenant soin de ne pas salir la frange de dentelle qui agrémentait le bas de son vêtement. Elle tenait sous son bras une ombrelle colorée et un large chapeau de feutrine orné d'une fleur. Un homme émit un discret sifflement lorsqu'elle passa devant lui.

– Et là ! s'écria Maureen.

L'enseigne composée de deux pistolets croisés ne laissait aucun doute sur la nature de la boutique désignée. La vitrine présentait un nombre incalculable d'armes à feu, ainsi que des couteaux.

– Nous verrons ça plus tard, déclara Hidalgo. Il faut d'abord parer au plus pressé.

Les joues des deux filles se colorèrent de honte. Samantha leur signifia d'un sourire qu'elle n'en prenait pas ombrage. Hidalgo tira sur les rênes pour stopper le chariot dans un petit renfoncement.

– Vous m'attendez ici, ordonna-t-il en descendant.

Les enfants l'observèrent s'entretenir de longues minutes avec un homme d'un certain âge qui se tenait sur le perron d'un magasin d'alimentation. À la fin de leur entretien, Hidalgo lui serra la main.

– J'ai trouvé où loger, leur dit-il une fois revenu. Il y a une pension aux abords de la ville qui accueille les familles. Nous pourrons ainsi éviter le centre où nous nous ferions trop remarquer.

Les enfants acquiescèrent, non sans manifester une certaine déception.

– Et j'ai également les noms des chirurgiens qui officient en ville, ajouta leur père. Il y en a cinq.

Une lueur d'espoir s'alluma dans les yeux de chacun.

La pension se trouvait en périphérie de la ville.

– Vous allez être au calme ici, déclara l'homme qui les accueillit sur le perron de la maison.

Il était âgé d'une soixantaine d'années. Ses cheveux, blancs comme neige, avaient la texture de fibres de coton. Son regard pétillait d'une malice permanente. Il considéra les enfants les deux mains sur les hanches avant d'inviter la famille entière à le suivre. Sa démarche était voûtée, bien qu'étonnamment alerte.

– Vous avez là une bien jolie tribu, dit-il d'une voix éraillée. Que diriez-vous d'une limonade fraîche avant que je vous montre votre chambre ?

Hidalgo lança un regard à Samantha. La jeune fille semblait aller mieux, elle était sortie du chariot sans trop grimacer et se sentait disposée à accepter la proposition de leur hôte.

– Ici, même les coyotes respectent le sommeil de mes clients, déclara le vieil homme en sortant des verres d'un buffet. Et nous sommes bien trop loin du centre-ville pour subir les éclats de tous ces ivrognes qui ne regagnent leurs pénates qu'au petit matin. Je peux vous affirmer que vous ne serez pas dérangés cette nuit.

Un curieux rire s'échappa d'entre ses lèvres, semblable au croassement d'une corneille.

– Mais je peux savoir ce qui vous a conduits jusque dans notre magnifique ville ?

Sa question se teintait d'une ironie discrète, surtout les deux derniers mots. Hidalgo observa un moment de silence, suffisamment court pour qu'aucune des filles ne se mette à compter dans sa tête. L'homme l'avait tout de suite mis en confiance. S'il avait traversé toutes ces décennies avec la même espièglerie dans les yeux, il n'y avait aucune raison de se méfier de lui.

– La petite est malade, répondit-il. Nous cherchons un chirurgien.

Le vieil homme afficha un air sincèrement navré. Il adressa un clin d'œil bienveillant à Samantha avant de déclarer :

– Vous trouverez un chirurgien à Denver pour sûr. Et je crois qu'ils comptent parmi les meilleurs dans ce foutu pays. En tout cas, c'est ce qu'on m'a dit. Pour ma pomme, je n'ai jamais fréquenté un toubib de toute ma chienne de vie.

Les enfants buvaient leur limonade en silence. Un terre-neuve de belle taille fit irruption dans la salle à manger. Abigaël fit courir sa main dans sa fourrure lorsqu'il passa à portée, avant de lancer un regard suppliant à son père. Ce dernier comprit que leur visite à Denver pourrait bien lui coûter plus d'argent qu'il ne l'avait escompté.

– Bien, fit le vieil homme en se levant. Je crois qu'il est temps de vous faire faire un tour de la maison. Et le dîner sera servi dans deux heures environ. Je suppose que vous serez des nôtres ?

– Avec plaisir, répondit Maureen avec une courte révérence.

Leur chambre était d'un confort modeste, mais le nombre de lits suffisant pour qu'ils puissent être tous ensemble.

– Je vais aller en ville, leur dit Hidalgo. Autant se mettre au plus vite en contact avec un chirurgien.

Samantha s'était allongée sur son lit, apaisée. Elle lança un regard confiant à son père.

– Je serai de retour pour le souper. Notre hôte a accepté de me prêter une monture pour que je me rende au plus vite en ville. Vous m'attendez ici. Je pense que vous ne risquez rien, le vieil homme est une personne digne de confiance. En revanche, moins vous en raconterez sur notre vie dans la vallée et mieux ce sera.

Après que les enfants eurent acquiescé, Hidalgo sortit de la pièce. Ellen l'aperçut par la fenêtre fouiller sous le siège du chariot et prendre avec lui ses deux pistolets.

– Tu crois qu'on s'en sortira un jour ? souffla Maureen dans son dos.

– Bien sûr, répondit Ellen, un peu surprise.

– Je veux dire, toute cette violence, précisa Maureen. Tu penses qu'on trouvera la paix un jour ?

Sa sœur ne répondit pas. La silhouette de leur père disparut dans le lointain.

Hidalgo revint bien après le souper. Malgré ses traits tirés, il adressa un sourire à ses enfants qui s'étaient attablés, à deviser respectueusement avec leur hôte. Il s'assit lourdement sur une chaise alors que le vieil homme lui servait une assiette de ragoût.

– Alors ? demanda Abigaël.

– Alors j'ai trouvé un chirurgien capable d'opérer votre sœur.

– Mais ? demanda Maureen, pressentant le pire.

– Mais il ne peut pas le faire pour l'instant.

Un silence de plomb s'abattit sur la tablée. Hidalgo s'empressa d'expliquer le problème :

– L'homme a l'air compétent. Il m'a confié avoir déjà effectué ce genre d'opération avec succès. Il m'a dit également qu'il y avait un lit disponible dans son cabinet et que Samantha pourrait l'occuper. Elle bénéficierait de tous les soins qui lui permettraient de supporter la douleur.

– Où est le souci alors ? s'impatienta Maureen.

– Pour opérer Sam, le docteur a besoin de ses outils chirurgicaux, mais également d'un produit qui permet d'endormir le patient : le laudanum.

Un voile sombre passa sur le visage d'Hidalgo.

– Il est en rupture, expliqua-t-il. Plus une seule goutte, et même chez ses confrères. La situation est catastrophique. Beaucoup de gens se trouvent en attente d'une opération et risquent la mort.

Les yeux de Samantha se gorgèrent de larmes.

– Il existe pourtant une solution, dit Hidalgo. Une cargaison de laudanum devait être livrée, il y a deux jours de cela. Malheureusement, le train qui la transportait n'est jamais arrivé jusqu'ici. Ce n'est pas la première fois que ça se produit. Une bande sévit à l'est, les attaques sont fréquentes. La dernière fois, l'armée est intervenue pour aller chercher les rescapés. Mais le temps qu'ils se déplacent et qu'ils atteignent le lieu de l'attaque, quinze jours s'étaient écoulés. Nous ne pouvons pas nous permettre d'attendre aussi longtemps.

La lumière se fit dans l'esprit de chacun.

– Je pars dans une heure, dit Hidalgo. Ellen, tu viens avec moi. Si je parviens à mettre la main sur la cargaison de laudanum, le chirurgien m'a certifié que Samantha passerait en priorité sur la table d'opération.

Il poussa un profond soupir.

– Tout se passera bien, je vous le promets, termina-t-il.

Il leur fallut moins d'une heure pour se préparer. L'urgence se manifestait à travers la fébrilité qui animait chacun de leur geste. Avant de partir, Hidalgo prit tout de même le temps de faire quelques recommandations à sa fille aînée :

– Vous pouvez aller en ville bien sûr, mais évitez de vous faire trop remarquer. Tu ne quittes pas tes sœurs et Anton d'une semelle. Demain, tu conduiras Sam chez le chirurgien. Je l'ai prévenu de ta visite.

Il lui tendit un morceau de papier sur lequel était inscrite l'adresse.

– Essayez d'aller la voir tous les jours. L'attente risque d'être bien plus pénible pour elle. Et, une dernière chose…

Il marqua un temps d'hésitation avant de déclarer :

– Tu n'es plus une enfant. Tu es en train de devenir une jeune fille, qui plus est une belle jeune fille. Il est probable, et même évident, que tu attiseras les convoitises de jeunes gens, de gens un peu moins jeunes également. Je vous ai appris à toi, ton frère et tes sœurs les moyens de vous défendre au cours de ces années passées dans la vallée. Il est peut-être l'heure de mettre à profit cet enseignement. Ne te laisse pas berner par les jolies phrases. Et si certains font preuve d'une insistance trop prononcée, sans respecter les distances convenables, tu frappes.

Sa voix se fit plus dure :

– Là où ça fait mal.

Un large sourire illumina son visage alors qu'il terminait :

– Dans les testicules.

Hidalgo détacha les deux chevaux du chariot. Il embrassa ses filles et Anton.

– Nous serons de retour très vite, murmura-t-il d'une voix calme.

Maureen passa ses bras autour des épaules de son frère et de ses sœurs. Ils regardèrent Hidalgo et Ellen s'éloigner jusqu'à se fondre dans la nuit noire.

Chapitre 11
Une légende de l'Ouest sauvage

– Vous n'êtes pas obligés de rester avec moi toute la journée, déclara Samantha.

Maureen, Abigaël, Lisbeth et Anton se tenaient à son chevet. Sa chambre à l'hospice était lumineuse. Elle occupait le dernier lit d'une rangée de huit, à côté d'une fenêtre donnant sur un grand chêne au feuillage bruissant. Le chant des oiseaux agrémentait l'atmosphère d'une note apaisante.

– Je veux dire, expliqua Samantha, nous sommes dans une grande ville et il y a sûrement un tas de choses à voir et à faire. À votre place, je mourrais d'envie d'aller voir les vitrines des magasins. Il ne faut pas vous en priver pour moi. Le docteur m'a donné des médicaments qui calment la douleur. Il m'a également prêté quelques livres. Le temps devrait passer assez vite.

– On est bien avec toi, dit Abigaël.

– On pourrait venir un peu le matin et en fin d'après-midi, proposa Maureen.

Elle avait compris que sa sœur avait besoin de se reposer et peut-être même de se retrouver seule.

– Ça me semble parfait, dit cette dernière.

Ils lui tinrent compagnie encore une petite heure, jusqu'à ce qu'elle sombre dans le sommeil. Ses voisins de chambrée étaient plutôt calmes, elle pourrait dormir tout son saoul.

En sortant de l'hospice, le chirurgien les intercepta. C'était un homme sec et grand, au visage impassible, qui ne révélait sa bienveillance que lorsqu'il souriait. Son visage reflétait en ces instants l'abnégation dont il faisait preuve pour sauver les vies d'autrui. C'était un homme bon, comme Hidalgo l'avait soutenu. Il dévisagea Anton, qui se tenait au bras de Lisbeth, et dit :

– La vie ne vous a pas épargnés, on dirait. Que t'est-il arrivé, mon garçon ?

Anton lui raconta. La voix du chirurgien l'avait immédiatement mis en confiance ; certaines choses ne le trompaient jamais. Jauger la valeur d'une personne au timbre de sa voix en faisait partie. Il lui conta son accident.

– Tu as donc pu voir dans ta vie, dit le docteur. C'est une chose inestimable pour un aveugle, car tu sais de quoi se compose le monde dans lequel tu évolues.

L'homme passa une main affectueuse dans la tignasse du garçon.

– Vous savez ce que vous allez faire de vos journées ? demanda-t-il.

– Nous balader, répondit Maureen.

– Peut-être devriez-vous éviter certains quartiers, leur conseilla-t-il. Denver est une ville qui regorge de coins mal famés. La corruption et la délinquance ont malheureusement pignon sur rue ici.

– Nous serons vigilants, dit Maureen.

– Il y a un théâtre ambulant en ce moment vers l'hôtel de

ville. Il me semble qu'ils donnent une représentation en fin d'après-midi. Peut-être pourriez-vous y aller ?

Abigaël tapa dans ses mains, peinant à refréner son enthousiasme.

– Nous ne manquerons pas d'y faire un tour.

En prenant congé, le chirurgien leur affirma une dernière fois que leur sœur était entre de bonnes mains et qu'ils n'avaient pas de souci à se faire.

Les filles le saluèrent d'une discrète révérence. Maureen eut cependant un sourire légèrement crispé : difficile en effet de ne pas se faire de souci dans leur situation. L'état de santé de Samantha était une chose terrible, mais le fait qu'Hidalgo soit reparti sur les routes en compagnie d'Ellen laissait présager le pire. Leur père avait passé près de six ans sans utiliser d'armes à feu sur quoi que ce soit – à l'exception d'un ours qui avait menacé la tranquillité de leur vallée. S'il avait trop perdu la main, leur expédition risquait de se solder par un désastre.

Elle chassa cependant ces mauvaises pensées de son esprit. Autant profiter du temps présent et tirer de Denver tous les plaisirs et les joies possibles et imaginables.

À peine avaient-ils fait quelques mètres sur le trottoir qu'une voix forte les interpella :

– Mademoiselle ! Mademoiselle, s'il vous plaît ?

Un jeune homme leur faisait signe de l'autre côté de la rue. Il s'empressa de traverser la chaussée et, se postant devant Maureen, lui demanda :

– Pardonnez-moi de vous importuner, mais votre père est un voleur, n'est-ce pas ?

Le sang de la jeune fille se glaça aussitôt. Elle ne pensait pas que les choses dégénéreraient si vite et que leur véritable identité serait percée à jour. Le garçon ne semblait pourtant pas menaçant. Il était habillé avec soin et avait le menton légèrement relevé alors qu'il la fixait d'un air crâne. Un sourire éclatant tendit ses lèvres.

– J'ai l'impression qu'il a dérobé toutes les étoiles dans le ciel, murmura-t-il d'un ton langoureux, pour les placer une à une dans vos yeux.

Quelques secondes plus tard, Maureen, Anton et ses sœurs poursuivaient leur visite de la ville. Derrière eux, un garçon gémissait au sol en se tenant l'entrejambe.

★

Ellen ouvrit les yeux. Des fleurs sauvages flottaient devant elle, se balançant doucement sous le vent frais du matin. Elle fut parcourue d'un frisson – sa couverture était trempée de rosée. Elle aperçut son père à quelques mètres, occupé à faire une série de pompes. Il se releva, peinant à retrouver son souffle :

– Punaise, je suis bien rouillé.

Il étira longuement ses bras joints vers le ciel.

– En même temps, on n'a dormi que quatre heures, se justifia-t-il. Ça ne fait pas beaucoup.

Il tendit sa main vers Ellen pour l'aider à se lever.

– On a gagné un temps précieux en partant hier soir. Avec un peu de chance, peut-être qu'on localisera le convoi aujourd'hui.

– On fera quoi à ce moment-là ?

– On va utiliser la furtivité cette fois. Hors de question de leur rentrer dans le lard comme je l'aurais fait il y a quelques années. J'ai un peu passé l'âge de ce genre d'éclats. Et puis, comme je l'ai dit tout à l'heure… je me sens bien rouillé. Je ne voudrais pas que ton frère, tes sœurs et toi ne soyez encore plus orphelins que vous ne l'êtes déjà.

Ellen opina. C'était la première fois qu'elle partait en mission seule avec son père. À la fierté se mêlait un profond sentiment d'anxiété.

– Essayons de nous mettre en route rapidement, dit Hidalgo. Les rails du chemin de fer sont en contrebas. Nous les suivrons jusqu'à ce qu'on tombe sur ce qui nous intéresse. Mais avant de partir, je voudrais juste m'assurer d'une chose.

Il ramassa une pierre et la tendit à Ellen.

– Jette-la le plus haut possible, ordonna-t-il.

La jeune fille s'exécuta. Hidalgo dégaina son pistolet à la vitesse de l'éclair et tira trois fois. La pierre fut touchée à chaque fois.

– Je ne suis pas si rouillé, en fin de compte, murmura-t-il en rangeant son arme.

Ils chevauchèrent à travers une plaine aride toute la matinée. Aux environs de midi, Hidalgo pointa un doigt vers l'horizon.

– Regarde, dit-il.

Une colonne de fumée s'élevait au loin, au-dessus d'une colline.

– De là-haut, on aura une bonne vue pour juger de la situation, proposa-t-il. Et on laissera les chevaux.

– Mais pourquoi on devrait continuer à pied ?

– Les chevaux sont très sensibles à la présence d'autres bêtes. Ceux des attaquants du train ne manqueront pas de sentir les nôtres. Et si nos adversaires sont un tant soit peu malins…

– On évite la bagarre, c'est ça ?

– On évite la bagarre, confirma Hidalgo.

La colline était assez escarpée et les bêtes soufflèrent bruyamment lors de l'ascension. Le soleil tapait fort sur la végétation sèche. Hidalgo plaça sa main en visière au-dessus de ses yeux : une nuée de vautours tournait dans le ciel.

– Il a dû y avoir des victimes, murmura-t-il.

Ellen serra ses mains autour des rênes de sa monture. Le dernier échange qu'ils avaient eu la troublait : « Éviter la bagarre » ? Elle n'y croyait qu'à moitié.

Comme l'avait pressenti Hidalgo, le sommet de la colline offrait une vue panoramique sur tout le paysage. Les rails de chemin de fer traçaient une droite rectiligne à travers la plaine. Une rivière coulait au loin, un pont avait été érigé pour en permettre la traversée. Le train y était stationné. Les bandits avaient établi leur campement d'un côté seulement du cours d'eau. Au nombre de chevaux, Hidalgo estima qu'ils devaient être assez nombreux. Il tira une longue-vue de la sacoche de sa selle.

– Alors ? s'impatienta Ellen alors que son père avait l'œil rivé sur l'œilleton.

– Une vingtaine… Les passagers du train sont tous descendus, ils ont été réunis et sont sous bonne garde : cinq hommes armés. Ça sent la demande de rançon à plein nez, tout ça.

Il fronça soudain les sourcils.

– À moins que…

Plusieurs hommes s'affairaient aux portes ouvertes d'un des wagons. L'un d'entre eux avait l'air particulièrement furieux.

– On dirait qu'ils ont essuyé une petite déconvenue, murmura Hidalgo. Ça doit être un coffre-fort. S'ils le font sauter à la dynamite, le pont risque de s'effondrer, et tout l'argent avec.

– Mais pourquoi ne font-ils pas avancer le train ?

– La locomotive a l'air d'avoir un problème.

Plusieurs personnes s'activaient sur ses flancs, dont le mécanicien reconnaissable à sa salopette et sa casquette. Un bandit le menaçait de son revolver.

– OK, dit Hidalgo. La situation me paraît claire : le train a été attaqué, et la locomotive a été endommagée lors de l'assaut. Manque de pot pour les bandits, les wagons se sont arrêtés juste au milieu d'un pont.

– Comment on va faire ? demanda Ellen.

– On va attendre la nuit. Ça sera plus simple. Je me faufilerai par le pont, je trouverai le laudanum, et je reviendrai.

– Mais les passagers ?

– Je peux pas tout faire, grommela Hidalgo. L'armée a dû être prévenue de toute façon, ils devraient débarquer d'ici deux ou trois jours.

Ellen ne réagit pas. Elle savait que, si son père cherchait à libérer les passagers, il serait compliqué d'éviter la bagarre. La priorité restait Samantha ; plus vite ils parviendraient à ramener le laudanum au chirurgien et mieux ce serait.

– La nuit devrait tomber d'ici cinq heures, déclara Hidalgo. On va se reposer un peu et…

Il s'interrompit soudain. De l'autre côté de la plaine, un nuage de poussière venait d'apparaître sur l'horizon. Il replaça la longue-vue sur son œil et resta ainsi pendant de longues minutes, jusqu'à ce que son visage s'éclaire.

– Changement de plan, dit-il alors.

Il se redressa et sauta sur son cheval.

– Tu restes ici ! ordonna-t-il à Ellen en s'élançant. Je reviens tout de suite !

L'instant d'après, il avait disparu.

★

Abigaël avait le nez collé contre la vitrine du magasin. Son visage avait glissé sur la droite, laissant une traînée humide sur le verre. Un homme sortit et les chassa avec véhémence :

– Fichez donc le camp, petites sottes ! Vous allez salir ma vitrine.

Lisbeth se dressa face à lui, mais Maureen l'entraîna par le bras.

– Pas de vagues, murmura-t-elle à sa sœur.

– Oui mais ce vieux schnock…

– Pas de vagues on a dit, insista Maureen d'un ton cassant.

Le visage de Lisbeth se renfrogna. Le magasin d'où ils venaient de se faire chasser était une confiserie. Si même les enfants n'avaient plus le droit de regarder les bonbons dans les vitrines…

– Hidalgo nous a donné un peu d'argent, dit Maureen, mais pas pour acheter des bonbons. J'ai vu qu'il y avait une boutique où ils vendaient des tourtes un peu plus loin sur la même avenue. Dès que vous aurez faim, nous irons là-bas.

– J'ai faim, dirent Abigaël, Lisbeth et Anton en même temps.

– Le contraire m'aurait étonné, sourit Maureen. Mais pour être parfaitement honnête, mon ventre commence aussi à gargouiller.

Une pendule sur le clocher d'une église indiquait 11 h 45.

– Le temps d'aller là-bas et il sera midi tapante. Avec un peu de chance, on pourra manger sur place.

Sa proposition fut accueillie par des applaudissements. L'excitation était à son apogée. Depuis qu'ils avaient quitté Samantha à l'hospice, ils avaient l'impression de ne pas avoir repris leur souffle tant leur visite de la ville les menait d'émerveillement en émerveillement. Ils étaient restés un bon quart d'heure devant le maréchal-ferrant, à l'observer s'affairer sur une jument à mauvais caractère. Puis à regarder les hommes décharger des pains de glace. Maureen insistait pour qu'ils ne restent jamais trop longtemps au même endroit. Ses deux sœurs avaient les yeux ronds à chaque nouveau coin de rue. Difficile de passer inaperçu dans ces conditions. Surtout avec Anton pendu à son bras, qui souriait aux différentes voix qu'il percevait dans le brouhaha ambiant.

– Voilà la boutique, déclara Maureen en désignant l'autre côté de la rue.

Lisbeth et Abigaël s'engagèrent sur la chaussée, mais Maureen les tira violemment par le bras, leur évitant de se faire renverser par un convoi de cavaliers. Elle manqua pester contre les hommes mais se retint. Ils étaient une dizaine et chevauchaient à vive allure, vêtus de longues gabardines noires qui leur donnaient l'allure de démons sortis tout droit des enfers. Maureen croisa le regard du cavalier de tête. Elle n'avait pas le souvenir d'avoir jamais vu des yeux aussi sombres. Deux éclats de cruauté pure brillaient au fond de ses pupilles. Une cicatrice traversait sa paupière gauche, telle une frontière sinueuse et profonde. « Gardez-vous de juger les gens sur leur mine », leur avait souvent admonesté Hidalgo. « Sauf quand ils ont vraiment des sales gueules», ajoutait-il avec une pointe de malice. Dans le cas présent, difficile de faire autrement : l'individu qui avait failli renverser ses sœurs devait être un infâme salopard.

Contre toute attente, la bande se dirigea vers le bureau du shérif. Seul leur chef y pénétra. Les autres attendirent dehors alors que les passants évitaient de croiser leurs regards.

– Regardez à droite et à gauche avant de traverser, gronda Maureen à l'attention de ses deux sœurs.

Ces dernières hochèrent la tête d'un air penaud. L'incident fut rapidement oublié lorsqu'ils furent tous les quatre installés à une table pour déjeuner. L'homme qui les servit se montra affable quoique un peu surpris qu'une fratrie aussi jeune prenne place dans son établissement. Il jaugea longuement Maureen, comme pour essayer d'estimer son âge.

– J'ai seize ans, lui dit-elle. Et ma mère nous a donné quelques pièces pour que nous puissions aller manger.

Abigaël pouffa. Elle venait de s'imaginer Hidalgo travesti en femme pour jouer ce rôle. Maureen la foudroya du regard, et la jeune fille afficha une nouvelle fois un air penaud. Le tenancier les considéra d'une mine sévère, avant qu'un large sourire illumine finalement son visage.

– Et qu'est-ce que vous voulez manger, jeunes gens ?

À la fin du repas, l'homme vint s'entretenir avec eux :

– Vous êtes nouveaux dans le coin, je ne vous ai jamais vus.

Maureen hésita à répondre. Anton lui donna un petit coup de pied sous la table. Ils avaient convenu d'un signe pour que le jeune aveugle lui communique ses impressions sur les personnes en fonction de leur voix. Deux coups : méfiance ; un coup : personne digne de confiance. Après tout, en engageant la conversation, l'homme cherchait peut-être à fidéliser sa clientèle.

– Nous sommes de passage, répondit Maureen. Nous faisons escale à Denver une petite semaine avant de filer vers l'ouest.

– Tout un programme, murmura l'homme. Traverser les Rocheuses ne sera pas une mince affaire, autant vous prévenir tout de suite. Plus d'un s'y est cassé les dents. Pensez donc à prendre des forces avant de vous mettre en route, et revenez déguster une de mes tourtes.

Satisfait du semblant de rime de sa dernière phrase, il s'éloigna en faisait claquer son torchon sur sa cuisse. Mais avant de disparaître dans la cuisine, il se tourna :

– Pendant que j'y pense, il y a une compagnie de théâtre ambulant en ville. Ils jouent une drôle de pièce qui devrait vous plaire, à mon avis.

– Pourquoi pas ? lui répondit Maureen.

Une fois dehors, elle dit aux autres :

– C'est la deuxième fois qu'on nous parle de cette pièce de théâtre. J'ai comme l'impression que nous n'avons pas d'autre choix que d'y aller. Qu'en dites-vous ?

Chacun opina. Ils avaient promis à Samantha de revenir la voir en fin d'après-midi, ce qui leur laissait encore un peu de temps libre.

★

Lorsque Ellen vit apparaître la silhouette d'Hidalgo sur son cheval, elle éprouva un vif soulagement. Il ne s'était pourtant absenté qu'une petite heure. En découvrant sa mine réjouie, elle devina que son expédition avait été un succès.

– Changement de plan, fredonna-t-il en descendant de cheval.

Il portait un gros sac en toile. Quand il en révéla le contenu, la lumière sur le plan de son père se fit dans l'esprit d'Ellen.

– La locomotive doit avoir un problème de transmission, déclara Hidalgo en soupesant d'une main un écrou de bonne taille. J'ai intercepté l'homme qui ramenait ces pièces détachées au reste de la bande. Sans ce matériel, nos lascars sont bel et bien coincés.

– On attend l'arrivée des renforts alors ? demanda Ellen.

– Tss, tss, fit Hidalgo dans un sourire. (Il lança l'écrou pour le rattraper dans son poing serré.) Ça te dirait de prendre le train ? lança-t-il.

La nuit finit par tomber. Hidalgo était prêt à mettre en œuvre la première partie de son plan. Son visage était enduit de terre. Il avait enfilé une chemise noire. Par chance, un voile nuageux masquait l'éclat de la lune et des étoiles ; l'obscurité était presque complète.

– Je devrais en avoir pour une petite heure, murmura Hidalgo. Tu m'attends ici, comme tout à l'heure. C'était parfait… j'ai l'impression que tu as un véritable don pour attendre.

Ellen pouffa.

– Je me demande d'ailleurs pourquoi je t'ai accompagné, dit-elle. Pour te tenir compagnie peut-être ?

– N'en sois pas si sûre. Une rude journée t'attend demain. Si mon plan se déroule comme prévu, il se pourrait que ta présence soit d'une importance capitale dans la suite de notre mission.

★

De l'extérieur, le théâtre ne payait pas de mine. Une toile grossière avait été tendue sur le côté d'un chariot. Une affiche, écrite à la main, indiquait les horaires des représentations ainsi que le titre de la pièce : *Une légende de l'Ouest sauvage*.

– Bah, ça pourrait être intéressant… jugea Abigaël.

La fille qui leur vendit les tickets était une jeune Asiatique. Maureen se dit qu'elle devait avoir sensiblement le même âge qu'elle. Un détail la troubla : la fille avait une jambe de bois.

– Vous pouvez aller vous installer, dit-elle après avoir empoché l'argent.

L'intérieur de la tente était décoré avec soin. Quatre bancs en bois offraient aux spectateurs un confort sommaire. Des drapés rouges avaient été tendus de part et d'autre, plongeant l'espace dans une intimité agréable.

– Ici nous serons bien, dit Maureen en désignant le deuxième rang.

Elle aida Anton à s'installer.

Une simple estrade servait de scène. Des chandelles étaient disposées en périphérie. Maureen considéra le décor peint en fond : une portion de désert avec un canyon et un cactus. Quelques personnes supplémentaires vinrent s'installer. Ils devaient être en tout et pour tout une quinzaine lorsqu'un roulement de tambour retentit, annonçant le début de la représentation.

Un homme s'avança sur scène. Maureen le reconnut tout de

suite. Abigaël et Lisbeth mirent un peu plus de temps. Anton, quant à lui, n'identifia que sa voix.

– Au commencement était le Verbe, déclara l'acteur d'une voix forte.

Chapitre 12
Une légende de l'Ouest sauvage – la véritable histoire
(Apocalypse, verset 3)

– Qu'est-ce qu'il fout ? grommela Clayton. Il aurait dû revenir hier au moins.

L'homme faisait tourner un couteau de chasse dans sa main. Une impatience nerveuse le consumait et il avait du mal à contenir sa colère.

– Il est p'têt allé aux filles ? fit une voix dans son dos.

Clayton ne se retourna même pas. Il se contenta de gronder :

– Tu ouvres encore ta sale gueule et je te farcis de plomb.

L'homme s'éloigna sans insister. Son chef était manifestement d'une humeur massacrante.

– Qu'est-ce qu'il fout ? répéta-t-il.

Il lança violemment son couteau qui alla se ficher dans un tronc. Ses yeux brillaient de colère. Bon sang ! La mission qu'il avait confiée à Roguet n'était pas compliquée : aller à Denver, trouver dans l'entrepôt de la gare les pièces détachées pour pouvoir réparer la locomotive et revenir fissa. Deux jours étaient suffisants pour s'acquitter de cette tâche et Roguet n'était pas le dernier des crétins. Un mauvais pressentiment avait fini par se nicher dans le creux de son esprit, refusant de disparaître. L'armée n'allait pas tarder à se pointer. La dernière fois, il avait fallu une semaine aux soldats avant de réagir. En contrebas, les passagers attendaient, assis au sol en un groupe compact. Plus loin, les vautours continuaient de s'affairer sur le corps du marshal qui avait tenté de leur résister.

– Chienne de vie… maugréa Clayton.

Et cet or qui les attendait dans ce satané coffre, à portée de main ! Nitro Jim lui adressa un signe du menton au loin, et tapota la sacoche qu'il portait en bandoulière dans laquelle il rangeait sa dynamite…

Foutu psychopathe.

Clayton avait engagé cette recrue à contrecœur, cédant sous la pression des pontes de Chicago. Soi-disant il s'agissait du neveu d'une pointure, le genre de type qu'il valait mieux éviter de contrarier.

Clayton répondit à Nitro Jim d'un geste bref. Ce type lui glaçait vraiment le sang. Il était blanc comme un linge, si blanc qu'on voyait courir sur son front un réseau de veines bleutées, géographie improbable d'un delta spectral. Nitro Jim évitait le soleil comme la peste. Ses yeux pâles étaient bordés de rose et son front se distinguait par une absence totale de sourcils.

Tout comme lui, l'albinos piaffait d'impatience. Sa main tâtonnait régulièrement sa sacoche, comme pour s'assurer que sa précieuse cargaison s'y trouvait toujours. Il n'allait pas tarder à rejoindre le wagon de queue, là où était entreposé le laudanum. Foutu psychopathe… Foutu junkie également…

Clayton n'en pouvait plus de cette attente. Son regard

parcourut rapidement la scène : le train, le pont, les passagers terrifiés, Nitro Jim, les quelques membres de la bande qui se disputaient une partie de cartes. Seul Roguet manquait au tableau.

C'en était trop pour lui.

Mais au moment où il allait se résoudre à lever le camp, un cri retentit :

– Cavalier en approche !

Clayton éprouva un vif soulagement. Finalement, Roguet était un type de confiance. Il partit à sa rencontre à grands pas. Le cheval arrivait au trot. Chaque membre de la bande avait interrompu son activité pour accueillir leur compagnon.

– Qu'est-ce que… murmura alors Clayton en s'arrêtant.

Il ne reconnaissait pas le cheval de Roguet. Il ne reconnaissait pas Roguet non plus. Les hommes se figèrent, surpris de voir une fille de quatorze ans débouler dans leur campement. Ellen arma son fusil et tira deux fois en l'air. Puis elle pointa le canon vers Clayton. Le coup fit voler son chapeau dans les airs. Elle tira ensuite sur la bride de sa monture en poussant un cri strident.

– Attrapez-la ! hurla Clayton.

Ellen fuyait déjà au grand galop. Le nœud de stress dans son estomac se délia d'un coup sous une salve d'adrénaline.

« Tu verras, lui avait expliqué Hidalgo quelques minutes auparavant, c'est normal que tu stresses. Le contraire serait plutôt inquiétant. Et cela ne signifie qu'une chose : tu veux bien faire. Mais une fois que tu seras au cœur de l'action, tu auras l'impression que quelqu'un d'autre prend les commandes. Et le stress se dissipera comme par enchantement. »

Le cœur de l'action.

Ellen se mit à rire à gorge déployée. Jamais un terme ne lui avait paru plus adéquat. Les bandits avaient enfourché leurs montures, dégainé leurs armes avant que leur chef ne leur lance :

– Je la veux vivante !

Ellen était bonne cavalière. Plutôt excellente, même.

« Tu auras un avantage sur tes poursuivants, lui avait dit son père. Tu es bien plus légère qu'eux. Ton cheval sera donc plus rapide. Mais... (Il avait dressé son index, pointant un détail important :) Ne les distance pas trop rapidement ou ils abandonneront la partie. Tu dois les faire courir, leur faire croire qu'il est possible de t'attraper. Rappelle-toi que je vais avoir besoin de temps. Il faut les faire galoper au moins une heure. »

Les talons de la jeune fille pressèrent les flancs de sa monture qui s'élança à travers la rocaille, crinière au vent. Dans son dos, la terre tremblait. Le gros de la troupe était à ses trousses, quelques hommes étaient restés sur place pour surveiller les otages. Elle tira sur les rênes pour s'engager dans la pente d'une colline. Son cheval bondit telle une flèche. Une fois en haut, elle se risqua à jeter un regard en arrière. Les bandits fulminaient de colère. Réalisaient-ils qu'une gamine était en train de se jouer d'eux ? Elle estima leur nombre à une quinzaine. Ils avaient tous agi sous le coup de la fureur et n'allaient pas tarder à réaliser le piège grossier dans lequel ils étaient tombés. Le temps qu'ils fassent demi-tour, il serait déjà trop tard.

★

Nitro Jim regarda ses compagnons s'engager dans la poursuite à bride abattue.

– Quelle bande de tarés... grommela-t-il.

Quand le dernier cavalier disparut au loin, il sentit un choc sur sa nuque. Suffisamment violent pour qu'il perde connaissance et s'écroule au sol.

Hidalgo jeta la bûche qu'il tenait en main. Des cinq hommes qui étaient restés sur place et qu'il avait dû maîtriser, l'albinos était le dernier. Il se dirigea vers le groupe de prisonniers et posa sa sacoche au pied du mécanicien de la locomotive.

– OK, répare maintenant, dit-il.

L'homme se leva prestement pour examiner les pièces de rechange.

– Ça devrait me prendre une bonne heure, déclara-t-il.

– Tu m'avais dit une petite heure hier, gronda Hidalgo.

L'homme s'empressa de se diriger vers la locomotive. Hidalgo désigna trois hommes du doigt :

– Vous trois là, vous allez attacher les hommes que je viens d'assommer. Et solidement si possible, je ne veux aucun contretemps.

Le ton était autoritaire, mais il savait d'expérience que les réactions étaient plus molles face à la douceur.

– Remontez tous dans le train, dans le wagon de tête, ordonna-t-il ensuite. Nous partons pour Denver dans une heure.

Il alla se poster derrière une rangée de caisses, armé de son fusil de précision.

Au bout d'un quart d'heure à peine, cinq bandits étaient déjà de retour. À travers le viseur, il découvrit le visage rouge de colère de Clayton.

– C'est pas pour rien qu'il est le chef, se murmura-t-il à lui-même. Il ne lui a pas fallu beaucoup de temps pour se douter qu'il y avait anguille sous roche.

Sans aucune sommation, il tira au pied du cheval de Clayton. L'animal se cabra, désarçonnant son cavalier. L'homme roula dans la poussière et se releva aussitôt en hurlant. Il éructait de rage.

– Surprise, souffla Hidalgo entre ses dents.

Les cinq bandits se mirent à couvert.

– Vous voulez un coup de main ? demanda une voix derrière Hidalgo.

Le garçon devait avoir dix-huit ans tout au plus. Son visage était constellé de taches de rousseur et le large chapeau posé sur sa tête peinait à contenir sa tignasse rousse.

– Tu sais te servir d'une arme ? demanda Hidalgo.

– J'ai déjà chassé la bécasse, répondit le garçon.

Hidalgo jaugea la situation. Si par malchance les bandits avaient une longue-vue, ils ne manqueraient pas de découvrir qu'il était seul. Même si le garçon se révélait gauche avec une arme, il ferait illusion et passerait pour un adversaire aux yeux de leurs ennemis. Hidalgo lui tendit un fusil.

– Tu me le rends après, murmura-t-il.

– Oui, m'sieur.

– Et tu ne les vises que si tu n'as pas d'autre choix. J'imagine que tu n'as jamais abattu personne ?

Le garçon secoua la tête en baissant les yeux, comme s'il en éprouvait de la honte.

– Eh bien, ne commence jamais, conseilla Hidalgo. Le goût du sang est un des plus forts qui puisse exister. Difficile de s'en passer une fois qu'on l'a expérimenté.

– Oui, m'sieur.

Hidalgo lui pinça la joue, ce petit lui plaisait bien.

Au loin, les bandits semblaient s'agiter. Ils allaient de toute évidence essayer de les prendre à revers. Il leur faudrait pour cela contourner leur position, traverser la rivière…

– Petit, demanda Hidalgo, va voir dans le wagon s'il y a d'autres personnes qui pourraient nous aider.

– Ma mère pourrait, répondit le garçon.

– Ta mère ?

– Oui, elle voulait venir au début mais elle m'a envoyé à sa place. Elle a pas osé en fait. Les gens de l'Ouest sont si rétrogrades vis-à-vis des femmes. Enfin, c'est ce qu'elle a dit en tout cas.

– Ha ha, je suis loin d'être comme ça, mon garçon. Va chercher ta mère.

La femme était aussi rousse que sa progéniture. Du sang irlandais devait couler dans ses veines, avec tout ce que ça pouvait impliquer : de l'impulsion et un fort caractère.

– J'ai mis au monde six enfants, dit-elle en se postant devant Hidalgo, les deux mains sur les hanches. Si c'est pas une preuve que j'suis capable de botter le cul d'une bande de salopards.

– Sauf vot' respect, m'ame, on est pas là pour causer famille, dit Hidalgo en lui tendant une arme, mais pour défendre notre position. Alors allez vous poster derrière et tirez un coup de feu en l'air dès que vous sentez la moindre présence.

La femme alla se mettre en position.

Au loin, trois cavaliers supplémentaires avaient fait leur apparition.

– Vous en êtes où ? cria Hidalgo au mécanicien.

Ce dernier répondit dans un premier temps par un grognement étouffé, puis :

– Ça va aller plus vite que je ne le pensais. Laissez-moi vingt minutes.

Un coup de feu fit voler l'éclat d'une caisse à l'oreille d'Hidalgo. D'une main, il enjoignit au garçon de se baisser.

– Au fait, dit ce dernier, je m'appelle Philburt.

– Sacré prénom que t'as là...

– Bah, c'est ma mère, si vous voyez ce que je veux dire...

Il afficha une mine désappointée, comme s'il lui était impossible d'échapper à une mystérieuse fatalité.

– Moi, c'est... Jim, dit Hidalgo en lui serrant la pince.

Autant garder son anonymat. Un second coup de feu les fit sursauter tous deux.

– Ah, vous voulez jouer? grogna Hidalgo.

Il arma son fusil et tira à trois reprises. Deux chapeaux volèrent et un juron abominable cingla après un cri de surprise.

– J'ai bientôt fini, hurla le mécanicien.

– Ils arrivent par ce côté! cria la mère de Philburt.

– Essayez de les tenir en respect! lui répondit Hidalgo.

S'ensuivit alors une fusillade assourdissante. Plusieurs cris s'élevèrent du premier wagon du train. La panique gagnait peu à peu les passagers.

– Ça va, m'man? cria Philburt une fois le calme revenu.

– Tout baigne, Phiphi! T'inquiète pas pour ta vieille môman, j'ai encore de la ressource...

Sur leur droite, le mécanicien posa ses outils et grimpa d'un bond dans la locomotive. Un des bandits s'en aperçut et se redressa l'arme au poing. Hidalgo lui tira dans la main. Philburt siffla entre ses dents.

– Joli tir, lança-t-il avec une pointe d'admiration. Vous êtes pas né de la dernière pluie, on dirait.

– Je me suis beaucoup entraîné sur les bécasses, moi aussi, répondit Hidalgo.

La locomotive émit un sifflement strident.

– Dix minutes ! cria le mécanicien. Le temps de mettre la machine en marche !

– Tu t'en es sorti comme un chef, dit Hidalgo à Philburt. Mais c'est loin d'être terminé. La deuxième partie risque d'être mouvementée. Monte dans le wagon et dis aux passagers de se tenir prêts… et si possible de bien se cramponner.

– Oui, m'sieur Jim.

Hidalgo jeta un œil en arrière : la mère de Philburt tenait sa position, serrant sa carabine contre sa poitrine. De l'autre côté du pont, trois silhouettes se découpaient.

La locomotive s'ébranla et laissa échapper un souffle puissant, semblable à un profond soupir. La machine donnait presque l'impression de pressentir ce qui allait suivre.

– On va pouvoir y aller ! vociféra le mécanicien comme s'il considérait ce départ comme une victoire personnelle.

La mère de Philburt se précipita à la porte du wagon, se penchant pour éviter les balles qui sifflaient à ses oreilles.

– Plein gaz jusqu'à Denver ! hurla Hidalgo à l'attention du conducteur.

Son ordre fut accueilli par un coup de sifflet strident. Hidalgo sauta dans le train en marche.

C'était parti.

★

Quelques miles plus à l'ouest, Ellen perçut distinctement le signal du départ de la locomotive, malgré l'ahanement continu de sa monture. Elle s'engagea dans la plaine, en direction de la voie ferrée. Trois bandits la poursuivaient encore. L'un d'entre eux avait dégainé son pistolet et tirait à tout-va. Voulait-il profiter de l'absence de son chef pour désobéir aux ordres et couper court à cette poursuite qu'il devait juger humiliante ? Une balle siffla à l'oreille d'Ellen. Lorsqu'elle aperçut le train au loin, elle en éprouva un immense soulagement. Une dernière épreuve l'attendait pourtant : sauter dans la machine en marche.

La cheminée de la locomotive lâchait sans interruption une épaisse colonne de fumée. La machine vibrait de toute part comme si elle menaçait d'exploser à tout instant. Le charbon crépitait dans la chaudière, rougeoyant de mille feux.

Hidalgo adressa un signe de la main à Ellen qui venait d'apparaître en haut d'une colline.

– On va avoir un passager supplémentaire, dit-il au conducteur. Il faudra peut-être ralentir à un moment.

– Ralentir, ralentir? bougonna l'homme. C'est vous qui voyez, mais y a d'autres passagers qui risquent de s'incruster dans la danse.

Il désigna la queue du convoi : la bande de Clayton formait une ligne épaisse et sombre à leurs trousses.

– On ralentit quand même, trancha Hidalgo.

Une écume blanche s'échappait en filets de la gueule du cheval d'Ellen. Il roulait des yeux fous et les muscles de ses jambes luisaient d'une transpiration grasse.

– Approche-toi au maximum ! hurla Hidalgo à sa fille.

Elle lui répondit d'un sourire, bien que pétrifiée de terreur. Une nuée d'étincelles enveloppait les roues de la locomotive.

À la moindre fausse manœuvre, elle serait avalée sous ce monstre de métal. Elle considéra la main tendue de son père, son sourire se crispa.

– À trois ! hurla ce dernier.

– Attends, attends, cria-t-elle. Je reprends mon souffle.

Elle essuya sa main moite sur la cuisse de son pantalon.

– À trois ! répéta Hidalgo sur un ton plus autoritaire.

Ellen hocha la tête.

– Un !

Un coup de feu retentit. Leurs poursuivants les talonnaient déjà.

– Deux !

Ellen s'élança. Elle attrapa la main de son père. Ses jambes ripèrent sur le cuir de la selle. Elle se laissa tomber sur le côté.

– Bon Di... hurla Hidalgo.

Il sentit la paume de sa main glisser sur les doigts d'Ellen. De son autre main, il saisit la manche de la chemise de sa fille. Le tissu craqua et la couture se déchira au niveau de l'épaule. Il tira de toutes ses forces. Les jambes d'Ellen battirent dans le vide, à quelques centimètres à peine des énormes roues d'acier qui menaçaient de les broyer. Les yeux de la jeune fille s'écarquillèrent de terreur. Sa bouche s'ouvrit dans un interminable cri muet.

– Non ! cria Hidalgo.

Il tira encore. La manche se déchira. Ellen fit un bond vers le haut avant d'atterrir dans les bras de son père. Ils roulèrent tous deux sur le sol de la locomotive.

– J'avais dit à trois, murmura Hidalgo.

Les épaules d'Ellen furent secouées de sanglots, qu'elle étouffa rapidement. Elle s'essuya les yeux du revers du bras.

– On va vraiment devoir faire les boutiques à Denver, dit-elle en reniflant.

Le mécanicien les interrompit d'une voix sèche :

– Quatre types ont réussi à monter dans le dernier wagon. Va falloir s'occuper d'eux assez vite.

– Dans combien de temps atteindrons-nous Denver ?

– Deux heures au moins.

– Je peux détacher les wagons facilement ? demanda Hidalgo.

– Bah, il faudrait juste songer à ne pas laisser celui où il y a le coffre à cette bande de sauvages. C'est le cinquième wagon.

– Savez-vous où se trouve le laudanum ? demanda-t-il.

– Dans le même wagon.

Hidalgo pesta en silence. Il allait devoir agir rapidement.

– Je viens avec toi ! déclara Ellen.

– Pas question, objecta-t-il. Tu as eu ton content d'émotions pour aujourd'hui. Et tu as aussi eu beaucoup de chance. Il va te falloir apprendre à ne pas trop la provoquer, jeune fille.

Il vérifia si ses pistolets étaient chargés.

– Tu restes ici pour aider le monsieur. Les lascars vont sûrement vouloir s'emparer de la locomotive. Tu tires dans le tas.

– Quelle éducation, grommela le mécanicien en levant les yeux au ciel.

Hidalgo s'élança vers l'arrière du train. Après quelques mètres, il entendit le conducteur lui crier :

– Hé ! J'ai oublié de vous dire un truc important ! Tout à l'arr…

Hidalgo n'entendit pas la fin de sa phrase. Au diable ce vieux grincheux et ses conseils d'un autre âge ! Il bondit sur le premier wagon.

Les passagers crièrent lorsqu'il pénétra dans le compartiment avant de se rendre compte que c'était lui.

– Besoin d'un autre coup de main ? demanda Philburt.

– Je te remercie, mais là, ce sera du combat rapproché. Je ne voudrais pas risquer ta vie pour quelques babioles dans un coffre.

Il fit un signe à la mère du garçon pour lui faire comprendre que sa décision était irrévocable. Il traversa le wagon. Plusieurs personnes s'interposèrent pour lui poser des questions :

– On a semé les bandits ?

– La locomotive va tenir le coup ?

– J'ai une envie pressante d'uriner…

– Fermez-la ! tonna Hidalgo. Vous faites comme vous a dit le jeune homme ! Vous restez assis et vous vous cramponnez !

Il claqua la porte derrière lui en quittant le compartiment, répétant d'une voix forte :

– Et surtout vous la fermez !

Entre les deux wagons, il se pencha pour essayer de déterminer la position de ses adversaires. Une balle siffla à ses oreilles. Les poursuivants d'Ellen chevauchaient à la même allure que le train et venaient de le repérer.

– *Damn* ! jura-t-il.

Il riposta. Un des chevaux fit un écart. La vitesse du train l'empêchait d'être précis. Il se faufila dans le deuxième wagon et fut accueilli par une rafale de projectiles. Il eut juste le temps de se coucher. Les quatre passagers clandestins avaient été plus rapides qu'il ne l'avait escompté. Depuis le dernier wagon, ils avaient remonté le convoi. L'heure de la confrontation avait sonné.

– Tu vas payer, sale rat ! cria l'un d'entre eux.

Il tira une fois. L'un de ses adversaires fut projeté en arrière, touché de plein fouet. Il était plus à l'aise à l'intérieur. Mais il lui fallait trouver un autre moyen pour gagner l'arrière, protéger le wagon avec le coffre et surtout le stock de laudanum.

Il fit demi-tour, sortit du wagon et se hissa sur le toit. Un vent brûlant fit voler ses cheveux en tous sens.

– Je suis trop vieux pour ces conneries, se murmura-t-il à lui-même.

Il s'allongea à plat ventre sur la tôle chaude. Son fusil pendait à sa ceinture. Il le saisit et l'épaula. Le train vibrait sous lui. Il resta un moment immobile pour s'accorder à son rythme. Puis il tira. Trois fois. Deux des cavaliers mordirent la poussière. Le dernier préféra tirer sur les rênes de sa monture pour s'éloigner du convoi. Un mouvement attira alors l'attention d'Hidalgo. Ses adversaires se hissaient sur le toit à l'autre bout du wagon. Une détonation retentit. Un éclat de métal lui fit une entaille à la joue. Le sang coula. Sa carabine cracha ses projectiles, à quatre reprises. Un homme bascula pour terminer sur les rails en un son mat et humide. Un autre resta suspendu par la jambe, le buste dans le vide. Un poteau mit fin à ses gesticulations. Le haut de son corps se désagrégea en une explosion de chairs sombres et écarlates.

Cinq bandits venaient d'être mis hors d'état de nuire. Il en restait encore beaucoup trop.

Il se redressa et courut vers l'extrémité du wagon avant de sauter sur le toit du troisième.

Personne.

Les autres ne devaient pourtant pas être loin. À la queue du train, plus aucun cavalier ne les poursuivait. Ils avaient probablement tous réussi à monter. Le convoi comptait six wagons. Le laudanum et le coffre se trouvaient donc dans l'avant-dernier. Il avança avec prudence. Une voix l'appela soudain :

– Papa !

Ellen était en train de se hisser sur le toit du wagon. Hidalgo lui intima de se baisser, elle offrait une cible parfaite à ses adversaires. La jeune fille lui fit signe d'approcher, elle avait visiblement quelque chose à lui dire.

– À l'arrière… commença-t-elle.

Un coup de feu l'interrompit et une fleur aux pétales écarlates se dessina sur son épaule. Son visage prit une teinte blafarde alors que sa bouche s'ouvrait et se fermait sans qu'aucun son n'en sorte. Hidalgo bondit dans sa direction. Plusieurs autres coups de feu déchirèrent l'espace : le cavalier était revenu aux abords du train.

– Sale fils de… cracha Hidalgo.

Il dégaina son pistolet et ne tira qu'une seule fois. L'homme roula dans la poussière pour ne plus se relever. Ellen était en train de glisser du toit. Hidalgo l'attrapa au vol.

– Qu'est-ce qui t'a pris ? murmura Hidalgo.

La blessure était superficielle, mais le choc avait dû être violent. Ses yeux roulèrent dans leurs orbites et son visage pâlissait encore davantage.

– Qu'est-ce qui t'a pris ? répéta Hidalgo avec une note de détresse dans la voix.

– Je voulais te prévenir… chuchota la jeune fille.

Sa tête se balança d'avant en arrière. Hidalgo eut juste le temps de la porter avant qu'elle ne sombre dans l'inconscience.

Il se glissa à l'intérieur du wagon et l'allongea sur un banc de voyageurs. Il ne lui fallut ensuite que quelques minutes pour aller chercher Philburt afin qu'il veille sur elle.

– J'en ai pas pour longtemps, maugréa-t-il en regardant vers la queue du train.

Une colère sourde grondait dans son ventre. Ils avaient osé blesser une de ses filles ! La mâchoire serrée, il traversa le compartiment en courant. Il restait un certain nombre de bandits, il était hors de question qu'il se contente de leur tirer dans la main. Ils allaient payer pour leur affront.

Il ne ralentit pas l'allure en franchissant l'espace qui séparait le troisième wagon du quatrième. Le nouveau compartiment était vide. Dans le suivant étaient entreposés le coffre et le laudanum mais un comité de réception composé de trois hommes l'attendait. Ils lui tirèrent dessus dès qu'il franchit le pas de la porte. Hidalgo se plaqua contre le mur. Le coffre était dans un coin. Des caisses se trouvaient juste à côté, il devait s'agir du laudanum. Il bondit au milieu de l'allée, un pistolet dans chaque main, et fit feu. Des gerbes de sang tapissèrent les murs et les trois hommes s'écroulèrent sans un râle. Hidalgo se précipita vers les caisses. Les bouteilles y étaient rangées, séparées par de la paille.

Un cri lui parvint alors du dernier wagon. Comme un ordre donné avec violence.

Il se figea.

Un détail lui revint à l'esprit : Ellen l'avait rejoint pour le prévenir d'une menace. Le mécanicien l'avait également apostrophé au moment où il le quittait. Un doute le saisit. Et, mû par une intuition invraisemblable, il se jeta au sol.

Un pan de mur entier fut déchiqueté dans un vacarme monstrueux. Des éclats de bois volèrent en tous sens. Des projectiles traversaient les airs en sifflant. Hidalgo se protégea le visage avec ses bras. Du coin de l'œil, il vit que la caisse de laudanum avait été touchée. Impossible pourtant de se relever sans être atteint. Des bruits de pas lui parvinrent du toit. Les bandits cherchaient à le prendre à revers. Une balle traversa le plancher à quelques millimètres de sa jambe. Quelle machine pouvait faire autant de dégâts ? Une Gatling bien sûr. Il avait eu l'occasion d'en manier une par le passé. Ce genre de mitrailleuse utilisait des munitions de gros calibre et pouvait tirer jusqu'à quatre cents coups par minute. Il était coincé. À moins que…

Le vacarme s'interrompit. La machine avait dû s'enrayer, ce qui était fréquemment le cas. Il ne prit pas le temps de réfléchir. Il bondit pour saisir la caisse de laudanum et sortit du wagon. Tant pis pour le coffre, il avait ses priorités. Un liquide glacé coula sur sa chemise. Il pria intérieurement qu'il reste quelques bouteilles intactes. Du pied, il ouvrit la porte du compartiment. Mais à peine eut-il franchi celle du wagon suivant qu'il reçut un coup sur la tête. Il perdit l'équilibre et s'étala de tout son long. Sa vue se brouilla, un filet de sang traversa son champ de vision. Le verre tinta dans le caisson qui lui échappa des mains et une puissante odeur chimique lui monta aux narines. Dans toute cette excitation, il en avait oublié la composition du laudanum : de l'opium liquide en quelque sorte. Un vertige le fit vaciller. La nausée monta de sa gorge. Il tenta de se lever, mais des étoiles blanches scintillèrent devant ses yeux.

– On fait moins le malin, ricana un homme.

Hidalgo le reconnut à la sacoche qu'il portait en bandoulière :

Nitro Jim. Le bandit extirpa un couteau de sa ceinture, d'un gabarit utilisé pour dépecer les ours.

– Je vais te servir comme du gibier, murmura-t-il.

Hidalgo pointa son pistolet vers lui. D'un coup de pied, Nitro Jim le désarma. Il réussit à se relever en titubant.

– T'as des vapeurs ? se moqua son adversaire avant de se jeter sur lui.

D'une main, Hidalgo lui saisit le poignet, stoppant le coup de couteau dans son élan. La lame n'était qu'à quelques millimètres de son ventre. Un filet de bile amère jaillit de sa gorge. Ses joues se gonflèrent sous la nausée.

Un rire sadique s'échappa des lèvres de Nitro Jim.

Hidalgo lui tordit le poignet et attrapa d'une main ses cheveux sur sa nuque pour les tirer en arrière. Son regard se posa sur la sacoche entrouverte de son adversaire. Une idée traversa alors son esprit. Le genre d'idée qu'il avait pris l'habitude de nommer « solution de dernier recours ».

Un spasme terrible souleva son estomac. Il passa en revue tous les aliments qu'il avait avalés ces dernières heures, en insistant bien sur les plus gras. Par la fenêtre, des fermes avaient fait leur apparition, ils se trouvaient aux portes de Denver. Le paysage défilait à grande vitesse, la nausée s'accentua. Soudain, il n'y tint plus : un liquide épais et grumeleux jaillit de sa bouche, maculant l'épaule de Nitro Jim. Ce dernier se recula vivement en poussant un cri de dégoût. Hidalgo en profita pour lui envoyer son poing dans le visage. L'homme ne s'attendait pas à un tel regain d'énergie. Hidalgo accentua sa pression sur son poignet. L'instant d'après, le couteau était dans sa main. La lame siffla dans les airs à trois reprises. Nitro Jim se tenait la gorge, un sang épais s'échappait d'entre ses doigts. Hidalgo puisa dans ses dernières forces pour lui porter un violent coup de pied dans la poitrine. L'homme brisa une fenêtre en la percutant, puis bascula dans le vide.

Quelques secondes.

Hidalgo se saisit de son pistolet au sol et se pencha par l'ouverture auréolée de débris de verre. Il essuya les larmes qui troublaient sa vision. Il n'avait droit qu'à un seul coup, il le savait.

Le corps de Nitro Jim se trouvait au niveau du dernier wagon, le sixième, dans lequel se situaient le reste de la bande et la Gatling.

Hidalgo tira.

La balle traversa la sacoche du cadavre. Et la dynamite explosa.

Hidalgo plongea sur la caisse de laudanum. Il devait la protéger coûte que coûte. Une secousse terrible le projeta contre la paroi du compartiment. Les étoiles se multiplièrent dans son champ de vision. Un grincement strident déchira les airs. Le plancher s'inclina. Hidalgo eut une dernière pensée pour Ellen qui devait toujours se trouver dans le wagon suivant. Pourvu que…

Puis le monde bascula.

Le sixième wagon fut désintégré par le souffle de la déflagration. Clayton et ses hommes furent réduits à l'état de charpie en moins d'une seconde. Le wagon contenant le coffre se souleva, quittant les rails, et se renversa sur le côté. Il glissa dans un fracas métallique assourdissant, entraînant le reste du convoi avec lui. La locomotive émit un sifflement, comme le cri aigu d'un oiseau blessé. Le mécanicien tira sur le levier de frein de toutes ses forces. Il était déjà trop tard, la machine s'emballa. Le monstre de métal traversa les faubourgs de Denver sans ralentir. La fumée qui s'échappait de la cheminée était devenue noire. Les passants fuyaient sur son passage, abandonnant leurs effets personnels. Au loin se découpait la gare. Le wagon où se trouvait Hidalgo avait basculé à son tour. Il percuta de plein fouet une charrette sur le bord de la voie et sa charge de pastèques explosa dans une gerbe d'écume. La locomotive finit par ralentir. Les trois premiers wagons roulaient à présent sur un seul rail. La locomotive s'inclina lentement, à quelques mètres de la gare. Au niveau du quai d'arrivée, elle bascula dans un épais nuage de poussière.

La tête du mécanicien émergea alors de l'écoutille du poste de pilotage, hilare.

– Je crois que nous sommes arrivés, déclara-t-il aux passants médusés.

★

Hidalgo se fraya un passage parmi les débris et le verre brisé. Il avait noué un foulard autour de sa bouche pour échapper aux émanations de laudanum. Il s'extirpa de la carcasse du wagon en grimaçant. La foule s'était agglutinée autour du train renversé. Des mines pétrifiées considéraient son visage ensanglanté.

Ellen.

Il se précipita vers la tête du convoi, la caisse toujours serrée contre sa poitrine. Il ne distinguait rien dans la fumée. Il posa la caisse au sol et entreprit de déblayer les débris qui obstruaient une des fenêtres du wagon. Une toux parvint à ses oreilles.

– Philburt ? appela-t-il.

Aucune réponse. Il insista.

– Par ici, fit une voix enrouée.

Le visage blafard de Philburt se découpa dans les gravats. Le jeune homme était hors d'atteinte. Un groupe d'hommes s'était agglutiné autour d'Hidalgo. L'un d'eux buta accidentellement dans la caisse de laudanum.

– Attention ! gronda Hidalgo.

– On va vous aider, dit l'homme. Ils sont combien à l'intérieur ?

– Deux, mais il y a une jeune fille blessée.

Il cria à l'attention de Philburt.

– Comment va Ellen ?

Philburt pointa son pouce vers le haut, avant de se raviser en faisant une moue incertaine.

– Aidez-moi, dit Hidalgo en écartant une barre de métal.

Le gros des badauds s'était massé autour du wagon où se trouvaient les voyageurs. Quelques passagers commençaient déjà à sortir par les fenêtres.

– Il faudrait aller chercher quelques gars par là-b... commença Hidalgo.

Il s'interrompit brusquement.

Un groupe d'hommes venait de faire son apparition sur le quai. Ils portaient tous des gabardines noires. Celui qui se trouvait à leur tête avait un regard aussi sombre qu'une nuit sans lune.

Le sang d'Hidalgo se glaça dans ses veines. Même après toutes ces années, il n'avait eu aucun mal à reconnaître l'individu.

Joseph Dargent.

Chapitre 13
Question réponse

Le chirurgien accueillit Maureen avec un sourire tendu. La jeune fille était venue seule. Ses deux sœurs et Anton étaient restés à la pension.

– Comment vont-elles ? demanda-t-elle.

Le médecin marqua une hésitation avant de répondre :

– Bien. Samantha ne va pas tarder à se réveiller et l'état d'Ellen s'est stabilisé. Elles sont toutes deux hors de danger.

Il invita la jeune fille à prendre place sur le siège qui faisait face à son bureau. Il avait apparemment d'autres soucis en tête.

– Un homme est venu me voir, confia-t-il.

Maureen frissonna.

– Un homme au regard sombre, précisa le chirurgien. Il m'a posé quelques questions sur mes patients. Et plus particulièrement sur Ellen et Samantha.

Il afficha une mine grave. De toute évidence, l'entretien avec l'homme au regard sombre lui avait laissé une impression désagréable.

– Il s'avère que je me suis posé la même question que lui, déclara le médecin. Comme est-il possible que deux sœurs soient si différentes physiquement ?

Maureen essaya de ne pas réagir à cette remarque. La tension s'était nichée dans le creux de sa nuque.

– Je lui ai vaguement évoqué la possibilité que ton père ait pu connaître plusieurs femmes, continua-t-il, mais franchement, ça n'a pas eu l'air de le convaincre.

Le chirurgien entrecroisa les doigts de ses mains, ses majeurs joints posés sur la base de son nez.

– Je n'aime pas cet homme, dit-il. Mais je vous apprécie, toi et ta famille. Il m'a dit qu'il cherchait quelqu'un. Une personne seule avec des enfants. Un homme apparemment, d'une cinquantaine d'années.

Le regard du chirurgien se fit plus profond.

– Sais-tu où est ton père ? demanda-t-il à mi-voix.

Maureen secoua la tête. C'était la vérité. Après l'accident de train, Hidalgo avait disparu. Il avait pris soin de déposer la caisse de laudanum sur le perron de l'hospice, puis il s'était purement et simplement volatilisé. Il ne pouvait y avoir qu'une seule explication à cette soudaine disparition : ils avaient retrouvé sa trace. La jeune fille s'était sentie prise dans un étau dès la fin de l'après-midi, au moment où ses sœurs, Anton et elle avaient découvert la pièce de théâtre et son acteur principal : Malone, de la bande de Virgil Panowski. L'homme qu'Hidalgo avait épargné afin qu'il répande la bonne parole dans l'Ouest américain et dissuade les téméraires de venir leur chercher des ennuis. Le blanc-bec s'était acquitté de sa tâche à merveille. Et le Verbe qu'il prisait tant avait atteint une hauteur qui devait le réjouir. Sa pièce, bien que de facture modeste, relatait avec force et enthousiasme l'épopée de l'Ange de la mort et de ses cinq filles. Maureen avait failli protester en public de l'absence du petit garçon aveugle, mais elle s'était retenue. Par chance, Malone avait l'air tellement absorbé par sa performance qu'il ne les avait pas reconnus. Comment aurait-il pu, d'ailleurs ? Six ans s'étaient écoulés depuis leur dernière rencontre, et ils avaient bien grandi. Seule la cécité d'Anton aurait pu lui mettre la puce à l'oreille, mais ils avaient attendu que l'acteur quitte la scène avant de sortir de la tente.

À la suite de cette rencontre, Maureen avait éprouvé un malaise grandissant.

La vallée lui manquait.

– Peut-être devriez-vous vous montrer prudents dans les jours qui viennent ? murmura le chirurgien. Et rester à la pension ?

Maureen acquiesça d'un lent mouvement de tête. L'étau se resserrait. Elle ignorait tout de la personnalité de l'homme au regard sombre. Toutefois, sa présence en ville ouvrait de terribles perspectives.

★

Malone comptait les pièces. La recette était bien maigre, une fois de plus. Suffisante néanmoins pour subvenir à la survie de la troupe.

– Combien ? demanda Vinh.

– Deux dollars quarante, répondit le blanc-bec. On va pouvoir manger aujourd'hui.

La jeune Asiatique lui adressa un sourire.

– Je vais faire quelques courses alors, déclara-t-elle.

Sa jambe de bois claqua sur le plancher du chariot. Elle sortit et s'éloigna dans la rue en claudiquant. Elle allait probablement croiser le vieux Russell en centre-ville, si elle faisait une halte au saloon. Malone soupira, il n'était pas aidé. Une adolescente infirme venue de l'est et un vieil alcoolique formaient les deux autres membres de la troupe. Il s'était pourtant pris d'une grande affection pour ces improbables compagnons. Même si Vinh lui avait confié qu'elle ne resterait pas éternellement avec lui. Sitôt qu'elle irait de nouveau mieux, elle repartirait sur les routes. Malone n'avait pas posé de questions. Les tourments qui flottaient dans son regard lui avaient suffi. Cette jeune fille appartenait à une autre histoire. Peut-être qu'un jour elle la lui raconterait, et il pourrait en faire un nouveau spectacle…

Il s'installa au petit bureau disposé dans le fond du chariot et sortit une carte d'un tiroir. Cela faisait cinq mois qu'ils tournaient dans la région, avec plus au moins de succès. Il ne rêvait que d'une chose : aller encore plus vers l'ouest. Rejoindre San Francisco, où l'activité culturelle n'avait rien à voir avec les contrées sauvages où ils s'étaient produits jusqu'à présent. Mais pour cela, il leur faudrait passer les Rocheuses et traverser des lieux plus dangereux les uns que les autres. Ils n'avaient d'autre choix que de rejoindre un convoi. C'est pour cette raison qu'ils avaient échoué à Denver.

Il était si concentré sur sa carte et perdu dans ses pensées qu'il ne remarqua pas la silhouette sombre qui se profilait à l'entrée du chariot.

– Toc, toc ! fit une voix grave.

Malone sursauta.

– Je peux entrer ? demanda Joseph Dargent.

– Ou… oui, bien sûr, balbutia le blanc-bec.

Il tira une chaise et invita l'autre à s'asseoir. Les rares visites qu'il recevait dans son bureau concernaient des demandes de représentations. Autant se montrer aimable avec de potentiels commanditaires.

Le visage de Joseph se révéla pleinement lorsqu'il fut assis. Un frisson glacé traversa l'échine de Malone.

– Que… que puis-je faire pour vous ? demanda-t-il d'une voix hésitante.

Son expérience avec la bande de Virgil lui avait permis de développer un talent : il savait reconnaître entre mille un honnête homme d'une racaille. L'homme qui avait pris place face à lui faisait partie de la seconde catégorie. C'était un tueur, et il n'officiait pas dans la catégorie amateur.

– J'ai beaucoup entendu parler de votre spectacle, articula-t-il.

– Ah ! En bien, j'espère ? s'écria Malone d'une voix faussement enjouée.

Joseph resta un moment à le toiser, sans lui répondre. Le blanc-bec peinait à masquer son trouble. Une goutte de transpiration coula sur sa tempe.

– Je ne suis pas vraiment là pour parler de la qualité de votre pièce, déclara Joseph. Et puis, en toute honnêteté, je viens de France, où j'ai pu admirer les plus grands comédiens jouer sur les planches des plus prestigieux théâtres de la capitale. Je doute que vous puissiez comprendre mon jugement critique. Si tant est que je prenne le temps d'en émettre un.

Une menace sourde filtrait de chacun de ses mots. Malone se recroquevilla involontairement sur sa chaise.

– Ce qui m'intéresse en revanche, c'est la thématique abordée dans votre spectacle, expliqua l'homme au regard sombre. Et quand je parle d'intérêt, je tiens à vous préciser qu'il est des plus vifs.

Il lissa sa barbe avec deux doigts dans un mouvement lent et répété.

– Cette histoire de guerrier accompagné de cinq fillettes, mais quelle imagination débordante ! On dirait presque que ces aventures ont été vécues.

Malone baissa les yeux. Le ton de Joseph Dargent se fit plus dur lorsqu'il décréta :

– Je vais poser des questions, et vous allez me fournir des réponses, d'accord ?

Malone hocha la tête en prenant un air misérable. L'homme au regard sombre lui tapota mollement la joue.

– Allons, allons, murmura-t-il. Vous n'avez pas à vous en faire. Si vos réponses me conviennent, nous n'en aurons pas pour très longtemps.

Il sortit un petit carnet noir de la poche de sa gabardine, ainsi qu'une mine de plomb. Il en humecta l'extrémité de sa langue.

– Ne perdons pas de temps, dit-il. Quand avez-vous rencontré pour la première fois le dénommé Hidalgo, plus connu sous le sobriquet de l'Ange de la mort ?

– Dans le désert. Il m'a tiré dessus en me laissant pour mort. Nous étions sur la trace d'un enfant. Notre chef Virgil nous avait donné l'ordre de ne laisser aucun témoin...

– Foutus Américains, grogna Joseph. Vous n'avez aucune décence. Je pourrais vous descendre rien que pour avoir prononcé cette phrase. Bande de sauvages...

Il fit un signe du menton à Malone pour qu'il continue. Le blanc-bec n'en menait pas large. Il raconta avec force détails leur première rencontre, puis l'épisode de Crimson Peak et la façon dont Hidalgo avait massacré toute la bande de Carré d'As. Joseph Dargent ne broncha pas. Une telle prouesse ne semblait pas l'impressionner. Il se contenta de poser une question :

– Quelles étaient ses armes ?

Malone lui parla du holster avec les pistolets dans le dos, du fusil de précision et du canon scié. Joseph nota soigneusement toutes ces indications dans son carnet. Sa paupière droite trembla l'espace de quelques secondes. La cicatrice qui descendait sur son œil parut s'animer pendant un court instant. Il poussa un grognement sourd, avant de demander :

– Vous avez échappé deux fois à la mort après avoir rencontré cet homme, vous ne trouvez pas ça étrange ?

– Je dois vous avouer qu'à la suite de notre dernière rencontre j'ai plongé dans une dépression terrible. Mon quotidien a pris le goût et la teinte d'un whisky frelaté. La paranoïa rongeait mon esprit. Je longeais les murs, dans l'attente d'une mort que je pensais voir surgir à chaque coin de rue. Et puis un jour, j'ai compris la chance que j'avais eue. Et que je n'avais pas le droit de la gâcher.

– Les Américains ont donc une conscience… souffla Joseph.

Malone poursuivit, sans relever le sarcasme :

– J'ai monté cette compagnie. Au début j'étais seul, sur une petite estrade – une caisse ramassée dans la rue, pour vous dire la vérité. Et je haranguais la foule. J'ai dû y mettre une certaine conviction parce que le public a fini par être au rendez-vous. Un jour, un vieux type est venu me voir pour me dire qu'il aimait bien mon style. Qu'il avait un chariot et qu'il consentait à l'aménager pour que je puisse être plus à mon aise pour jouer.

Malone haussa les épaules, comme s'il était encore surpris de cette aubaine que lui avait offerte le destin.

– Le vieux Russell doit être en train de boire des coups au saloon, expliqua-t-il. Il m'a dit qu'il avait envie de voir du pays. Ça a été son principal argument, si tant est qu'il m'en ait fourni d'autres…

– Et la Chinetoque ?

– C'est une Indochinoise. Nous l'avons recueillie il y a presque un an de cela. Elle était en piteux état – pour ainsi dire mourante. Mais malgré sa frêle constitution, elle est plutôt solide. C'est Russell lui-même qui lui a taillé sa jambe de bois.

Joseph se mura dans un silence songeur.

– Une Asiate infirme dans l'Ouest sauvage, finit-il par murmurer. Ses chances de survie sont minces, même en votre compagnie. Ce monde n'est pas fait pour les femmes.

– Il paraît que si.

– Pardon ?

– C'est une phrase de ma pièce, empruntée lors d'un échange. Il paraît que les femmes ont leur place dans ce monde, mais qu'elles mettront un peu plus de temps à la trouver.

– Les Américains sont également des poètes, railla Joseph Dargent. On aura tout entendu…

Il nota une phrase dans son carnet en gloussant.

– Et après ? demanda-t-il.

– Après quoi ?

– Vos relations avec l'Ange de la mort se sont interrompues ?

Malone se tordit les mains.

– Pas vraiment, avoua-t-il. Il se trouve qu'une certaine partie de notre public réagissait à notre histoire de façon surprenante.

– Comment ça ?

– Après le spectacle, des spectateurs venaient nous rendre visite en coulisse pour nous raconter des anecdotes sur lui.

– Nous y voilà, murmura Joseph.

Un étrange sourire illumina son visage.

– Certaines étaient invraisemblables, expliqua Malone. Mais d'autres non. Notre spectacle n'en finissait pas d'évoluer grâce aux différents témoignages que je réussissais à collecter. Et chacun d'entre eux nous envoyait d'un point à l'autre du grand Ouest américain.

– Vous avez suivi la trace de l'Ange de la mort, en quelque sorte ?

– Nous l'avons perdue il y a six ans.

– C'est également mon cas, grommela Joseph. Mais il semblerait que…

Sa main décrivit une arabesque dans les airs.

– Cet accident de train, dit-il. Il porte une signature si particulière… Notre ami ne doit pas être bien loin.

– Vous pensez ? s'écria Malone.

Sa voix trahissait une excitation teintée d'un soupçon d'inquiétude. Joseph lui lança un regard méprisant.

– Vous devez avoir eu quelques enfants dans votre auditoire récemment, non ? demanda-t-il.

– Oui, comme souvent dans les représentations de l'après-midi. J'en ai même quelques-uns le soir.

– Et vous n'avez rien remarqué de particulier ? Un enfant aveugle âgé d'une dizaine d'années par exemple ?

Malone secoua la tête. Impossible de se rappeler. Il faisait preuve d'une telle concentration sur scène que les spectateurs dans la salle lui apparaissaient comme une mosaïque de visages aux traits incertains.

– N… non, dit-il à mi-voix. Je n'ai pas le souvenir d'un tel enfant.

Il détourna les yeux une fraction de seconde. Il venait de se rendre compte d'une chose : même s'il avait remarqué un garçon aveugle parmi le public, il ne l'aurait certainement pas dit à l'homme assis en face de lui. Son attitude fuyante ne passa pas inaperçue. Le regard de Joseph Dargent se fit encore plus sombre. Il fit craquer ses doigts un à un.

– Je me demande si je peux réellement compter sur vous, articula-t-il dans un murmure.

– O… oui, b… bien sûr.

– Parce que, dans le cas contraire, j'en éprouverais une forte déception. Et mon problème lorsque je suis déçu, c'est que je suis amené à commettre des actes de nature… comment dire ? De nature irréversible.

Il plongea son regard dans celui de Malone.

– Vous ne voudriez pas que de telles choses se produisent, n'est-ce pas ?

Malone secoua vivement la tête.

– Voyez-vous, déclara Joseph, cela fait si longtemps que j'arpente ce pays de malheur que mes espoirs de le quitter un jour se sont réduits à néant. Malgré cela, la rage qui me ronge l'esprit ne s'est jamais éteinte. Elle est le carburant de mes journées. Elle est ma grâce et ma religion. Elle me confère une telle énergie que, parfois, j'ai l'impression d'être indestructible. J'ai perdu la trace d'Hidalgo pendant six ans. D'aucuns jugeraient que c'est énorme et la plupart auraient renoncé. En ce qui me concerne, jamais une telle idée ne m'a effleuré. Je me sens comme un bison lancé à toute allure et que rien ne peut arrêter. Et malheur à ceux qui oseraient se dresser sur ma route… Mais ce n'est pas dans vos intentions, n'est-ce pas ?

Malone gratta de son ongle une écharde qui dépassait de la surface de la table, la mine contrite.

– Pour tout vous dire, soupira Dargent, vous ne m'avez pas appris grand-chose.

Il désigna son petit carnet noir.

– Je suis un peu déçu, dit-il. Mais il y a moyen de se rattraper, jeune homme. Je suis descendu à l'hôtel Bellevue. Si jamais vous croisez un jeune aveugle, je compte sur vous pour me le faire savoir.

Il quitta le chariot sans un mot. Malone poussa un soupir, si profond qu'il se demanda s'il n'avait pas tout simplement oublié de respirer durant cet entretien.

★

– Tu dors ? demanda Ellen.

– Hmm… grogna Samantha.

– Tu as mal au ventre ?

– J'ai une cicatrice de quatre pouces sur l'aine et tu me demandes si j'ai mal au ventre ? pesta Sam avec véhémence.

– Chut ! fit Ellen. Tu vas réveiller tout le monde.

Leurs lits avaient été placés côte à côte dans le fond de la grande salle de l'hospice. Bien que Samantha soit encore groggy à cause du laudanum que lui avait administré le chirurgien avant l'opération, elle prenait plaisir à converser avec sa sœur dans l'obscurité de la nuit. Surtout après avoir entendu sa mésaventure.

– Tu t'es fait tirer dessus ? s'était-elle écriée.

La blessure d'Ellen était superficielle. En revanche, le coup qu'elle avait reçu sur la tête l'était moins. Le chirurgien l'avait longuement auscultée, faisant passer la flamme d'une bougie devant ses yeux, essayant de la faire réagir à différents sons. Il en avait conclu que le traumatisme pourrait avoir des répercussions et que le meilleur traitement pour l'instant consistait à prendre du repos afin de récupérer des forces.

– Maureen est passée pendant que tu dormais…

– T'aurais pu me réveiller, protesta Samantha.

– Elle n'est pas restée longtemps.

– Des nouvelles d'Hidalgo ?

– Non.

Les deux filles restèrent silencieuses un long moment.

– Il va revenir nous chercher, chuchota Samantha.

– Bien sûr, dit Ellen. Personne n'abandonne ses enfants…

Le son de sa voix resta en suspens sur la fin de la phrase. Bien évidemment que les gens abandonnaient leurs enfants ! Abigaël et Lisbeth en étaient le parfait exemple. Car c'était ainsi que fonctionnait l'Ouest sauvage.

– Il va revenir, dit-elle d'une voix plus ferme.

– Il a peut-être été blessé ?

Cette supposition jeta un froid. Des perspectives terribles se dessinaient lentement dans l'esprit des deux filles.

– Il s'en sort toujours, argumenta Ellen. Si tu avais vu comment il s'est occupé des détrousseurs de train…

– La situation me semble tout de même un peu plus alarmante.

Elles avaient toutes deux en mémoire la visite à l'hospice de ces hommes en gabardine noire et de leur chef au regard si sombre. Il avait posé quelques questions, principalement aux enfants présents dans l'hospice. Son accent l'avait immédiatement trahi. Il était français, lui aussi, et ne pouvait être là que pour une seule raison. Samantha et Ellen avaient profité de leur état de convalescence pour feindre une grande fatigue. Elles avaient à peine ouvert les yeux. Elles savaient pourtant que l'homme reviendrait avec ses questions, et qu'il serait très difficile de lui cacher la vérité. Il avait traversé l'océan pour retrouver Hidalgo. Ce simple fait en disait long sur sa détermination.

– Il me fait peur, dit Samantha.

Ellen savait à qui elle faisait allusion.

– Je ne l'aime pas non plus. Il… il sent la mort.

Le silence s'abattit de nouveau, jusqu'à ce qu'un grincement le trouble : celui du loquet d'une fenêtre que l'on ouvre. Samantha remonta le drap sur le bas de son visage. Un bruit de pas feutrés s'éleva dans l'obscurité. Une silhouette sombre émergea des ténèbres. Ellen étouffa un cri alors qu'une main se plaquait doucement sur la bouche de Samantha.

– Chut, c'est moi, murmura Hidalgo.

Même dans l'obscurité, Ellen devina son sourire rayonnant. Elle voulut se lever, mais la pièce se mit à tanguer autour d'elle.

– Restez allongées, souffla Hidalgo. Et surtout, ne réveillez pas les autres malades. Notre situation ne nous permettrait pas une telle erreur.

– Où étais-tu ? demanda Samantha.

– Je vous raconterai plus tard. Pour l'instant, il faut que nous sortions de ce guêpier. Des hommes en ville sont à ma recherche.

– Un homme en noir est venu nous poser des questions, dit Ellen.

– Alors vous avez rencontré Joseph Dargent.

Le ton de sa voix était anormalement sourd. Il aurait souhaité plus que tout au monde que leur rencontre n'ait jamais lieu.

– Les autres sont restés à la pension, expliqua Ellen. Ils attendent tes instructions.

– C'est parfait. J'irai les trouver dès que je vous aurai quittées. Mais en attendant, ouvrez bien vos oreilles : je vais vous expliquer comment nous allons organiser notre fuite.

Chapitre 14
Ville fantôme

Le vieux Russell conduisait, Lisbeth et Abigaël assises à ses côtés. L'homme leur jetait de temps en temps des regards en coin, un mince sourire aux lèvres. Les filles faisaient comme si de rien n'était. Il n'avait pas fallu longtemps avant qu'une complicité s'installe entre eux.

Une mouche vola autour de la tête de Russell. Il la chassa d'un geste las de la main, puis releva son chapeau sur son front en soupirant. Il sortit une flasque en métal de la poche de sa veste et la porta à ses lèvres. Après une rapide gorgée, il la tendit aux filles.

– Une petite goutte ? demanda-t-il d'un air taquin.

– On a dix ans, soupira Abigaël.

– Je sais, je sais. C'était juste pour vous tendre un piège.

Il attrapa une gourde sous le siège, que les deux sœurs firent tourner. L'eau fraîche coula un peu sur leur menton. Elles soupirèrent d'aise. Même si la chaleur était terrible en ce milieu de matinée, elles ne paraissaient pas en souffrir.

– Tout va bien à l'arrière ? grogna Russell.

– Oui, lui répondit la voix étouffée de Malone.

Le vieil homme chuchota alors d'un air malicieux aux deux filles :

– J'ai l'impression qu'il ne fait plus la tête.

Abigaël et Lisbeth pouffèrent, une main devant la bouche. Russell leva une fesse et lâcha un pet. Les sœurs rirent de plus belle. Satisfait, Russell but une nouvelle gorgée à sa flasque.

– Tu bois trop, tonton Russell, gronda Lisbeth.

– Tu n'as pas tort. Mais ça me permet d'oublier.

– D'oublier quoi ? demanda Abigaël.

– Je sais pas, j'ai oublié.

Il partit d'un gros rire gras en se tapant la cuisse.

– Ho ! fit Malone derrière la toile du chariot. Il y en a qui dorment ici.

– Il va refaire la tête, chuchota Russell. En même temps, il a de quoi...

Une semaine auparavant, Hidalgo avait rendu visite au blanc-bec au cœur de la nuit. Malone avait manqué défaillir en reconnaissant l'homme dont il contait les aventures presque chaque jour. Mais Hidalgo n'était pas armé et son attitude n'était pas menaçante. En guise d'introduction, il avait juste dit à voix basse :

– Tu te souviens du jour où je t'ai laissé la vie sauve ? À l'époque, je n'attendais rien en retour. Je crois pourtant qu'il est l'heure de payer ta dette.

Malone avait acquiescé. Avait-il seulement le choix ?

Il avait aménagé son chariot de façon que les filles puissent s'y dissimuler – l'espace entre la scène amovible et le plancher était suffisamment haut pour que six enfants s'y glissent ; la solution n'était pas confortable, mais mieux valait ça que d'être truffé de plomb. N'étant pas spécialement habile de ses mains, il lui avait fallu pas moins de six jours pour s'acquitter de cette tâche. Le vieux Russell l'avait aidé – si on peut considérer comme une assistance le fait d'être assis sur une caisse en bois et de tendre de temps en temps des clous en grommelant.

Lorsque sa tâche fut achevée, Ellen et Samantha avaient suffisamment récupéré pour entreprendre un voyage.

Ils étaient partis en fin de matinée, pour ne pas éveiller les soupçons. Les filles et Anton s'étaient cachés, immobiles et silencieux, serrés les uns contre les autres, bercés par les cahots de la route. À la sortie de la ville, trois hommes vêtus de gabardines noires étaient postés devant la boutique d'un armurier, à observer les allées et venues des passants. Le vieux Russell les avait salués d'un geste de la main, n'obtenant pour seule réponse qu'un regard empreint de mépris. Vinh avait écarté la toile du chariot à l'arrière et fixé la ville qui s'éloignait. Ses lèvres avaient bougé sans qu'aucun son ne sorte de sa bouche. Peut-être adressait-elle un dernier adieu à Denver dans sa langue natale ?

En début d'après-midi, ils firent une courte halte pour reposer les bêtes. Les deux chevaux qui tiraient le chariot étaient bien moins robustes que ceux d'Hidalgo. Les bêtes soufflaient sous l'effort, foulaient le sol avec hésitation à chaque caillou qui jonchait la piste. Ils avançaient à faible allure mais s'accommodaient de la lenteur de leur progression. Les enfants avaient tellement arpenté ces régions désertiques de l'Ouest qu'ils ne trouvaient aucune raison de se plaindre.

– On va manger un morceau, proposa Malone.

Hidalgo lui avait laissé un peu d'argent pour subvenir aux

besoins de sa famille. Le blanc-bec avait acheté un généreux morceau de viande séchée ainsi qu'un pain de belle taille. L'endroit qu'ils avaient choisi pour leur pause était vallonné. Une rivière y serpentait, scintillant sous les rayons du soleil. Ellen et Samantha étaient restées sous la bâche du chariot. Leur état ne leur permettait pas encore de se dégourdir les jambes. Anton veillait à leur côté, comme s'il se sentait investi d'une mission de la plus haute importance. Vinh leur coupa une tranche de pain ainsi qu'un morceau de viande.

– Vous avez l'air d'une famille unie, observa Malone d'un air pensif. Votre père doit bien s'occuper de vous.

– C'est le meilleur, lança Maureen avec une nuance de défi dans la voix.

C'était la première fois qu'ils étaient séparés de lui aussi longtemps. Son absence se ressentait dans les regards inquiets que jetaient parfois les filles sur l'horizon. Malone n'y était pas insensible – les idées pour un prochain spectacle commençaient à germer dans son esprit.

À la fin du repas, le vieux Russell reprit place sur le siège du conducteur. Il s'étira longuement. Mais alors que sa main fouillait la poche de son veston, à la recherche de sa flasque, il se redressa vivement en grognant :

– On va avoir de la visite.

À l'est, une colonne de poussière s'élevait à l'horizon. Vu sa densité, il devait s'agir d'un groupe important de cavaliers. Sans un mot, Vinh et Malone pressèrent les enfants de réintégrer le chariot. Il leur fallut pas moins de dix minutes pour les dissimuler sous la scène.

Les enfants étaient bien cachés quand Russell distingua le

visage de l'homme qui menait la colonne de cavaliers. Il était de corpulence impressionnante, portait les cheveux longs noués en une natte. Un bandeau couvrait son œil droit, il ressemblait à un pirate. Il cracha un long jet de jus de chique brun après avoir ordonné d'un mouvement de bras l'arrêt de la cohorte. Puis il considéra le chariot de son unique œil. Russell prit l'initiative :

– Si vous allez à Denver, vous êtes dans la bonne direction.

Il n'avait nullement cherché à faire de l'humour. Le cavalier-pirate lui répondit pourtant :

– T'es un p'tit marrant, pépé.

Avant de cracher de nouveau au sol. Puis il donna deux coups d'éperon sur les flancs de sa monture et s'éloigna avec le reste de la colonne. Ils devaient bien être une vingtaine. Parmi eux se trouvait une seule femme. Son épaisse chevelure rousse rayonnait de nuances orangées, tel le chatoiement incandescent de braises dans la nuit. Elle passa à côté du chariot sans y prêter la moindre attention. Son port altier – buste droit et menton tendu vers l'avant – détonnait avec l'allure des autres cavaliers. Russell l'observa s'éloigner en se lissant la moustache. Il n'était pas insensible à la beauté des femmes, même lorsqu'elles avaient tout du caractère du serpent à sonnette.

La cohorte s'éloigna. Pendant la rencontre, Vinh n'avait pas prononcé un mot. Elle était restée le regard rivé sur les gabardines noires des cavaliers.

Hidalgo avait convenu avec Malone qu'ils fileraient plein sud, pour brouiller les pistes, et qu'ils se retrouveraient dans une ville minière abandonnée du nom de Miles Junction.

– Une ville fantôme ? avait demandé Abigaël.

Le vieux Russell avait hoché la tête en prenant un air mystérieux, ce qui n'avait pas manqué de faire rire la petite fille.

Pourtant, lorsqu'ils pénétrèrent dans Miles Junction, toute envie de plaisanter l'avait quittée.

La ville comprenait trois bâtiments principaux : un saloon, une épicerie et une chapelle. Les fenêtres aux vitres brisées étaient comme des yeux morts qui fixaient leur avancée dans la rue principale.

– C'est vraiment une ville fantôme, murmura Abigaël la gorge nouée.

– Tu crois que… ? dit Lisbeth.

Russell lui ébouriffa les cheveux en riant :

– Des fantômes ? Pardi, il doit y en avoir en pagaille dans le coin !

★

La blessure s'était rouverte. Un sang sombre s'en échappait en filets. Hidalgo grimaça en resserrant son garrot. Le tissu blanc avait déjà pris une teinte écarlate. Difficile de passer inaperçu avec cet ornement sur le bras. D'une main, il flatta l'encolure de sa monture. Le cheval poussa un hennissement bref avant de s'engager sur le petit sentier qui montait vers la colline. Hidalgo se sentait désolé pour lui, depuis l'incident qui s'était déroulé deux jours auparavant. Sa seconde bête avait été tuée accidentellement par un jeune gars qui lui avait également tiré dessus – épisode qui n'avait rien à voir avec la présence de Joseph Dargent à Denver.

Hidalgo se sentait abattu. Il avait hâte de retrouver sa famille et de les conduire jusqu'à leur vallée. Loin de cette ville où, à n'importe quel coin de rue, un jeune homme à peine majeur pouvait le reconnaître et avoir envie de se mesurer à lui.

Il avait mis cet épisode sur le compte de la malchance.

Une estafilade sur le bras… qui le faisait souffrir le martyre. Une journée le séparait du point de rendez-vous. Il serra les dents, luttant contre son envie de s'allonger pour récupérer un peu de ses forces. Mais il devait faire au plus vite. Joseph était sur ses traces et, connaissant ses talents de limier, il n'allait pas tarder à le retrouver. Sauf s'il parvenait à récupérer les enfants et disparaître de nouveau dans la nature. Sauf s'il surmontait sa douleur et chevauchait toute la nuit pour rejoindre le point de ralliement. Sauf s'il ne faisait pas d'autres mauvaises rencontres au détour d'une rue. Sauf si… sauf si…

Il avait l'impression d'être un aimant à désastres. Comme si le destin lui faisait payer ses erreurs passées.

Il ne demandait pourtant pas grand-chose. Une journée, une simple journée de voyage, pour pouvoir retrouver sa famille et les emmener loin.

Une journée, ce n'était effectivement rien si l'on considérait la vie entière d'un homme.

Il eut cependant la désagréable impression de se trouver au bord du gouffre.

★

– Tu ne vois rien ? cria Lisbeth.

– Non… non, toujours rien, lui répondit Russell du haut de la chapelle.

Le vieil homme était monté pour faire le guet – et aussi pour savourer quelques minutes de tranquillité, loin des piaillements incessants des deux plus jeunes filles. À l'abri des regards, il sirotait sa gnôle en savourant chaque gorgée. Le ciel était d'un bleu limpide. Un paysage aride s'étendait à perte de vue. Russell se sentait apaisé. Le contact avec les enfants lui avait fait du bien. Il en avait oublié pendant quelques jours les douleurs qui se développaient dans sa poitrine lorsqu'il fournissait un effort physique. Chaque matin, il bénissait en silence le ciel de lui accorder une journée supplémentaire sur cette terre. Soixante et onze ans ! Si on lui avait dit un jour qu'il atteindrait cet âge, il n'en aurait pas cru un mot.

Il posa un doigt sur sa jugulaire – geste qu'il avait pris l'habitude de faire quand il se sentait porté par une émotion trop vive. Son pouls battait à un rythme régulier. Il but une nouvelle gorgée.

– Toujours rien ? hurla Lisbeth.

Le vieil homme sursauta, renversant du précieux liquide sur sa chemise déjà tachée de graisse.

– Pourquoi n'irais-tu pas jouer avec tes sœurs ou ton frère ? gronda-t-il d'une voix forte.

Lisbeth se renfrogna. Elle bouillonnait d'impatience. Hidalgo lui manquait et l'inquiétude la rongeait.

– Si tu bois trop, tu vas t'endormir ! lança-t-elle avec rage. Et tu ne le verras pas arriver !

– Maudite gamine, maugréa Russell en rangeant sa flasque.

Il savait pourtant qu'elle avait raison. Il s'assit sur sa chaise et, sans arrêter de pester dans sa barbe, commença à s'assoupir. Le soleil tapait fort. Les buissons alentour bruissaient de présences animales, probablement de la vermine qui prisait le soleil comme des crotales, des tarentules ou des scorpions.

Du coin de l'œil, il regarda Lisbeth rejoindre les autres. Mieux valait qu'elle ne s'aventure pas seule dans la cambrousse. Un accident était si vite arrivé.

Il posa ses pieds sur la rambarde et se balança doucement. Il pouvait bien s'octroyer une petite sieste, non ? Ses paupières se fermèrent lentement sous la fatigue. Le balancement de la chaise s'interrompit, un léger ronflement monta d'entre ses lèvres.

– Russeeeeell !

– Quoi encore ? hurla-t-il en se redressant.

Lisbeth pointait l'horizon du doigt. Une colonne de poussière venait de faire son apparition. Le vieil homme se saisit de sa longue-vue.

– Sang et tripes… jura-t-il dans un murmure.

Ils devaient être une trentaine. Les vingt qu'ils avaient croisés et les dix qui accompagnaient Joseph à Denver. Ce dernier menait la troupe. Sa gabardine était si poussiéreuse qu'elle avait viré au gris.

– Alors ? demanda Malone qui avait rejoint Lisbeth.

– Ils seront là dans trois heures, déclara Russell. Ce qui nous laisse peu de temps pour nous barricader.

Chapitre 15
Vautours

Joseph et sa bande de gabardines noires établirent leur campement en contrebas de Miles Junction. Cinq hommes se postèrent à une centaine de mètres de la chapelle où s'étaient réfugiées la troupe de théâtre et la famille d'Hidalgo. Leurs chapeaux couvraient leurs regards. Ils se tenaient immobiles comme des statues de pierre, malgré le soleil qui tapait et la chaleur qui allait en augmentant. Légèrement déhanchés, ils avaient relevé le pan de leur gabardine sur la crosse de leur revolver.

– Ils savent qu'Hidalgo n'est pas là, murmura le vieux Russell en les observant à travers le verre poussiéreux d'une fenêtre. Ils prennent tout leur temps. Et lorsqu'il se pointera, ils se tiendront prêts à l'accueillir.

Quatre oiseaux de belle taille tournaient en rond haut dans le ciel, juste au-dessus des cinq hommes.

– Des vautours ? demanda Abigaël.

– Ça m'en a tout l'air, dit Malone. Ces bêtes ont un instinct difficile à tromper. S'ils sont là, c'est qu'ils sentent que l'odeur de la poudre ne va pas tarder à emplir nos narines.

Il parut, l'espace d'un instant, regretter ses paroles. Mais les enfants restèrent de marbre. Cette violence qui bouillonnait dans les esprits, prête à exploser à tout moment, ils ne la connaissaient que trop bien. Leur père n'allait pas tarder à arriver, et un nouveau verset de l'apocalypse s'écrirait dans le sang.

Samantha et Ellen s'étaient assises dans un coin, dos au mur. La première palpait de temps en temps son ventre en grimaçant. Son opération était trop récente, la crainte que sa cicatrice ne s'ouvre l'angoissait. Sa sœur le perçut et passa un bras autour de son épaule.

Anton se tenait face à elles. Ses yeux blancs semblaient fixer un point par-delà les murs de la chapelle. Il écoutait. À travers le chant monocorde des cigales, il percevait des sons. Des voix, sans pour autant comprendre les paroles échangées. Des ordres secs adressés aux hommes en gabardine noire par leur chef. Anton soupira. Ces hommes n'étaient pas comme les autres. Leur assurance froide dénotait une détermination à toute épreuve.

– C'est pas gagné, murmura Russell, comme si ses pensées s'étaient accordées avec celles du garçon.

Un cri étouffé retentit soudain dans la chapelle. Samantha avait posé sa main sur sa bouche.

– Il y a quelque chose qui gratte, bredouilla-t-elle en désignant le plancher.

Anton devait l'avoir entendu également, puisqu'il s'était redressé, aux abois.

– Bon sang ! siffla Malone.

Les grattements s'étaient transformés en tambourinements sourds. Au centre de la pièce se trouvait un vieux poêle en fonte. Les bruits répétés provenaient d'en dessous.

– Aide-moi ! dit Malone à Russell.

Le meuble était lourd, ils durent s'y prendre à plusieurs fois avant d'arriver à le déplacer. Une trappe était dissimulée en dessous. Dans un grincement, le battant s'ouvrit sur l'obscurité et un visage en émergea.

– Papa ! s'écria Lisbeth dans un élan d'euphorie.

Les cheveux d'Hidalgo étaient blancs de poussière, tout comme ses vêtements. Il prit ses enfants dans ses bras, sans même s'épousseter.

– Vous m'avez manqué, murmura-t-il.

– Mais tu es blessé ? fit remarquer Ellen.

– Trois fois rien.

Lorsqu'il se redressa, Malone, Vinh et Russell lui lancèrent un regard interrogateur.

– Ce n'est pas pour rien que je vous ai donné rendez-vous dans cette ville abandonnée, expliqua-t-il. Les mines situées un peu plus haut dans les collines possèdent des galeries qui s'étendent jusque sous la ville.

– Alors... commença Malone.

– Un véritable gruyère, le coupa Hidalgo. Nous allons pouvoir fuir et échapper à la menace de Joseph et sa bande.

– Mais qui sont ces hommes ? demanda le blanc-bec.

– Je vous raconterai plus tard, mais pour l'heure, nous devons déguerpir au plus vite.

Il avisa ses enfants, et plus particulièrement Samantha et Ellen :

– Comment allez-vous ?

– On pète la forme, répondirent les filles en chœur.

Hidalgo comprit que la réalité était tout autre, même si son retour inespéré avait donné un regain d'énergie aux deux filles.

– Prenez le minimum avec vous, ordonna-t-il. Si nous agissons avec discrétion, Joseph mettra un moment avant de réaliser qu'on s'est fait la malle.

Il invita Malone à passer le premier par la trappe ouverte en lui tendant une torche éteinte.

– Tu ne peux pas te perdre, tu suis le boyau principal, il te conduira à la sortie. Quant à moi, je fermerai la marche.

Il lui fit un clin d'œil avant de préciser

– Attention toutefois aux éboulis, certaines portions ne sont pas très stables.

★

Dans la semi-obscurité, Anton était le plus à l'aise. Le souffle d'un courant d'air effleurait son visage. Il pouvait en déterminer la provenance avec une précision étonnante. Accroché au bras de Maureen, il évoluait comme un chat.

La petite troupe progressait dans une galerie assez large, ignorant les conduits qui y débouchaient. Russell étouffa un juron en butant contre des rails. Vinh le retint par la manche de sa chemise pour lui éviter de tomber.

– Silence, gronda-t-elle.

– Tu parles, lança Russell. On est sous la terre là. On peut faire autant de bruit qu'on veut, personne ne nous entendra. D'ailleurs, si on se perd, on sera bien avancés.

– On ne va pas se perdre, lança Hidalgo. Regardez, de la lumière !

Une clarté diaphane nimbait le bout de la galerie, se reflétant sur les rails au sol. Malone, toujours devant, pressa le pas.

La toile blanche du chariot claqua doucement à leur arrivée, comme pour les saluer.

– Vous avez vraiment pensé à tout, déclara Russell.

L'unique cheval leur jeta un regard lourd de sens : avec une seule bête à l'attelage, ils allaient être moins rapides.

Ils commencèrent par installer Samantha et Ellen. Leur course dans les tunnels les avait épuisées. Le reste de la troupe prit place à leur côté. Hidalgo grimpa sur le siège du conducteur et Malone s'assit à sa droite. La sortie de la mine ressemblait à la gueule béante d'un animal en train de hurler. Pourtant, le silence y régnait. Personne ne les avait suivis. Ils avaient réussi à s'éclipser. Leur avance était confortable. D'ici une journée ou deux… Hidalgo n'osait espérer. Il donna un coup de rênes sur les flancs du cheval en murmurant :

– On y va.

Les vautours dans le ciel suivirent leur progression. Hidalgo aurait voulu chasser ces oiseaux de mauvais augure en leur tirant dessus, mais il craignait d'attirer l'attention de leurs poursuivants. Au bout d'une heure de route, Russell passa sa tête par l'ouverture de la toile.

– Il y a un ancien village mexicain un peu plus à l'ouest, déclara-t-il. Tu pourrais nous déposer là-bas ?

Hidalgo haussa les épaules. Il savait qu'il leur faudrait se séparer tôt ou tard de leurs nouveaux amis. Les enfants allaient sûrement protester, mais leur famille devait se limiter à eux sept. Il connaissait Malone de sa vie d'avant et supposait que le blancbec avait pu changer. Russell était bien assez vieux pour posséder la sagesse de rester sur le droit chemin. La jeune fille asiatique en revanche l'intriguait au plus haut point. Elle avait quelque chose d'indéfinissable dans le regard, comme une flamme ardente qui refusait de s'éteindre et qui consumait ses pensées. Il l'avait surprise en train d'observer les hommes de Joseph à travers la fenêtre de la chapelle; son visage reflétait une haine farouche, sa mâchoire était serrée. Elle semblait sur le point de bondir, de s'élancer vers les rangs ennemis et de les réduire en charpie. Elle s'était contentée de baisser les yeux au bout d'un moment, retrouvant l'attitude humble qui la caractérisait. Hidalgo avait été troublé par cet épisode. Cette fille avait une histoire, c'était indéniable. Et il n'était pas convaincu qu'elle accepte un jour de la partager avec eux.

Peu avant le village mexicain, ils croisèrent un convoi qui se dirigeait dans la direction opposée. Malone et sa troupe décidèrent de s'y joindre.

– L'idée serait de récupérer nos affaires à Miles Junction, décréta-t-il. Notre théâtre est toujours là-bas, ce serait dommage de le laisser aux mains de ces bandits. Sitôt qu'ils auront décampé, nous retrouverons nos biens.

Russell acquiesça d'une voix sourde. L'heure de la séparation avait sonné. Des trois, il était celui qui avait le moins envie de quitter les enfants. Il avait fini par s'attacher à eux. Il leur adressa pourtant un salut distant, essayant de conserver sa bonhomie habituelle.

Malone serra la main d'Hidalgo.

– Je pense m'être acquitté de ma dette, non?

– Merci, blanc-bec, tu as fait mieux que ça. Je te souhaite de belles rencontres sur la route. Ton théâtre grandira, je n'en ai aucun doute.

Vinh lui déposa un baiser discret sur la joue, ce qui ne manqua pas de le surprendre. Sa jambe de bois claqua contre le marchepied quand elle se hissa dans un des chariots.

Hidalgo et les enfants les regardèrent s'éloigner, un pincement au cœur. Plus tard, dans le plus grand des silences, ils pénétrèrent dans le village mexicain. Des maisons basses en terre et crépi blanc bordaient l'allée principale. Hidalgo frissonna en lisant le nom inscrit sur une pancarte en bois à l'entrée : Los Ángeles Perdidos – Les Anges perdus.

Un vieil homme à la peau aussi ridée et brune qu'une pomme restée trop longtemps au soleil les autorisa à s'installer dans sa grange, le temps d'une nuit. Il leur apporta un seau rempli d'eau pour que les enfants puissent se débarbouiller. Si ça n'avait tenu qu'à lui, Hidalgo aurait continué jusqu'au cœur de la nuit. Mais Samantha et Ellen étaient encore convalescentes. Il ne voulait pas que leur état s'aggrave sous l'effort et les contraigne à retourner à Denver.

Abigaël et Lisbeth s'allongèrent dans la paille. Perdus dans la charpente du bâtiment, une nichée d'oisillons piaillait. La mère pénétra dans la grange en un battement d'ailes. Elle tenait dans son bec un agglomérat de pousses végétales qu'elle entreprit de distribuer à sa progéniture.

– Ça doit faire drôle d'avoir une maman, murmura Lisbeth.

Abigaël haussa les épaules. De toute évidence, elle ne s'était jamais posé la question.

Dans leur dos, Hidalgo se tenait dans l'embrasure de l'unique fenêtre de la grange. De l'extérieur, il avait assisté à l'échange. Une profonde tristesse s'empara de lui. Oui, ça pourrait leur faire drôle d'avoir une maman… Il songea à toute la douceur qu'il avait mise dans son éducation, à toutes ces attentions qu'il considérait comme féminines : l'histoire du soir, les câlins, le soin porté aux repas… Il avait fait de son mieux sans jamais réussir à pallier le manque que devaient ressentir ses enfants.

Il lui était arrivé de songer à trouver une femme et ainsi établir un équilibre dans ses relations avec eux. Mais qui aurait voulu d'une vie comme la leur ? Sans arrêt sur les routes, les revolvers toujours à portée de main. Peut-être les gens avaient-ils finalement raison : ce monde n'était pas fait pour les filles, et encore moins pour les mamans.

– Tu t'es acquitté de ta tâche comme il fallait, murmura une voix derrière lui.

Maureen passa ses bras autour de sa taille et posa sa tête contre son dos massif.

– On ne pouvait pas rêver meilleur père que toi, ajouta-t-elle. Tu as été parfait.

Elle marqua une hésitation avant de se reprendre. Elle n'avait aucune raison de parler au passé.

– Tu es un père parfait.

La voix d'Anton monta soudain du fond de la grange.

– Ils arrivent, dit-il d'une voix blanche.

Il avait posé ses mains au sol pour sentir les vibrations de la terre. Il affichait une mine inquiète.

– Ils sont nombreux, murmura-t-il.

– Déjà, soupira Hidalgo.

Cette annonce, pourtant, l'étonnait à peine. Joseph était toujours à la hauteur de sa réputation.

Abigaël avait tiré la boîte noire sur le rebord du chariot et en avait débloqué les verrous. Lisbeth s'était assise à côté. Deux têtes émergèrent de derrière la toile de tente ; Ellen et Samantha lui souriaient. Maureen aida Anton à se redresser avant de rejoindre leurs sœurs. Hidalgo considéra le tableau qu'ils formaient. Une profonde affection inonda son cœur de chaleur. Un frisson parcourut ses avant-bras. Ses enfants le regardaient en silence. Il s'approcha et caressa d'une main la crosse de son fusil à canon scié.

– Quand faut y aller… murmura-t-il.

– … faut y aller, termina Lisbeth.

Chapitre 16
Apocalypse, verset 4

Chaque coup de feu demeura gravé dans la mémoire de Maureen, Ellen, Samantha, Anton, Lisbeth et Abigaël. Pourtant, cette dernière resta les mains plaquées sur les oreilles pendant toute la fusillade. Même en tant que membre de la famille, elle n'avait pas réussi à s'habituer au bruit des détonations. Ses sœurs et son frère respectaient cette particularité et elle n'eut jamais – même par la suite – à essuyer une quelconque moquerie.

Hidalgo avait choisi une approche frontale. Il s'avança dans la ville, équipé de toutes ses armes, et hurla :

– Joseph ! Je crois que c'est moi que tu cherches ? Eh bien me voici !

Les gabardines noires se tenaient en rang, parfaitement immobiles au milieu de la rue principale. Les pans de leur vêtement flottaient dans le vent et la poussière, les crosses des revolvers brillaient au soleil.

Joseph ne répondit pas à l'appel d'Hidalgo. Il demeurait invisible. Un vautour poussa un cri dans le ciel – improbable crissement voilé – et vint se poser sur une barrière en bois. Il détailla d'un œil sombre Hidalgo, seul à un bout de la rue, et le groupe d'hommes en noir qui lui faisait face.

– Joseph ! Finissons-en ! Sors de ta cachette et réglons ça d'homme à homme. Le sang a suffisamment coulé…

Les enfants s'étaient massés à l'entrée de la grange. La silhouette de leur père leur semblait minuscule au milieu de cette allée de terre battue. Et la rangée d'hommes, ligne épaisse qui obstruait l'horizon, représentait une menace insurmontable.

Hidalgo arma son fusil à pompe. Il tira une fois en l'air – unique coup de semonce. Le vautour s'envola dans un lourd battement d'ailes.

Au son de la détonation, les gabardines noires se dispersèrent comme une nuée d'étourneaux surpris par une bourrasque. Hidalgo plongea derrière un bâtiment alors que les premiers coups de feu déchiraient les airs de leurs sifflements aigus. Il jeta un œil vers le bout de l'allée. Joseph ne devait pas être loin, il devait se terrer quelque part, attendant que ses hommes épuisent son adversaire pour pouvoir tranquillement terminer le travail. Joseph savait qu'il ne faisait pas le poids – Hidalgo avait toujours été meilleur, même lors de leur intégration dans la faction des Ailes rouges. Une vague de souvenirs déferla dans l'esprit d'Hidalgo. Joseph était lié à sa vie d'avant, cette vie qu'il avait souhaité de toute son âme laisser derrière lui pour profiter de l'opportunité d'un nouveau départ. Joseph appartenait à son passé, et son passé refusait de s'effacer. Les souvenirs étaient nombreux. Certains se détachaient pourtant du chaos de sa mémoire.

La dernière fois qu'ils s'étaient vus…

Hidalgo était couvert de sang. Du sien, bien entendu, mais aussi celui des autres. Joseph était au sol, tenant dans ses bras un jeune homme aux yeux révulsés. Une rage sans nom pulsait dans ses yeux embués de larmes.

« Normal qu'il ait franchi l'océan, songea Hidalgo. J'aurais fait la même chose à sa place. »

La première fois qu'ils s'étaient vus...

Hidalgo venait tout juste d'intégrer les rangs de la faction des Ailes rouges. Une des recrues l'avait longuement dévisagé. Il ne devait pas être là depuis bien longtemps. Un constat les avait tous deux frappés lors de cet échange muet : ils ne seraient jamais amis. Et la perspective s'était lentement muée en certitude au fil des années. Avec cependant une nuance : ils seraient même ennemis.

Une vision furtive émergea dans l'esprit d'Hidalgo. Joseph et une allumette qu'il tenait à hauteur de ses yeux. La flamme dansait sans sa pupille. Joseph le pyromane. Celui qui avait mis le feu à sa ferme, en prenant soin d'y enfermer sa femme et ses filles. Joseph méritait de mourir mille morts avant de trouver le repos éternel.

– Allons, Joseph ! railla Hidalgo. Ça ne te dit pas, un petit face-à-face ? Tranquille, d'homme à homme...

Une balle se logea dans le crépi de la façade, à quelques centimètres de son visage. Ses adversaires étaient de fins tireurs, il serait difficile de traverser leurs rangs. À moins que...

Hidalgo se hissa sur le toit en prenant appui sur le rebord d'une fenêtre. La maison n'était pas très haute, elle lui offrait cependant une vue panoramique sur l'ensemble de la ville. Il se mit à plat ventre et saisit le fusil de précision qu'il avait fixé dans son dos. Au premier coup de feu, il fit mouche. La gabardine noire ne vit rien venir, et s'affala au sol sans un bruit. Ses compagnons se retranchèrent immédiatement. Hidalgo arma son fusil une nouvelle fois. Une balle siffla à ses oreilles, il avait été repéré. Il se leva et bondit sur le toit suivant. Son mouvement fut souligné par une rafale ennemie.

– Pfff… se murmura-t-il à lui-même. Ils ne sont pas là pour plaisanter.

Il se replaça en position de tir. Cette fois, il manqua sa cible. Un juron s'échappa d'entre ses lèvres : un homme courait dans sa direction. Le bandit tenait une bouteille à la main, dont dépassait un morceau de tissu enflammé. Avant qu'il ait eu le temps de lancer son projectile, Hidalgo l'abattit. L'homme s'écroula dans une gerbe de feu. Une autre gabardine noire s'élançait déjà. Hidalgo n'eut pas le temps de recharger. Cette fois, la bouteille s'écrasa sur la façade dans un bruit de verre brisé. Le torchis s'embrasa aussitôt. Un épais nuage de fumée le séparait désormais de ses adversaires. « Au moins, ça masquera mes déplacements », pensa-t-il. Il se faufila vers l'arrière du toit pour sauter souplement sur la terre ferme.

Trois hommes l'attendaient en bas. Il eut à peine le temps de riposter et fut touché à l'épaule et dans le flanc. Le choc le projeta en arrière. Son pistolet cracha ses projectiles par trois fois. Les gabardines s'écroulèrent. Il grimaça en considérant ses blessures, puis se redressa pour continuer d'avancer.

– Joseph ! hurla-t-il. Tu es toujours là ?

Un homme surgit de derrière une maison. Hidalgo l'abattit d'une balle dans la tête. Il dut prendre appui contre un mur. Sa respiration était rapide et irrégulière. Une couche de transpiration couvrait son front, se mêlant au filet de sang qui coulait du haut de son crâne. Il se palpa la tête, où il avait également été touché. Un vertige le saisit, il n'en avait aucun souvenir. Il se redressa, c'était à peine une éraflure. Il enjamba en titubant les cadavres des hommes qu'il venait d'abattre.

Il avait soif.

Très soif.

Un seau avait été abandonné à l'entrée d'un potager en friche. Une mousse verdâtre recouvrait la surface. Il la dispersa d'un mouvement de la main et porta le liquide dans sa paume jusqu'à ses lèvres. L'amertume lui arracha une grimace. Il n'osa pas rafraîchir ses blessures. Cette eau devait grouiller de germes, il s'en voudrait de succomber plus tard à une infection… s'il arrivait à sortir vivant de ce traquenard.

Deux maisons plus loin, la porte arrière d'un magasin était ouverte. Hidalgo s'y glissa furtivement. L'endroit était vide, comme le reste de la ville, d'ailleurs. Les habitants avaient dû fuir en sentant la tension monter. Hidalgo se réfugia derrière un lourd comptoir en bois. Sa blessure à la tête saignait abondamment. D'une main, il attrapa un torchon blanc suspendu à une patère et se l'appliqua sur le crâne. Le tissu s'imbiba aussitôt d'un rouge écarlate. Il pesta en silence. Il lui restait des cartouches. Suffisamment ? Il ignorait combien d'hommes l'attendaient encore à l'extérieur. Une large vitrine donnait sur la rue. Lentement, il se hissa au-dessus du comptoir pour essayer de jauger la situation extérieure. Une salve de tirs fit voler la vitre en éclats, une pluie de verre brisé s'abattit sur lui. Il se protégea le visage du bras, mais une profonde coupure avait déjà entaillé sa joue.

Deux ombres s'étaient faufilées à l'arrière de la boutique. Les gabardines noires allaient tenter de le prendre à revers. Hidalgo tira en direction de la porte, juste pour leur faire comprendre qu'il ne se laisserait pas faire. Une rumeur plus forte monta tout à coup de la rue. Un éclat rougeoyant troubla l'atmosphère, souligné par le crépitement d'un brasier. Hidalgo se redressa, juste au moment où la charrette enflammée percutait de plein fouet la devanture du magasin. Il plongea vers le fond de la boutique. En quelques secondes, le feu se propagea comme une langue brûlante sur les poutres du plafond. À travers la fumée, Hidalgo distingua une silhouette sombre. Il tira deux fois. La silhouette tomba à genoux, touchée au ventre. Hidalgo rampa. Chaque geste lui arrachait des pointes de douleur. La fumée lui irritait les yeux. Une balle se logea dans le plancher à quelques centimètres de sa tête. Une autre traversa la paume de sa main gauche. Dans un élan désespéré, il se leva, son fusil à canon scié au poing, et courut vers la sortie. Un homme se mit en travers de son chemin. Il visa sa poitrine. L'homme fut violemment projeté vers l'arrière et percuta le mur du magasin avec un bruit mat. Hidalgo bondit par la porte. De nouveau à l'air libre, il se retrouva à quatre pattes au sol, à cracher, les yeux imbibés de larmes. Derrière lui, le toit de la boutique venait de s'effondrer dans un fracas assourdissant. Le cliquetis familier d'un pistolet que l'on arme retentit sur sa droite. Les deux gabardines tirèrent trois fois avant qu'il ne les tue. Il fut atteint à la cuisse et à l'épaule. Il se releva avec peine. Il n'était plus qu'une plaie.

Le magasin se consumait. Une épaisse fumée noire montait dans le ciel. Maureen serrait ses sœurs contre elle en observant ce spectacle de désolation. Anton se tenait en retrait, assis dans la paille, attentif à tous les sons qui composaient l'ambiance particulière qui s'était développée dans la ville. Le brasier crépitait, un vautour poussa un cri, le vent fit claquer le battant d'une fenêtre. Un mince sourire tendit la bouche du garçon. Il secoua la tête, comme s'il ne croyait pas lui-même au son qu'il venait de percevoir à travers cette nappe sonore : cinq battements de cœur – le sien et celui de ses sœurs –, aussi précis et nets qu'un robinet qui goutte dans l'obscurité d'une maison vide.

Et un sixième, plus loin dans la ville, dont le rythme allait en s'amenuisant.

Hidalgo titubait. Sa jambe droite déviait légèrement sur le côté à chaque pas. Le sang qui avait coulé sur ses paupières avait déjà séché. La lumière lui parut soudain extrêmement vive.

– Joseph, murmura-t-il.

Il s'avança dans l'allée principale. Plusieurs gabardines noires sortirent de l'ombre. Les hommes baissèrent leurs armes en considérant l'individu qui avançait vers eux. La moindre bourrasque paraissait susceptible de le faire vaciller. Ils s'écartaient sur son passage, formant une allée qui conduisait vers la dernière maison du village. Hidalgo tenait son fusil à canon scié dans ses mains. Il lui restait une seule cartouche.

Il poussa la porte d'une main tremblante. En pénétrant dans la maison, il sentit immédiatement la présence de son ennemi.

Juste derrière lui.

Il pivota, concentrant ses dernières forces dans le coup de crosse qu'il asséna à Joseph. Ce dernier fut projeté contre le mur, sans pour autant tomber. Hidalgo tira. Joseph plongea. Le coup de feu était approximatif, les yeux d'Hidalgo étant voilés d'une pellicule de sang. Joseph fut pourtant atteint à la jambe. Il s'affaissa sans un cri avant de bondir vers l'avant et de percuter Hidalgo de plein fouet. Les deux corps roulèrent au sol. Joseph fut le seul à se relever. Du pied, il écarta le fusil. Puis il prit appui sur une table en murmurant :

– Fin de partie.

Hidalgo fixa le vide d'un air hébété. Sa vie se déroulait dans son esprit. De son enfance sur les bords de la Vézère jusqu'à ses aventures sur le continent américain. Six visages rayonnaient dans sa mémoire. Ceux de ses enfants, dissipant tout le reste de leur éclat. Joseph lui parlait, il n'entendait plus rien. Jusqu'à cette ultime phrase qui sonna comme le glas :

– Il est l'heure de mourir, François.

Les traits de Joseph Dargent étaient congestionnés par la haine. Cette rage si puissante qui le consumait depuis tant d'années s'apprêtait à exploser dans toute sa démesure. Sa proie puisa dans ses dernières forces pour murmurer :

– Je… je ne m'appelle pas François. Je m'appelle Hidalgo.

Joseph lui lança un regard sceptique, teinté d'ironie.

Puis il tira.

Le coup de feu se répercuta longuement, jusqu'à la grange. Les bras de Maureen resserrèrent leur étreinte sur les épaules de ses sœurs. Un silence implacable venait de s'abattre sur toute la ville. Dans le ciel, les vautours avaient disparu. Anton avait fini par se relever pour rejoindre ses sœurs. Les enfants s'étaient figés, dans une attente interminable. Un son finit par s'élever au bout de la ville ; le grincement répété de la roue d'une charrette à bras qu'un homme tirait dans la rue principale. Un corps était allongé dessus. Joseph Dargent marchait à côté, en boitant.

Une larme aussi grosse qu'une perle roula sur la joue d'Abigaël. Elle l'essuya d'un geste vif. Elle, comme ses sœurs et son frère, ne voulait montrer au bourreau de leur père la moindre faiblesse. Aussi, quand la charrette fut déposée devant la grange, aucun des enfants ne prononça un mot.

La dernière balle avait perforé la joue d'Hidalgo pour ressortir par la nuque. Ses yeux étaient mi-clos, fixant un point perdu entre le ciel et la limite de la terre.

– Vous n'avez rien à craindre de moi, dit Joseph. Je ne suis pas un tueur d'enfants. Même si certains sont à la limite de l'âge adulte.

Il lança un regard perçant à Maureen, comme une mise en garde.

– Je vous laisse l'enterrer à votre guise, termina-t-il en désignant le corps d'Hidalgo.

Puis il s'éloigna, sans cesser de boiter.

Les enfants restèrent un long moment à regarder le corps de leur père. Jusqu'à ce qu'Anton brise le silence en murmurant :

– Il respire encore.

Le souffle était si ténu qu'il fallait pencher l'oreille sur ses lèvres pour en percevoir la substance. Un léger tressaillement agita ses épaules. Ses paupières bougèrent.

– Tu vas partir ? demanda Lisbeth à son père.

Maureen commença à compter. Elle réussit à atteindre dix-sept avant qu'Hidalgo ne hoche la tête.

– Tu avais promis de veiller sur nous, murmura Lisbeth.

Maureen compta jusqu'à vingt-cinq. D'une main fébrile, Hidalgo désigna la poche de sa chemise, de laquelle dépassait une lettre.

– Tu vas nous manquer, dit Lisbeth.

Maureen se remit à compter.

Elle aurait pu compter jusqu'à l'infini si, à un moment donné, elle ne s'était pas écroulée, les genoux au sol, le corps secoué de longs sanglots.

carnet de croquis

EXTRAITS II

Papa nous a mises en garde contre certaines plantes. Certains champignons également.

Papa devait nous rapporter des encres de couleur de la ville.
Il n'en a pas trouvées. Pénurie qu'il a d
Dommage, le dessin du cauchemar en aurait eu sacrément besoin.

es bisons, partout des bisons. J'ai essayé
xpliquer aux autres qu'il n'y avait rien
plus facile à dessiner qu'un bison. Il suffit
savoir tracer des ronds et des triangles.

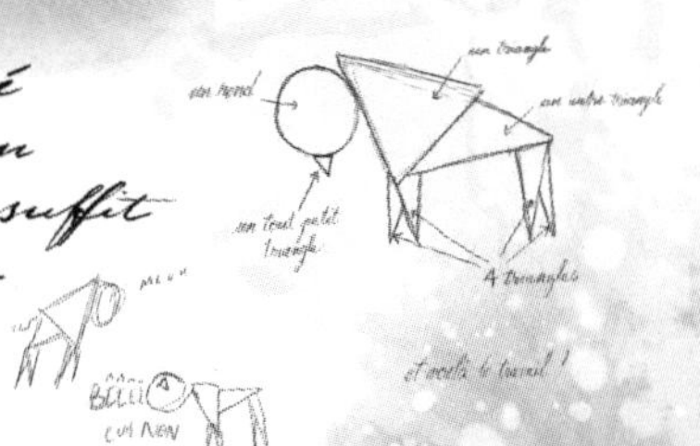

PiF
Et parfois, sur notre route, un cactus de bienvenue, les bras grand ouverts.
J'ai toujours rêvé de prendre le train.
Depuis le premier jour où j'en ai aperçu un, filant à travers la plaine en déployant son panache de fumée.

Clayton
détrousseur de train
i.f.t : 7/10
BOOM !!
PAN
BAM !!!
BAM
KABOOM
Nitro Jim
opiomane pyromane
i.f.t : 8/10
BAM !
BOOM

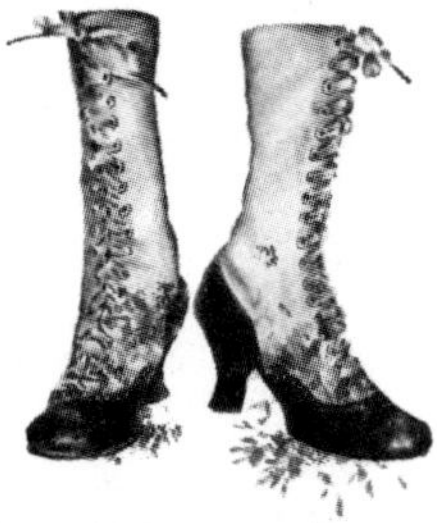

ENTRACTE 2
Cinq filles et un garçon perdus dans l'immensité du vaste monde

Le regard de Lisbeth brille dans la pénombre de sa chambre. Elle sort un papier du tiroir de la commode qui se trouve à côté de son fauteuil.

– Cette lettre ne m'a jamais quittée, souffle-t-elle. J'ai été désignée pour la conserver avec moi, jusqu'au bout de la route.

Ses doigts fins, ramures torturées d'un arbre sec, en caressent la surface. Un étrange sourire se dessine sur ses lèvres.

– Nous avons dressé un immense bûcher, raconte-t-elle. Ellen l'a décoré des rares fleurs qu'elle a pu trouver. Malgré son état de faiblesse, elle s'est acquittée de cette tâche comme s'il s'agissait d'une question de vie ou de mort. C'était effectivement une question de mort… et de vie aussi. De ceux qui restèrent toute la nuit debout à contempler le brasier. Les flammes s'élevèrent haut dans le ciel, les crépitations incandescentes se confondirent avec les étoiles.

La lueur dans ses yeux s'intensifie.

– À l'aube, il ne restait que des cendres.

Je n'ose prononcer un mot. Le récit de la vieille dame s'écoule de sa bouche comme un cours d'eau que rien ne pourrait arrêter. Déversant dans ses flots une douleur difficile à contenir.

– Nous ne possédions plus rien, raconte-t-elle. Pas même la force d'obtenir réparation. La brutalité du monde nous avait explosé en pleine face. La justice nous paraissait être une notion bien abstraite. Jusqu'à ce que…

Le sourire sur ses lèvres devient encore plus énigmatique.

– La mort de notre père avait planté en chacun de nous une graine qui n'était pas près de disparaître. Une graine qui n'en finissait pas de se développer au fil des jours. Et qui continue toujours de grandir.

Elle se passe une main sur le ventre.

– Le vieux Mexicain qui nous avait autorisés à loger dans sa grange nous a rendu visite au petit matin. Il nous a offert une vasque en terre. Nous y avons recueilli les restes d'Hidalgo. Puis nous sommes rentrés chez nous, dans notre vallée. Je n'ai aucun souvenir du temps qu'il nous a fallu pour retrouver notre maison. En revanche, ce dont je me souviens parfaitement, c'est du silence. Le silence qui soulignait nos échanges de regards. Le silence des paysages que nous avons traversés. Le silence de l'absence de celui que nous aimions tant.

Elle range la lettre dans le tiroir.

– Un mois s'est écoulé avant qu'éclate de nouveau un rire dans notre famille. Je me souviens de Samantha plaquant sa main sur sa bouche, les yeux écarquillés de surprise, comme si elle n'avait eu aucune maîtrise sur le son qui s'était échappé d'entre ses lèvres. Nous l'avons alors accompagnée. Le rire peut se révéler si libérateur. Et les larmes se sont mêlées à notre euphorie retrouvée. Notre père aurait été si fier de nous…

Lisbeth reste un moment silencieuse. La pendule sur la commode égrène les secondes. Les aiguilles indiquent dix-huit heures trente-cinq. L'infirmière ne va pas tarder à arriver pour lui servir son souper.

– La vie a repris, raconte la vieille dame. Et le poids de notre chagrin s'est allégé au fur et à mesure que nous grandissions. Parfois, le soir, nous nous retrouvions au coin d'un feu et nous parlions de lui, de ses manières brusques qui se conjuguaient si souvent avec l'immense tendresse qu'il nous témoignait. Tous les jours, nous nous entraînions, plus pour rendre hommage à sa mémoire que par réelle conviction. Samantha était la meilleure au pistolet. Son aisance dans le maniement des revolvers d'Hidalgo nous laissait pantois. Ellen excellait avec le fusil à précision…

Le ton se fait plus doux, la nostalgie pose son empreinte sur les propos de Lisbeth.

– Nous étions cinq filles et un garçon perdus dans l'immensité du vaste monde, dit-elle. Tout du moins, c'est ce que nous pensions. Avant que le vaste monde ne vienne à nous.

Elle se redresse soudain.

– J'ai toujours estimé que la fatalité prenait un malin plaisir à nous traquer. Nous aurions pu rester de nombreuses années dans notre vallée et même y finir paisiblement notre vie. Mais le destin en avait décidé autrement. Et cette fois, la menace n'est pas venue de l'extérieur… Mais de l'une d'entre nous.

Je dois me pencher pour entendre la suite de son récit, suspendue à ses révélations. Lisbeth parle lentement, comme si elle choisissait méticuleusement chaque mot employé.

– Ce n'était pas réellement une trahison, conclut-elle. Mais cet épisode nous a de nouveau plongés dans le chaos.

Trois petits coups sont donnés à la porte et, sans attendre une réponse, l'infirmière entre dans la pièce. Lisbeth me lance un sourire désarmant. Ce qu'elle vient de me révéler occupera mon esprit une partie de la nuit.

Je sors de la maison de retraite. Une pluie fine et chaude caresse mon visage. Je frissonne. Est-ce seulement sous le coup de la fraîcheur du début de la soirée ? Je marche dans l'allée bordée d'arbres qui conduit vers la sortie. Un infirmier me jette un regard inquiet, je lui souris pour le rassurer, avant de plonger de nouveau dans mon état d'hébétude. Les images se succèdent dans mon esprit.

Cela fait une semaine que j'accompagne Lisbeth dans son récit. Que je me laisse porter par les paysages qu'elle a traversés, que je souris à l'évocation des rencontres qu'elle a faites. Une semaine qu'Hidalgo est devenu une figure paternelle de référence, avec ses qualités et ses défauts. Une semaine que je voyage à l'arrière d'un chariot brinquebalant.

Les derniers mots de Lisbeth se sont inscrits dans ma mémoire pour y rester encore probablement de nombreuses années.

C'est comme si j'y avais été.

Les enfants qui attendent le retour de Maureen. Pas loin de quatre ans se sont écoulés depuis la mort d'Hidalgo. Elle a été choisie pour faire des allers-retours en ville. Comme l'avait fait leur père auparavant. Elle a maintenant vingt ans et elle est d'une beauté à couper le souffle. Ce jour-là, les enfants sont inquiets. Elle met plus de temps que prévu. Bien plus. Tous les matins, l'un d'entre eux va se poster en haut de la petite colline pour guetter l'horizon. Une semaine s'écoule. Quinze jours.

Le désespoir finit par gagner le reste de la famille. Et puis un jour…

Sa robe et sa chemise sont déchirées, laissant entrevoir le blanc de sa peau nue. Elle porte sur le visage – sous l'œil droit – la marque d'une ecchymose.

– Que s'est-il passé ? hurle Ellen.

Elle ne répond pas. Elle contient les larmes qui débordent de ses yeux.

– Que s'est-il passé ? insiste Ellen, au bord de l'hystérie.

Maureen la dévisage. En un regard, elle leur fait comprendre qu'ils n'en apprendront pas plus. Tout du moins aujourd'hui. Sans un mot, elle descend à la rivière pour s'y baigner un long moment. Lorsqu'elle revient, son frère et ses sœurs découvrent sur son visage une dureté qu'ils n'avaient jamais vue jusqu'alors. Ils l'attendaient pour manger. Elle s'assied en bout de table. Elle scrute chaque visage, comme pour s'assurer qu'ils sont bien tous là physiquement et prêts à entendre ce qu'elle a à leur confier. Anton hoche la tête. Lui aussi a senti la tension.

Maureen fouille dans son sac. Elle en sort un morceau de papier qu'elle pose sur la table. Lentement, elle le déplie. Une liste de noms y est inscrite. Douze.

Les autres enfants comprennent très vite. Car cette idée n'a jamais quitté leur esprit. La graine a germé dans leurs corps, a implanté ses ramifications dans la moindre de leur cellule. L'expression du visage de Maureen est minérale. Sa bouche s'entrouvre à peine lorsqu'elle déclare :

– Il est temps de leur faire payer.

PARTIE III

Et le ciel se voila de fureur

Chapitre 17
Et pour quelques rasades de gnôle

Lloyd porta le goulot de la bouteille à ses lèvres. L'individu à ses côtés l'observait avec une avidité non dissimulée ; après, ce serait son tour.

– C'est quoi ton nom ? demanda-t-il, histoire d'engager la conversation.

– Lloyd, répondit l'intéressé.

– Lloyd comment ?

– Lloyd tout court. J'ai jamais eu de nom de famille.

– Bah, fit l'homme en baissant les bras d'un air désabusé.

Lloyd lui tendit enfin la bouteille. Sa main tremblait quand il l'attrapa. Après avoir bu une longue lampée, il se cala dos contre la palissade qui bordait la ruelle où ils s'étaient échoués pour ce nouvel épisode de soûlographie. Mû par une curiosité inattendue, il observa son compagnon sans aucune retenue. Il existait des règles tacites chez ceux qui vivaient dans la rue. La plus importante stipulait de ne jamais poser de questions. Jamais.

Pourtant, Flint – c'était le nom du deuxième miséreux – était fortement intrigué par son compagnon d'infortune. Il y avait tout d'abord les regards inquiets que ce dernier jetait de tous côtés, comme si une terrible menace pesait sur lui en permanence. Et il y avait également cette horrible cicatrice dont il était pratiquement impossible de détourner les yeux. Elle lui courait du front jusqu'au menton, traversant son œil gauche dans un éclat laiteux et figeant sa bouche en une grimace perpétuelle. Lloyd avait dû connaître de bien tumultueux épisodes avant d'en arriver là, dans cette ruelle insalubre, à téter le goulot avec la même urgence qu'un nourrisson le sein de sa mère.

– T'es d'où ? demanda Flint d'un air détaché.

Lloyd toisa son compagnon avec suspicion. Une règle reste une règle, même chez les plus démunis. Il se mura dans un silence résigné, baissant les yeux sur les multiples béances de ses godillots usés, et lançant de temps en temps un regard outré à celui qui partageait sa bouteille.

– Nan mais j'demandais ça parce qu'à Atlanta y avait un type qui te ressemblait salement, s'excusa Flint au bout d'un long moment.

D'un geste nerveux, Lloyd tendit la main vers la bouteille. Il en but une longue rasade. Un filet d'alcool brun coula sur son menton, se frayant un chemin à travers les poils drus de sa barbe. Puis il s'essuya la bouche du revers de la manche de sa chemise. Dans ses yeux brillait une fièvre sauvage.

Flint regretta un instant d'avoir posé sa question. Le trouble évident de son comparse trahissait peut-être l'amorce d'une crise de folie, fait assez fréquent chez les personnes atteintes d'un tel degré d'alcoolisme. Lloyd parut pourtant retrouver son calme. Il se tapa la poitrine du poing trois fois avant d'émettre un rot minuscule. Puis il se tourna vers Flint et murmura d'une voix cassée :

– Je leur ai déjà échappé une fois.

De son index, il longea sa cicatrice, en épousant les moindres aspérités.

– J'ai eu de la chance, dit-il. Beaucoup de chance.

Il désigna la bouteille à moitié vide en expliquant :

– Et je n'ai jamais mesuré à quel point j'aurais dû profiter de la vie plutôt que de me complaire dans cette fange.

Il fut soudain pris d'une quinte de toux, aussi sèche qu'un vent brûlant sur des arpents de désert. L'irritation de sa gorge provoquait une congestion violente de ses traits. Son visage prit une teinte rouge sombre. Sa respiration devint rauque et hachée lorsque la crise fut passée.

– Mais que veux-tu… dit-il. Je vis avec les fantômes du passé. (Il se gratta la joue, ses doigts laissèrent une traînée de crasse sur sa peau.) Je traîne suffisamment de casseroles pour sortir tous les honnêtes gens de leur sommeil. Et c'est pas la chose dont je suis le plus fier.

Flint écoutait religieusement la confession de son compagnon, non sans jeter de temps à autre un regard éploré vers la bouteille de gnôle.

– J'ai volé, tué, commis tous les larcins imaginables. Du plus minime au plus terrible. S'il existe un panthéon du malfrat, il est probable que j'y figure en bonne place, très bonne place même. Les cris de mes victimes se mélangent dans ma tête, les coups de feu également. Les supplications, les plaintes, les hurlements de peur s'organisent en une cacophonie tonitruante qui s'élève dès que je sombre dans le sommeil. J'ai eu la chance de traverser un nombre incalculable de fusillades sans une égratignure. De toute évidence, la bonne fée des fils de traînée s'est penchée sur mon berceau. Aussi, quand les choses ont commencé à mal tourner, je l'ai accepté de bonne grâce. Il était normal que je paie à un moment ou à un autre.

Lloyd avala une nouvelle rasade avant de reprendre son récit :

– Ma vie n'a jamais été aussi mouvementée que lorsque je faisais partie de la bande du Français. Je n'ai jamais vraiment su de quel côté de la loi il se situait. Je me contentais d'obéir. En tout cas, les forces de l'ordre ne nous ont jamais posé de problèmes. Elles nous laissaient agir à notre guise. J'avais même l'impression que nous leur faisions peur. Lorsqu'on se pointait dans le bureau du shérif, il avait plutôt tendance à se lever pour nous accueillir et nous offrir des rafraîchissements. Il faut dire qu'on en imposait salement avec nos gabardines noires.

Son regard se perdit dans le vide, la nostalgie est un sentiment puissant capable de prendre au dépourvu les plus endurcis.

– Je n'ai aucun souvenir de la quantité de personnes qui ont succombé sous nos coups au cours de cette période, finit-il par reprendre. Mais je peux te garantir que ça dépasse l'entendement. Et lorsque la bande s'est dispersée, après avoir semé la terreur de nombreuses années durant, j'ai eu l'impression d'avoir été pris dans une tornade géante et d'en être miraculeusement sorti vivant. J'ai mis un temps fou à échapper à cet étourdissement. Mais j'ai réussi à me ranger, j'ai acheté une petite ferme. Pas grand-chose, mais suffisamment pour envisager une fin de vie paisible. Et puis un jour…

Cette fois, il termina la bouteille d'un trait, sous le regard contrit de Flint. Ce dernier n'émit cependant aucune protestation, il voulait connaître la fin de l'histoire.

– Un jour, murmura Lloyd, la fatalité a fini par me retrouver. Il y avait un type dans la bande du Français avec qui je m'entendais plutôt bien. Il s'appelait Jim Boden. Il était du genre à aimer partager une bouteille, un peu comme on fait, là maintenant, tous les deux. Il était du genre à aimer les filles de joie bien en chair. Il était du genre à apprécier la vie, quoi. On avait gardé le contact, il passait me voir de temps en temps. Comme ça, juste pour le plaisir d'évoquer nos exploits passés autour d'un verre. Et puis un jour, il s'est pointé et j'ai tout de suite vu que quelque chose n'allait pas. Il s'est installé à table, il a bu son whisky d'un trait. Ses yeux étaient rouges, si rouges qu'ils brillaient dans la semi-obscurité. Il a passé une main dans ses cheveux crasseux. Sans cesser de trembler de tous ses membres, il a commencé à me causer. C'était un peu décousu au début. Je voyais pas trop où il voulait en venir. À la fin, il y avait juste cette phrase qu'il répétait comme une litanie: «Elles nous ont retrouvés, elles nous ont retrouvés…» J'ai tout de suite compris à qui il faisait allusion.

Lloyd baissa les yeux sur le sol boueux. Il fouilla dans sa besace en cuir usé qui reposait à ses côtés pour en sortir une nouvelle bouteille qu'il tendit à Flint.

– Je les revois comme si c'était hier, dit-il dans un murmure. Ces six gamins qui regardaient leur père mort. Sans sourciller, sans la moindre trace d'émotion. J'avais tiré la charrette où on l'avait allongé et le Français m'avait accompagné jusqu'à la grange où les petiots s'étaient réfugiés. Je me souviens clairement de la pensée que j'ai eue à ce moment-là: ces gamins, si le Français ne s'en débarrasse pas tout de suite, on va les revoir… et ça ne sera pas forcément dans des circonstances avantageuses. J'ai connu des chefs de bande qui ne s'embarrassaient pas de tels détails. Ils ne laissaient aucun témoin derrière eux, ni hommes, ni femmes, ni enfants. Même des chiens parfois. Ils ratissaient large, parce qu'ils connaissaient la véritable loi qui règne sur l'Ouest sauvage : la vengeance. Œil pour œil, dent pour dent. À l'ancienne, si tu vois ce que je veux dire. Mais le Français, ça n'a pas eu l'air de lui faire peur. Il les a épargnés, les cinq filles et le garçon aveugle. Peut-être qu'il se disait à ce moment-là que des filles ne pourraient jamais rien contre lui ? Et que le gamin handicapé ne représentait pas une menace ? Mais bon, lorsque Jim Boden s'est pointé, la gueule en pétard et les mains qui tremblaient, je me suis dit que le Français s'était bien planté.

Flint lui tendit la bouteille.

– Quelques jours plus tard, on a retrouvé Jim Boden dans un fossé. Enfin, je suppose que c'était lui parce qu'il lui manquait la tête. Je devais être le prochain sur la liste. J'ai tout de suite senti un changement dans les bruits de la nuit. Comme une présence furtive qui cherchait à s'immiscer dans mon sommeil, pour faire de mes cauchemars l'endroit le plus terrifiant sur terre. Un jour, en rentrant de la ville, j'ai retrouvé la tête de Jim. Elle avait été posée sur la table, avec un petit verre de whisky devant. Elle avait commencé à sécher et sentait un peu fort. Mais je n'ai pas pu résister à l'envie de trinquer avec mon vieux pote une dernière fois. Puis je suis allé l'enterrer dans le jardin. Elles ont attaqué dans la nuit. J'ignore combien elles étaient… Je dis « elles » parce que je suppose que le garçon aveugle n'était pas là. Mais peut-être que je me trompe. Elles ont mis le feu à ma ferme. Il n'en restait plus rien. J'ai couru comme un dératé dans le désert, et j'entendais leurs rires au loin. Des rires cristallins comme celui des petites filles quand elles s'amusent à la fête foraine, avec leurs belles robes blanches et leurs boucles blondes qui leur descendent sur les épaules. Un truc à te glacer le sang. J'étais dans le noir et les rires se sont rapprochés. Impossible pourtant de les localiser. Parfois, un souffle tiède caressait mon visage. J'étais frappé de terreur, incapable du moindre mouvement. À un moment donné, j'ai senti une douleur terrible sur mon visage. J'ai hurlé avant de tomber au sol. Je me suis réveillé le lendemain. Le sang de ma blessure avait séché. Elles avaient disparu. J'ignorais à cet instant pourquoi elles m'avaient épargné. Mais maintenant je crois savoir.

Il désigna la bouteille d'un geste las.

– Elles voulaient sûrement que je tombe encore un peu plus bas. Que je sombre avant de m'achever. Mais je crois que je me sens prêt, maintenant ! J'ai bien atteint le fond, on dirait.

Il orienta son visage vers le haut, offrant au ciel étoilé son sourire édenté.

– Quelque part, murmura-t-il, je suis fier d'avoir participé à une vengeance aussi implacable. Même si j'en suis la victime.

Il partit d'un rire nerveux. Flint se dit à cet instant qu'il devait avoir perdu la raison. Il aurait bien voulu l'aider, même si la compassion n'était pas franchement un trait dominant de son caractère. Malheureusement, le seul écho qu'avait éveillé en lui le récit de Lloyd n'était pas porteur de bonnes nouvelles : deux jours auparavant, il avait vu un bien curieux couple entrer en ville. Un garçon et une fille. La demoiselle était d'une beauté éblouissante. Le garçon, lui, était aveugle et portait un sabre à sa ceinture.

★

– Que vois-tu ? demanda Anton.

– Lloyd s'est arrêté de parler, répondit Samantha. Il est en train de se saouler, comme tous les soirs. Et son copain le regarde, avec de la pitié dans les yeux.

– Lloyd va s'endormir ?

– Il ne devrait pas tarder. Sa tête dodeline de plus en plus. Il peine à la maintenir droite.

– Tu as aperçu d'autres personnes ?

– Non, rien pour l'instant.

Elle marqua une hésitation avant de déclarer :

– Je... je ne suis pas sûre que notre plan fonctionne. Ça va faire une semaine qu'on l'observe et aucun ancien membre de sa bande ne s'est manifesté. À croire que tout le monde se fiche de notre vendetta.

Une légère vexation filtrait de sa voix.

– On en a déjà éliminé cinq, dit Anton. Il en reste sept, et pas des moindres. De sombres brutes, parmi lesquelles Joseph Dargent et ses deux bras droits : Emilia Santander et Raoul Rumbert. Je pense qu'à un moment ou à un autre, la disparition systématique des anciens membres des gabardines noires va éveiller leurs soupçons.

– J'espère que tu es dans le vrai, murmura Samantha. Mais pour l'instant, notre plan m'évoque celui de jeunes enfants jouant aux gendarmes et aux voleurs dans un jardin public.

– Nous ne sommes plus des enfants, gronda Anton.

Samantha ne releva pas. Elle considéra son frère du coin

de l'œil avec tendresse. Anton avait grandi, certes, mais il n'en restait pas moins un gamin de quatorze ans. Un léger duvet avait poussé sur son menton fin, ce qui ne manquait pas de soulever les moqueries de ses sœurs.

– Nous ne sommes plus des enfants, répéta-t-il à mi-voix, comme s'il cherchait à s'en persuader.

Ils s'étaient installés sur un toit plat, suffisamment haut pour offrir une vue panoramique sur la ville de Saint-Louis. Enjambant le Mississippi, le pont Eads, gigantesque armature métallique aux trois arches de cent cinquante-huit mètres de portée chacune, obstruait l'horizon de sa silhouette massive. De nombreux échafaudages soutenaient encore les flancs de l'édifice. L'inauguration n'était prévue que dans quelques mois. Il était pourtant au centre des conversations qu'Anton et Samantha avaient pu saisir au hasard de leurs déambulations.

– Je n'aime pas cette ville, souffla Samantha.

– Moi non plus, dit Anton. Mais je n'aime pas les villes en général. Les odeurs ici sont particulièrement épouvantables. Elles me font souffrir le martyre.

– C'est à cause du port, fit remarquer Samantha. Et des usines en aval. C'est vrai qu'on n'est pas trop gâtés. Et Lloyd a vraiment choisi son quartier…

Elle afficha une mine désolée pour son frère et posa sa main sur la sienne.

– Dès qu'on en a fini, on repart à la campagne, affirma-t-elle. À moi aussi, la vallée me manque.

– Dès qu'on en a fini… maugréa Anton.

Ni l'un ni l'autre ne pouvaient envisager une telle perspective. Cela faisait bientôt six mois qu'ils étaient sur la piste des assassins de leur père. Et ils avaient l'impression que leur quête était sans fin.

Dans la petite ruelle que surplombait leur immeuble, Lloyd avait la tête renversée en arrière. Il dormait. Son compagnon se leva doucement, attrapa la bouteille qui était en train de glisser des mains de Lloyd, avant de s'éclipser sur la pointe des pieds.

Samantha et Anton ne firent aucun commentaire sur cet épisode. L'un comme l'autre savaient que ceux qui vivaient dans la rue possédaient un code d'honneur très relatif et que le vol constituait le moyen d'échange le plus efficace.

– Tu crois que ça se passe bien pour les autres ? demanda soudain Anton.

Une note d'inquiétude filtrait dans sa voix.

– Je pense qu'elles doivent se débrouiller comme des chefs, répondit Samantha.

Elle était sincère.

– J'ai hâte de les retrouver aussi, ajouta-t-elle.

– C'est loin, Atlanta ?

Samantha soupira.

– Oui, c'est loin. Mais Abigaël et Maureen sont tout à fait capables de s'en sortir.

– Abigaël avait du mal à s'entraîner au pistolet, fit remarquer Anton.

– Elle n'a jamais aimé les armes à feu. Mais souviens-toi de cet ours énorme, il y a deux ans. Quand elle n'a pas le choix, elle n'hésite pas à dégainer et sait parfaitement se servir de son six-coups.

– Oui, la pauvre bête n'a pas eu le temps de réaliser ce qui lui arrivait.

Anton sourit à l'évocation de ce souvenir. La sirène d'un bateau à aube mugit dans le lointain, le tirant de sa rêverie.

– Je te propose que demain, déclara-t-il soudain, s'il ne se passe rien, on retourne à Denver pour essayer de trouver une autre piste.

– Et lui ? demanda Samantha en désignant Lloyd d'un geste du menton.

– Il ne se réveillera peut-être pas de sa prochaine cuite. Je crois qu'il en a suffisamment bavé pour mériter une mort paisible.

La jeune fille hocha la tête. Bien qu'aveugle, son frère saisissait avec une précision étonnante chacun de ses mouvements.

– OK, dit Samantha. On n'a que trop traîné dans cette ville de malheur. Et je ne serai pas fâchée de reprendre la rou…

– Chhh ! fit soudain Anton en levant la main.

Il se redressa, les sens aux aguets. Le visage de Samantha se figea d'inquiétude. Anton porta un doigt à son oreille, comme si ce simple geste avait le pouvoir de décupler son ouïe. Les sons montaient jusqu'à lui, dans une cacophonie assourdissante. Les bruits de rue étouffés, un chat qui miaulait sa peine sur une gouttière, un homme qui ronflait avec force et la rumeur lointaine des flots boueux du Mississippi. Et parmi tout ce brouhaha, une certitude émergea : on était en train de les espionner.

★

– Ils ne sont que deux ? demanda Féodor.

Raoul Rumbert détacha son œil unique de sa longue-vue pour lui répondre.

– Les autres sont dispersés un peu partout sur le continent. J'ai eu un message d'Atlanta: Phil est mort, on l'a retrouvé pendu dans sa chambre.

Féodor haussa les épaules.

– Jamais pu le blairer, celui-là, murmura-t-il.

Il gratta une allumette sur le chambranle de la fenêtre pour rallumer le mégot qui lui pendait entre les lèvres.

– Qu'est-ce qu'on fait alors? demanda-t-il en tirant une bouffée.

– Nettoyage par le vide, répondit Raoul. C'est ce qu'a demandé le Français.

La chambre où ils s'étaient cachés pour espionner Anton et Samantha était petite et plongée dans l'obscurité. Il trouva cependant sans peine la machette posée contre le mur. Il fit rebondir la lame sur la paume de sa main en déclarant:

– Il faut que ce soit un truc vraiment sale, histoire de faire comprendre au reste de cette famille de fous furieux qu'on n'est pas des enfants de chœur.

Chapitre 18
Vertige

La machette fendit les airs. Anton esquiva le coup de justesse, la lame effleura son visage, irradiant sa joue d'une persistance glacée. Samantha le tira par le bras en criant :

– Viens !

Elle bondit vers le rebord du toit et, d'une traction, l'entraîna dans le vide. Leur chute fut amortie pas un amas d'ordures abandonnées contre le mur de l'immeuble. Ils se redressèrent, couverts d'immondices, et filèrent vers les berges du Mississippi. Trois individus étaient à leur trousse. Malgré l'obscurité de la nuit, Samantha avait reconnu Raoul Rumbert au bandeau qui couvrait son œil. Les deux autres devaient être des anciens de la bande des gabardines noires. Les trois hommes n'avaient pas osé sauter de l'immeuble, ce qui laissait aux deux fuyards une courte avance.

– Par là ! souffla Samantha.

La rue jonchée de détritus rendait leur progression hasardeuse. Anton trébuchait à chaque pas, même si sa sœur le guidait d'une main ferme posée sur son bras. Un bruit métallique suivi d'un juron retentit dans leur dos. Raoul et ses hommes n'étaient pas loin.

Samantha accéléra. Ils débouchèrent dans une rue dont l'extrémité donnait sur le fleuve et l'armature en construction du pont Eads.

– Vite ! lança-t-elle à Anton.

Le bruit des pas de leurs poursuivants s'amplifiait progressivement. Les deux enfants déboulèrent sur le quai désert du port marchand.

– C'est haut ? demanda Anton.

Le garçon aveugle avait deviné ce que sa sœur avait en tête. Les poutrelles du pont allaient leur permettre une ascension rapide. Et là-haut, ils bénéficieraient d'un avantage certain sur leurs adversaires : ni l'un ni l'autre ne souffrait de vertige.

Samantha s'était découvert une passion particulière l'année précédente. Dans le fond de leur vallée s'élevait une petite falaise suffisamment escarpée pour en rendre l'ascension périlleuse. Il n'en fallait pas plus pour stimuler le goût du risque de l'adolescente. Elle s'était hissée au sommet à la seule force de ses membres, malgré les protestations du reste de la famille. Le corps plaqué contre la paroi, elle avait goûté pour la première fois à la sensation grisante de l'appel du vide.

– Pied gauche, commanda-t-elle.

Anton grimpait à ses côtés. Le garçon faisait courir ses mains sur les poutrelles, estimant la hauteur des échelons à gravir. De temps en temps, Samantha lui donnait une indication pour qu'il puisse progresser à sa vitesse. Et malgré son handicap, Anton se débrouillait très bien.

Un coup de feu retentit, suivi du son métallique d'une balle contre une poutre, à quelques centimètres de la tête de

Samantha. Ils se trouvaient à mi-hauteur lorsque leurs poursuivants s'engagèrent à leur tour dans la périlleuse ascension. Anton dépassa sa sœur. Il se hissa en grognant sur une plate-forme. Un bruissement soudain lui fit perdre équilibre. Samantha lui posa une main sur le dos afin qu'il ne bascule pas dans le vide.

– Une mouette, commenta la jeune fille.

Puis, sur un ton plus dur :

– Allez, on continue, on est presque arrivés au sommet.

Leurs poursuivants avaient renoncé à leur tirer dessus. Peut-être craignaient-ils d'alerter la police ? Ils grimpaient vite cependant. La machette de Raoul tintait contre l'acier, tel l'appel funeste d'une confrontation sanglante.

Samantha aida son frère à se hisser sur la plate-forme qui dominait l'édifice. Leurs adversaires n'étaient plus qu'à quelques mètres.

– Viens ! ordonna la jeune fille.

Elle entraîna Anton derrière un tas de cordages. Dans l'obscurité, il était invisible. Puis elle repéra une caisse de belle taille pour se cacher derrière. À peine s'était-elle accroupie que le son des bottes de leurs ennemis résonna sur les planches en bois de l'échafaudage.

– Petits, petits, petits… fit l'un d'eux d'une voix flûtée.

Son compère émit un ricanement guttural. La plate-forme vibra sous une violente bourrasque. Un battement d'ailes claqua dans les airs ; une mouette venait de se poser au sommet d'une poutre verticale.

– Ne soyez donc pas si timides, murmura l'homme à la voix aiguë.

L'oiseau pencha la tête sur le côté, ne perdant pas une miette du spectacle qui se jouait sous ses yeux.

La plate-forme était longue et bordée de quelques torches crépitantes. Impossible pourtant d'en discerner la fin dans les ténèbres de la nuit. Les éperons des bottes tintaient avec régularité. Les trois hommes avançaient en prenant leur temps.

– Allons, inutile de vous cacher, dit Raoul. Nous ne vous ferons aucun mal. On veut juste papoter.

Sa machette traînait au sol, dessinant un mince sillon dans le bois tendre. Soudain, le bruit des pas s'interrompit. Anton retint son souffle, Samantha également. Dans l'esprit des deux enfants, les pensées tournoyaient dans un ballet étourdissant. Les mêmes pensées qui étaient apparues dès l'instant où ils avaient tué leur premier homme.

Pendant toute leur enfance, Hidalgo leur avait inculqué un respect absolu de toute forme de vie. Animale, végétale et bien entendu humaine. En même temps, les enfants avaient été témoins de sa folie destructrice, à l'égard de ceux qui avaient eu le malheur de se dresser sur sa route. L'éducation de leur père avait été tout sauf cohérente. Et lorsqu'ils s'étaient retrouvés seuls au monde, les enfants n'avaient pas forcément suivi l'exemple le plus judicieux. Ils s'étaient trouvés taraudés entre deux considérations : « nul n'avait le droit de disposer de la vie d'autrui » d'une part, et « le monde dans lequel ils vivaient ne leur ferait jamais de cadeaux » d'autre part. S'ils voulaient y survivre, ils devraient toujours se montrer à l'initiative du premier coup. Dans l'Ouest sauvage, les obstacles humains ne disparaissaient réellement que lorsqu'ils reposent six pieds sous terre.

Dans l'ombre de la caisse, Samantha détaillait leurs adversaires, de sombres brutes. Leurs visages contractés témoignaient d'une cruauté sans pareille. Ces hommes étaient des bêtes qui ne contribueraient jamais à l'élévation d'un principe aussi merveilleux que l'humanité…

Samantha serra les dents. La vision du brasier consumant le corps sans vie de son père occupait sa mémoire.

Ces hommes étaient des bêtes, méritaient-ils pour autant de mourir ?

Le tintement d'une clochette résonna soudain à l'autre bout de la plate-forme. Les trois hommes dressèrent la tête, intrigués. Leurs yeux se plissèrent jusqu'à ressembler à des fentes noires, tels deux coups de rasoir dans un champ d'épiderme buriné. Les doigts de Raoul se déployèrent et dansèrent doucement au-dessus de la crosse de son revolver. Un sourire crispé se dessina sur son visage.

La clochette se manifesta de nouveau, un peu plus fort.

– On dirait qu'on va peut-être faire d'une pierre deux coups, grogna Raoul dans sa barbe.

Une silhouette gracile s'avançait vers eux. Samantha sourit, Anton aussi. Finalement, leur plan avait marché.

– N'avance pas ! cria Raoul.

La silhouette ne tint pas compte de son avertissement. Le son de la clochette se rapprocha. Un des bandits passa une langue épaisse sur ses lèvres gercées. Les doigts de Raoul s'animèrent avec nervosité en effleurant son arme. La silhouette s'immobilisa à une cinquantaine de mètres d'eux. Samantha lui adressa un rapide salut de la main :

– Contente de te voir, Ellen, souffla-t-elle entre ses dents.

Sa sœur lui adressa un discret sourire. Sa robe blanche brillait dans la semi-obscurité. Elle toisait les trois hommes, le menton légèrement levé vers le haut. Elle n'avait l'air de porter aucune arme.

– La demoiselle s'est perdue ? demanda l'un des deux compères de Raoul.

Ce qui ne manqua pas de soulever l'hilarité du second. Raoul, lui, restait silencieux. Quelque chose ne tournait pas rond. Il leva une main autoritaire pour inviter ses compagnons à se taire. Un son feutré monta sur sa droite. Ils étaient parvenus au niveau du tas de cordages.

Soudain, une ombre émergea des ténèbres, si rapide qu'aucun des trois hommes ne put comprendre de qui il s'agissait. L'instant d'après, les deux individus avaient les pieds pris dans une corde. L'ombre disparut aussi rapidement qu'elle était apparue. Aucun des bandits n'avait même eu le temps de dégainer son arme.

– Qu'est-ce que… grogna Raoul.

Une intense colère se lisait dans son œil unique. Il se tourna vers Ellen, en dégainant son pistolet dans le même mouvement. La jeune fille fut plus rapide que lui – beaucoup plus. Son arme devait être dissimulée dans son dos. Elle tira deux fois. Une balle atteignit la main de Raoul, qui lâcha son pistolet en poussant un cri de douleur. La seconde ricocha sur une des planches de la plate-forme, aux pieds de ses deux complices. Ils reculèrent et, perdant l'équilibre, basculèrent dans le vide, la corde enroulée autour des jambes.

Raoul gémissait, appuyé contre une poutrelle, tenant sa main ensanglantée.

– Que… que voulez-vous ? maugréa-t-il.

– Vous savez parfaitement ce que nous voulons, dit Samantha en sortant de sa cachette.

Raoul lui lança un regard mauvais.

– Je ne sais pas où il est, grogna-t-il.

– Vraiment ? fit Ellen en armant le chien de son pistolet.

– Et quand bien même je le saurais, je ne vous le dirais jamais. Vous n'êtes qu'une bande de gosses…

Ellen tira. La rotule gauche de Raoul explosa dans un nuage de débris osseux et de chair. Le hurlement de l'homme s'éleva dans la nuit et résonna pendant de très longues secondes.

– Où est-il ? demanda Samantha sans quitter Raoul des yeux.

– J'en sais foutrement rien ! tonna l'homme.

Une larme coula de son œil unique. Il s'était assis sur le flanc en se tenant la jambe. Le sang coulait entre les planches de la plate-forme. Son visage avait pris une teinte blafarde. Ellen arma de nouveau le chien de son pistolet…

– Une bande de sales gamins… murmura Raoul.

Anton sortit de l'ombre derrière lui. Ellen lui fit un clin d'œil.

– Vous n'avez donc aucune idée de l'endroit où se trouve celui que vous appelez le Français.

– Nous nous sommes séparés il y a trois ans, gémit l'homme au sol. En réalité, c'est lui qui nous a plaqués. Il avait des affaires importantes à régler.

– Quel genre d'affaires ? demanda Samantha.

– Mais j'en sais rien, moi, il a juste dissous la bande, en nous payant ce qu'il nous devait. Et il s'est barré sans nous en dire plus.

– Et la fille ?

– Quelle fille ?

– Emilia Santander.

– Cette crevure… Je sais pas où elle est et j'ai pas trop envie de le savoir.

Anton se glissa derrière lui et posa la lame d'un couteau sur sa gorge palpitante.

– On ne vous a jamais expliqué qu'il ne fallait pas parler des dames de cette façon ? murmura le garçon.

Un mince filet de sang coula à l'amorce de l'entaille. Raoul grimaça :

– Bande de mômes cinglés… Vous n'êtes qu'une famille de dégénérés.

– C'est vrai qu'on a perdu quelques repères, admit Ellen. Mais notre père a dû interrompre brutalement notre éducation.

– Je savais pas pour votre père, je vous jure. On faisait qu'obéir aux ordres du Français, sans se poser de questions.

– Sans se poser de questions, railla Samantha. Et j'imagine que vous ne mesuriez pas les conséquences de vos actes ?

Raoul renifla, une bulle de morve explosa à sa narine. Ellen pointa le canon de son arme sur sa tête. Anton s'écarta lentement.

– Vous ne nous êtes pas d'une grande utilité, murmura la jeune fille.

La lèvre inférieure de Raoul trembla.

– Attends… commença-t-il en tendant la main.

La balle lui coupa net l'index avant de se loger dans son front. Il s'écroula, mort.

– Les deux autres ? demanda Ellen.

– Ils sont toujours suspendus à la corde, répondit Samantha. Mais ils sont tombés dans les pommes.

– Parfait, dit sa sœur aînée. On va pouvoir les remonter et leur poser quelques questions. Peut-être sauront-ils où s'est caché le Français ?

– Et Lloyd ?

– Le sang a suffisamment coulé, murmura Ellen. Et Lloyd n'en a plus pour très longtemps, à mon avis. Il a payé sa dette.

★

Par la fenêtre du train, la campagne défilait sous les yeux de Maureen. Elle se pencha pour remonter la couverture sur les épaules de sa sœur. Abigaël dormait à poings fermés, malgré sa tête qui cognait de temps en temps contre le mur sous les cahots du wagon. Un souffle léger s'échappait de ses lèvres entrouvertes. Son visage respirait la sérénité.

Maureen s'était toujours étonnée de la faculté de sa jeune sœur à s'endormir n'importe où. La tension nerveuse ne semblait avoir aucune prise sur elle. Deux jours auparavant, elles s'étaient toutes deux retrouvées confrontées à trois anciens membres des gabardines noires. Acculées dans une chambre d'hôtel, elles avaient essuyé un assaut d'une violence redoutable. Maureen était restée dissimulée pendant plus d'une heure derrière les rideaux de la fenêtre, à guetter les allées et venues de leurs agresseurs. Au bout d'un moment, elle avait demandé de l'eau à sa sœur, la gorge asséchée par la peur, avant de réaliser que cette dernière s'était endormie, la tête posée contre le mur.

Les trois malfrats avaient fini par renoncer. Consciencieusement, les deux sœurs s'étaient alors mises en chasse. Au fil des indices, elles avaient retrouvé leur trace et une simple carte de visite leur avait donné le nom d'une ville : La Nouvelle-Orléans.

– Ça te dirait d'aller dans le sud ? avait demandé Maureen à sa sœur.

Le train avançait à une allure régulière. Parfois le sifflet retentissait, comme pour marquer l'enthousiasme du conducteur à sillonner les grandes plaines de l'Ouest. Maureen se redressa en apercevant au loin un troupeau de bisons filer à l'approche du convoi. Les prairies étaient couvertes d'une herbe bien grasse, ces grands mammifères devaient s'en donner à cœur joie.

Le train s'arrêta une heure dans une petite bourgade, le temps que des hommes déchargent une dizaine de caisses en bois sur le quai de la gare. Un petit homme replet prit place à côté de Maureen. Il la salua d'un sourire, souligné par un rapide geste de la main sur le bord de son chapeau melon. La jeune fille lui rendit son salut d'une brève inclinaison de la tête, essayant de limiter la communication par une attitude légèrement distante. Plus d'une fois, les hommes s'étaient montrés entreprenants à son égard ; elle ne voulait se servir de ses colts que dans le seul cadre de leur croisade.

Lorsque le train repartit, Abigaël se réveilla.

– On est bientôt arrivées ? demanda-t-elle d'une voix pâteuse.

– Dans deux jours, répondit Maureen.

Cela faisait une semaine qu'elles avaient quitté Atlanta. Elles avaient été désignées pour partir à la recherche d'Emilia, et leur travail d'investigation avait été si fastidieux les premiers jours qu'elles avaient manqué renoncer plus d'une fois. Il leur avait fallu quinze jours pour comprendre que la piste qu'elles suivaient n'était pas bonne ; Emilia n'avait jamais mis les pieds dans cette ville. Et ce n'est que par le fruit du plus grands des hasards qu'elles étaient tombées sur deux anciens membres de la bande du Français. Elles les avaient suivis, jusqu'à ce que les deux bandits remarquent leur présence. Et tout s'était terminé par la fusillade de la chambre d'hôtel.

Maureen s'en était voulu. D'une part de ne pas avoir été suffisamment discrètes. Et d'autre part d'avoir gâché ces deux semaines. Elle priait intérieurement pour que La Nouvelle-Orléans soit une piste viable. À la suite de cette première aventure, elle s'était promis d'être plus vigilante. Elle répondrait avec courtoisie aux saluts des hommes, sans toutefois montrer trop d'enthousiasme. Leur mission impliquait qu'elles ne se fassent pas repérer. Et si les hommes cherchaient à un moment un peu plus qu'une réaction simple à leur empressement…

Sa main plongea lentement dans son sac, avec un automatisme glacial, juste pour entrer en contact avec ses armes. D'un doigt, elle effleura furtivement la crosse. L'ivoire paraissait brûlant.

– Deux jours, c'est long, se plaignit Abigaël avant de fermer les yeux et de reposer sa tête contre l'épaule de sa sœur.

– Oui, mais… susurra Maureen.

Un sourire franc fendit les lèvres d'Abigaël, alors qu'elle murmurait :

– On va retrouver Lisbeth.

Les yeux clos, elle resta un moment silencieuse.

– Qui te manque le plus ? demanda-t-elle tout à coup à sa sœur.

Maureen feignit l'indignation avant d'éclater de rire. Cette question résumait parfaitement le caractère direct d'Abigaël. Elle possédait des manières abruptes, mais les utilisait avec une telle désinvolture que ça en devenait touchant.

– Ils me manquent tous autant, répondit Maureen en caressant les cheveux de sa petite sœur.

– Tu te souviens… commença Abigaël.

– Je me souviens, dit Maureen pour toute réponse.

C'était sa façon à elle d'autoriser sa sœur à ouvrir en grand la porte des souvenirs partagés. Le temps d'une évocation capable de les plonger toutes deux dans un océan de nostalgie.

– Tu te souviens du dernier coucher de soleil ? demanda Abigaël.

– Comme si c'était hier.

Assis sur le perron de la maison, toute la famille contemplait les derniers instants de la journée, ce moment précieux où l'astre solaire tire sa révérence pour aller trouver un repos mérité. La voix de Lisbeth s'élevait, décrivant le moindre détail pour qu'Anton puisse lui aussi profiter du spectacle. Le garçon n'en avait pas vraiment besoin, il connaissait cette seconde précise où les rayons cessaient d'irradier son visage de leur chaleur bienveillante.

– Le monde est la scène chaotique d'un gigantesque théâtre, disait Lisbeth. Et l'acte trois vient tout juste de s'achever. Les éléments du décor ont été abandonnés, et seuls quelques acteurs sont restés pour les ultimes saluts au public.

Maureen sourit à cette évocation. La tête d'Abigaël se lova un peu plus dans le creux de son épaule.

– J'adore quand Lisbeth raconte, dit-elle. Je pense que de nous tous, c'est elle qui a le plus d'imagination.

– Moi, j'aime le son de sa voix, ajouta Abigaël. Elle pourrait me raconter les choux qui poussent dans le potager que je l'écouterais pendant des heures.

– Vous avez toutes les deux la fibre artistique, fit remarquer Maureen.

Une irrépressible rougeur teinta les joues d'Abigaël. Sa sœur aînée faisait bien entendu allusion à ses talents d'illustratrice. Le carnet qu'elles se partageaient était soigneusement rangé dans sa valise, juste au-dessus de leur tête. Abigaël l'enrichissait régulièrement de croquis et de portraits de personnes qui avaient croisé leur route.

– T'es douée, sœurette, souffla Maureen.

– Je vais le dessiner.

– Quoi ?

– Le dernier coucher de soleil.

Maureen ne répondit pas, la tâche ne serait pas aisée. Dans son souvenir, au moment où l'astre avait disparu, le ciel s'était teinté d'une nuance électrique.

Indéfinissable.

Semblable à une fureur qu'il peinerait à contenir.

Chapitre 19
Réunion au sommet

Joseph avait fini par apprécier le continent américain, même s'il continuait à fustiger la mentalité des habitants qu'il considérait la plupart du temps comme des êtres vulgaires, dépourvus du moindre raffinement. Il avait cependant appris à reléguer son jugement en arrière-plan et tâchait de faire bonne figure lorsqu'il avait à échanger avec eux.

– Monsieur Dargent ? appela Varka de sa voix rocailleuse.

Joseph leva les yeux du stylet qu'il faisait tourner entre ses doigts.

– Je vous prie de m'excuser, dit-il. J'avais l'esprit ailleurs.

Varka plissa ses grosses lèvres vers le bas, ce qui signifiait chez lui que l'affront était pardonné. Joseph serra les dents de façon imperceptible et prit sur lui d'écouter ce qu'avait à leur confier Varka – membre éminent placé à la tête de l'Organisation.

Ils étaient douze au total, installés autour de la grande table ovale en acajou. Dans la salle principale de ce petit hôtel particulier, des hôtesses à la peau sombre s'employaient à ce que les convives ne manquent de rien. Les uns faisaient tourner avec nonchalance leur verre de whisky en y portant les lèvres d'un air détaché alors que d'autres, probablement dans un souci de garder toute leur lucidité, se contentaient d'une tasse de café. Les jeunes filles dispensaient aux hommes un parfum suave et épicé à chaque fois qu'elles les frôlaient, faisant frémir le tulle de leur robe blanche sur les dossiers des fauteuils de cuir doré.

– Messieurs, commença Varka, l'ordre du jour concerne notre développement dans l'ouest du pays. La concurrence ne se laisse pas déborder et les résultats sont loin d'être satisfaisants sur la côte du Pacifique.

Chacun hocha la tête pour exprimer son accord et les regards se tournèrent un à un vers un homme de forte corpulence assis en bout de table.

– Monsieur Benton ? demanda Varka. Avez-vous des explications à nous donner ?

L'intéressé s'épongea le front d'un mouchoir blanc. Sa respiration était hachée et son teint pigmenté de zones écarlates.

– Les Chinois nous donnent du fil à retordre, expliqua-t-il dans un bredouillement adipeux.

Des ricanements s'élevèrent, témoignant du mépris général envers les Asiatiques. Varka les interrompit d'un geste sec de la main, exhortant Benton à poursuivre :

– Ils fonctionnent en organisations appelées triades…

– Ne sommes-nous pas également une organisation ? le coupa Varka.

Le mouchoir de Benton était trempé. Il écarta les mains en signe d'impuissance. L'argument de son supérieur était irréfutable.

– Ils sont bien trop nombreux, murmura-t-il.

Une des jeunes serveuses s'était placée derrière lui.

– Il semblerait que vous vous soyez laissé déborder, monsieur

Benton, déclara Varka. D'autre part, monsieur Aldrich ici présent…

Il désigna du menton le petit homme qui se tenait à sa droite, assis droit comme un i, une mallette de cuir posée sur les genoux, avant de poursuivre :

– … Monsieur Aldrich nous a signalé quelques irrégularités dans vos comptes.

– Les frais… protesta Benton, sans toutefois parvenir à formuler une justification.

– Tss, tss, tss, fit Varka.

Nul ne vit d'où la jeune serveuse sortit son couteau. La large lame scintilla un bref instant avant de se poser sur la gorge de Benton. L'instant d'après, il se tenait la tête renversée en arrière, pris de tremblements alors qu'un geyser de sang s'échappait de la plaie.

– Nettoyez-moi tout ça, demanda Varka au bout d'interminables secondes de silence.

Une équipe de trois hommes munis de seaux et de serpillières fit irruption dans la pièce. Après quelques minutes d'une efficacité glaçante, ils étaient repartis.

– Qu'en est-il du Mexique ? reprit Varka d'un ton égal.

– Un accord vient d'être signé, répondit un homme aux cheveux grisonnants.

– Parfait.

La tension retomba progressivement, comme si elle ne dépendait que d'un seul homme. Joseph serra encore plus les dents. Il estimait depuis longtemps que sa place était en bout de table, à la tête de cette assemblée de dégénérés. Il n'aurait pas eu à user de cette mise en scène macabre pour impressionner ses associés. Varka suscitait de la crainte, certes, voire de la peur, mais qu'en était-il du respect ?

– Wendell ? appela-t-il.

Un homme à l'allure juvénile se redressa subitement sur sa chaise :

– Oui ?

– Vous allez reprendre la côte ouest et chercher à négocier avec les Chinois. Je suis sûr que vous saurez vous montrer à la hauteur de cette tâche. Ils sont tout de même civilisés. Mais si cette bande de macaques ne veut pas entendre raison, vous emploierez la manière forte. Nous pouvons bénéficier d'un appui militaire à Sacramento.

– Je ne vous décevrai pas, déclara Wendell, peinant à masquer sa joie d'avoir été promu.

– Parfait, dit Varka. Je pense que nous en avons terminé avec cette réunion. Je vous retrouverai ici demain pour faire un point plus détaillé sur notre situation. Nous avons une semaine à notre disposition pour régler toutes nos petites affaires.

Mais alors que tous s'apprêtaient à prendre congé, Varka se tapa sur le front d'une façon quelque peu théâtrale.

– Ah, dit-il, j'allais oublier une chose.

Son regard se dirigea sur Joseph.

– Monsieur Dargent ? Tout va pour le mieux en ce moment ?

Joseph opina en fronçant les sourcils. Il ne voyait pas où son supérieur voulait en venir.

– Oui… répondit-il en hésitant.

– Il semblerait pourtant que vous ayez quelques ennuis…

– Des ennuis ?

– Votre étonnement me semble sincère, dit Varka. Pourtant

j'ai ouï dire que votre ancienne bande rencontrait une recrudescence de pertes.

– Une recrud… ?

Joseph ne put s'empêcher d'éclater de rire.

– Ah, ça! lança-t-il. Il s'agit d'une broutille. Les vestiges d'une vie passée. Cela n'a aucune importance et ce sera réglé dans les plus brefs délais.

– Méfiez-vous, monsieur Dargent. Les histoires de vengeance s'achèvent toujours dans un bain de sang. Je vous conseille effectivement de vous en occuper dans les plus brefs délais. Je ne voudrais pas que ces vestiges, comme vous dites, aient une quelconque incidence sur notre organisation.

– Ce ne sera pas le cas. Un groupe de personnes est effectivement lancé à mes trousses, mais je connais leur situation géographique actuelle. C'est l'affaire de quelques jours. D'ici la fin de la semaine, ça sera terminé.

– Et qui sont ces personnes? demanda Varka.

– Cinq filles.

L'assemblée se figea, avant d'éclater de rire de concert.

– Et un garçon aveugle, ajouta Joseph, surpris d'avoir déclenché l'hilarité générale.

Les rires redoublèrent. Même Varka, qui était resté maître de lui-même durant toute la réunion, ne put s'empêcher de laisser échapper un caquètement aigu.

– Allons bon, dit-il une fois calmé. Je pense effectivement que vous êtes parfaitement à la hauteur pour régler ce problème. Dans le cas contraire…

Un voile sombre passa sur son visage alors qu'il désignait d'un geste du menton le siège vide de Benton.

Le message était passé. Joseph quitta la pièce après un bref salut.

Il sortit de l'hôtel particulier en dénouant sa cravate. Malgré l'heure avancée de la soirée, l'air était brûlant et d'une moiteur asphyxiante. Joseph sortit une cigarette de son étui et l'alluma, sans cesser de marcher. Il croisa un groupe d'enfants qui couraient vers un attroupement de musiciens. Une note jouée à la trompette monta dans la nuit. Joseph poursuivit sa route sans même se retourner. Une femme l'alpagua :

– T'as envie de prendre du bon temps, mon beau ?

Il ne lui jeta même pas un regard. Dans la grande avenue qui conduisait au cœur de la ville, il enjamba un homme qui gisait au sol, dans un état d'ébriété avancé – peut-être était-il même mort ? La population était en majorité noire. Les yeux se baissaient à son passage – Joseph était déjà connu dans le quartier et sa réputation en faisait frémir plus d'un.

Il s'engagea dans une petite rue. La devanture d'un cabaret dispensait l'unique source de lumière, rougeoyante et tamisée. Joseph poussa la porte et se trouva aussitôt enveloppé d'une pénombre poisseuse. Un homme jouait du piano, arrachant une note déchirante à chaque touche de son instrument. Une métisse, une fesse posée sur un haut tabouret, entonnait un chant aux accents dramatiques. La salle était pratiquement vide. Joseph salua brièvement le barman, occupé à essuyer des verres, et gravit les marches d'un petit escalier en colimaçon qui conduisait aux étages. Ses appartements se situaient au dernier. La porte n'était pas verrouillée. Un mince sourire tendit ses lèvres lorsqu'il fit tourner la poignée.

Elle l'attendait sur la terrasse.

– Quand es-tu arrivée ? demanda-t-il en français.

– Il y a deux heures à peine, lui répondit-elle avec un fort accent espagnol.

– J'étais en réunion avec l'organisation, dit-il.

– Alors ?

Il répondit d'une moue et s'approcha d'elle pour l'enlacer.

– Tu m'as manqué, lui souffla-t-elle dans le creux de l'oreille.

– Toi aussi.

Emilia était une des raisons pour lesquelles Joseph avait fini par apprécier le continent américain. Il passa sa main dans sa longue chevelure rousse, avec une tendresse qui ne lui ressemblait pas. « Je me ramollis », pensa-t-il. Son regard se perdit vers l'horizon, en direction du fleuve. La lune brillait dans le lointain, unique témoin de leur étreinte.

– J'adore cette ville, murmura Emilia.

Une rumeur diffuse monta de la cité, comme si La Nouvelle-Orléans elle-même lui répondait.

Chapitre 20
Katsitsano

Le théâtre ambulant de Malone s'était considérablement agrandi. Un petit chapiteau permettait désormais à la troupe de donner ses représentations à loisir.

Maureen les avait croisés par hasard à Denver, quatre ans après la mort d'Hidalgo.

Malone avait beaucoup changé physiquement. Il avait rasé son crâne – « je commençais à perdre mes cheveux » – et son corps était couvert de tatouages – « une prêtresse vaudoue m'a proposé de les faire, je n'ai pas eu le courage de refuser ». Son passé de bandit s'était complètement effacé devant sa nouvelle passion. La compagnie de théâtre présentait désormais plusieurs numéros qu'ils alternaient en fonction des villes et du public. Deux musiciens avaient été engagés – un violon et un bandonéon – qui officiaient également comme clowns. Ils avaient choisi comme nom de scène Luigi et Guiseppe – cette consonance italienne était particulièrement populaire et plaisait beaucoup aux spectateurs –, même s'ils n'avaient pas la moindre goutte de sang latin dans leurs veines.

Un colosse appelé Hercule avait aussi rejoint la troupe.

– Tu aurais pu prendre un nom plus original, lui avait dit un soir Maureen alors qu'il s'appliquait à redresser les barres de fer pliées pendant son spectacle.

Pour toute réponse, l'homme avait haussé les épaules: Hercule était muet de naissance.

Vinh, en revanche, avait quitté l'équipe.

– Bah, elle est partie un matin, avait raconté Malone. Je suppose que quelqu'un ou quelque chose l'attendait quelque part.

Il avait rapidement changé de conversation. De toute évidence, la jeune Asiatique lui manquait.

Lors de leurs retrouvailles, Malone avait toisé Maureen en laissant échapper un sifflement entre ses dents.

– Tu as bigrement grandi, avait-il murmuré. Et tu es devenue un sacré joli brin de fille.

Maureen lui avait donné une tape sur l'épaule, puis avait considéré l'ensemble de la troupe d'un œil attendri. Elle avait ensuite pris une initiative que sa famille et elle s'étaient interdite depuis bien longtemps: elle les avait invités à passer quelques jours dans leur vallée.

Elle ne regretterait jamais cette décision.

Ils avaient passé un mois ensemble. L'indolence de leur vallée perdue avait fini par conquérir Malone et sa troupe. Au fil des échanges, l'ancien bandit avait senti que quelque chose se tramait. Il avait le nez pour ça, probablement pour avoir frayé de longues années avec des gens peu recommandables. Lorsque Maureen lui avait avoué leurs intentions, il n'avait même pas cherché à les en dissuader. Peut-être n'avait-il pas oublié, lui non plus, ce qu'était l'appel du sang?

En découvrant la liste des douze survivants du gang des gabardines noires, le blanc-bec s'était écrié :

– Celui-là, je le connais ! Isha Conlan. Je l'ai croisé à plusieurs reprises quand je travaillais pour Virgil. Il était de La Nouvelle-Orléans.

Ça avait été suffisant pour qu'ils se décident à se lancer sur cette piste.

– Celui-là était d'Atlanta, avait ajouté Malone. Et celui-ci de Saint-Louis.

Ils avaient trois pistes. Ils formeraient trois groupes : Maureen et Abigaël à Atlanta, Anton, Samantha et Ellen à Saint-Louis. Quant à Lisbeth…

– J'ai déjà joué à La Nouvelle-Orléans, avait décrété Malone. Et j'en garde un très bon souvenir.

Il avait été décidé que Lisbeth se joindrait à la troupe avec l'ordre strict de se limiter à enquêter. Même si elle excellait dans les disciplines de combat, elle allait se retrouver seule face à d'éventuels ennemis. Maureen ne voulait pas qu'elle prenne un tel risque.

Ils avaient alors formé un convoi jusqu'à Denver où ils s'étaient séparés. Dans le chariot qui filait vers le sud, Malone avait rapidement engagé la conversation avec sa nouvelle protégée :

– Ça te dirait de monter sur scène ?

Lisbeth ne répondit pas immédiatement. Cela faisait un moment qu'elle y pensait – cette perspective l'attirait comme la lumière d'une chandelle attire les papillons de nuit. Luigi lui avait même appris à jongler.

– Je ne sais pas faire grand-chose, opposa-t-elle à la proposition de Malone.

– Il paraît que tu te débrouilles à l'arc, rétorqua ce dernier. Un numéro de tir pourrait considérablement étoffer notre spectacle.

– Mais je n'ai que quatorze ans, protesta-t-elle à mi-voix.

– Il n'y a pas d'âge pour devenir artiste.

★

Guiseppe arpentait Bourbon Street du haut de ses échasses. Il haranguait la foule nombreuse de sa voix de stentor. De temps en temps, un cow-boy ivre lui lançait une plaisanterie douteuse. Guiseppe passait outre avec un professionnalisme admirable, concentré sur son rôle : attiser la curiosité des badauds et leur donner envie d'assister au spectacle.

Lisbeth avait insisté pour l'accompagner. Malone l'avait pourtant mise en garde :

– C'est une ville dangereuse. Tu ne quittes pas Guiseppe d'une semelle.

Elle lui avait offert un sourire d'une candeur irrésistible et avait filé avec l'échassier.

La Nouvelle-Orléans grouillait d'une population disparate et colorée. Partout dans les rues, musiciens et danseurs de claquettes entretenaient l'ambiance festive. Bourbon Street, dans le quartier français, était un fleuve immense charriant des rires et des éclats. Les balcons sur les façades des maisons étaient noirs de gens qui s'apostrophaient sans aucune retenue, d'un bout à l'autre de la rue. Les injures fusaient parfois, l'ambiance était tendue. Le rhum distillait son poison, déchaînant des attitudes agressives. Des bagarres éclataient fréquemment, les poings fendaient les airs avec maladresse. Les combattants titubaient, avant de se fondre à nouveau dans la masse. Des femmes outrageusement maquillées aguichaient le client. La chair s'exposait dans toute sa crudité. Le rythme des tambours de rue s'intensifiait jusqu'à battre au diapason de ces milliers de cœurs.

Lisbeth se laissa entraîner par la foule, la bouche entrouverte, les yeux pétillants sous cette féerie vénéneuse. L'espace de quelques secondes, elle en voulut à Hidalgo de les avoir coupés de cette flamboyance.

Elle se reprit pourtant lorsqu'un homme ventripotent la saisit par le bras en lui demandant d'une voix pâteuse :

– Ça te dirait d'aller faire un tour avec moi ?

La réponse de Lisbeth fut radicale et dépourvue de la moindre ambiguïté. L'instant d'après, l'homme se tordait de douleur au sol en se tenant l'entrejambe. Les passants la toisèrent en riant.

– Ça va ? lança Guiseppe depuis les hauteurs.

– Je m'en sors, dit-elle d'un ton égal.

Ils naviguèrent plus de deux heures dans les rues de La Nouvelle-Orléans. Certains passants semblaient sincèrement intéressés par leur spectacle et les assurèrent de leur présence au moins un jour de la semaine. Lorsqu'ils quittèrent Bourbon Street, Lisbeth eut l'impression d'échapper soudain à un puissant envoûtement. Les cris et les rires résonnèrent encore longtemps dans sa tête, même lorsqu'elle eut rejoint son lit. Guiseppe la borda alors qu'elle sombrait. Il retrouva Malone autour d'un dernier verre et soupira :

– Pfff... c'est qu'une gosse.

★

Le premier soir, la salle était pleine. Malone se félicita de ce succès et, lorsqu'il entra en scène pour déclamer son désormais célèbre « Au commencement était le Verbe », il rayonnait d'une joie communicative. Les spectateurs accueillirent le premier numéro des deux clowns musiciens à grand renfort d'applaudissements. Puis ce fut le tour d'Hercule, qui malgré son mutisme souleva parmi la foule des exclamations d'admiration. Il acheva sa prestation avec un numéro de cracheur de feu.

Malone revint sur scène. Il y resta près d'une demi-heure à conter à un public médusé les grandes heures de la conquête de l'Ouest. Il ne fit aucune allusion à l'Ange de la mort, respectant la discrétion que lui avait demandée Maureen avant qu'ils se séparent. Sous la rumeur d'un public conquis, il avait alors annoncé le spectacle suivant :

– Venue des grandes plaines, d'un endroit où souffle un vent plus brûlant que l'haleine du diable lui-même, voici Katsitsano, la grande prêtresse de l'arc.

Lisbeth s'était avancée sur scène d'un pas mal assuré. Malgré les nombreuses répétitions pendant le voyage, elle n'avait pu lutter contre le trac et surtout la conscience qu'elle portait un costume ridicule, simulacre des parures indiennes. Elle espérait qu'aucun représentant de ce peuple ne se trouve dans la salle et réagisse à ce qu'elle considérait comme une insulte.

– Katsitsano va effectuer devant vos yeux ébahis un numéro d'une adresse remarquable, reprit Malone sans se démonter devant la gêne de sa protégée.

Il lui fit signe de se mettre en place. Guiseppe et Luigi placèrent sur la scène une barre métallique posée sur deux tréteaux. Une série d'anneaux y était suspendue, maintenue par de fines cordelettes. La première partie du spectacle de la grande Katsitsano consistait à tirer une flèche à travers cet alignement d'anneaux.

Lisbeth inspira profondément et resta quelques secondes les yeux clos. Son trac avait complètement disparu. Dans les gradins, chacun retenait sa respiration, pas un souffle ne troublait l'enceinte du chapiteau. Lisbeth banda la corde de son arc. La flèche était en place. La jeune fille resta immobile un long moment avant de décocher son trait. Le projectile se ficha dans la planche en bois placée derrière le dispositif. Pas un anneau n'avait bougé. La salle reprit lentement ses esprits avant de se manifester dans un tonnerre d'applaudissements. Lisbeth leur adressa une rapide révérence avant de se concentrer sur le numéro suivant : cette fois, les anneaux étaient en mouvement. Ils se balançaient de façon parfaitement synchrone. Lisbeth exécuta cette nouvelle épreuve avec brio. Malone s'avança alors sur le devant de la scène.

– Pour le numéro suivant, nous allons avoir besoin d'un volontaire.

Il avait au préalable recruté un jeune homme dans le besoin au coin d'une rue et qui avait promis en échange de quelques piécettes de tenir ce rôle. Le garçon n'eut pas le temps de se lever. Une personne le prit de court en levant la main sous les applaudissements. C'était une femme assise au second rang. Elle avait une magnifique chevelure rousse.

– En… en êtes-vous bien sûre ? bredouilla Malone.

Emilia lui lança un regard qui ne souffrait le refus et un sourire enjôleur qui eut raison de sa réticence. La jeune femme fut conduite au bout de la scène, deux cibles en bois dans chaque main, juste au niveau de sa poitrine. Son sourire ne l'avait pas quittée. Elle ne cilla pas lorsque son regard rencontra celui de Lisbeth. Son assurance était glaçante.

Comme le numéro le voulait, Lisbeth plaça deux flèches sur son arc, avant de tendre la corde. Le silence était pesant. L'arc grinça sous la tension. Dans l'enceinte du chapiteau, l'atmosphère s'était considérablement alourdie.

Emilia considérait la jeune tireuse d'un air amusé. Ainsi l'homme de main de Joseph avait dit vrai : il y avait à La Nouvelle-Orléans une enfant âgée d'une quinzaine d'années qui avait tenu tête à un importun en lui balançant son genou dans les parties intimes. Ce n'était pas chose courante et cet incident avait retenu l'attention de cet espion qui arpentait les rues à la recherche de menaces éventuelles. Emilia avait tenu à s'assurer personnellement qu'il ne s'agissait pas d'une fausse alerte. Elle n'était pas déçue de son déplacement.

Lisbeth avait la bouche sèche, comme si une poignée de sable avait été déposée sur sa langue. Elle n'avait encore jamais eu l'occasion de croiser Emilia. Pourtant, son abondante chevelure rousse lui avait immédiatement mis la puce à l'oreille. Et le sourire qui n'avait pas quitté le visage de la femme aussi. La corde de l'arc commençait à cisailler ses doigts. Il lui suffisait d'orienter son arme de quelques degrés vers le haut pour s'acquitter de sa mission. Ce serait aussi simple que ça. Elle s'en sentait cependant incapable. Et, surtout, elle pouvait se tromper sur l'identité de sa cible. Pourtant…

– Alors ? dit la femme, feignant l'impatience.

Son attitude moqueuse était détestable. La rage commençait lentement à distiller son poison dans l'esprit de Lisbeth. Une goutte perla sur son front, avant de couler sur sa tempe.

Elle tira.

Les deux flèches se plantèrent au centre de chaque cible dans un son mat.

– Bravo, murmura Emilia.

Malone s'approcha d'elle pour lui souffler à l'oreille :

– Le numéro suivant est bien plus dangereux, vous pouvez renoncer si vous le désirez.

– Je ne manquerai ça pour rien au monde.

Guiseppe banda les yeux de Lisbeth d'un foulard noir. Cette fois, Emilia ne tenait qu'une seule cible, au niveau de son visage. Seuls ses deux yeux dépassaient au-dessus du cercle en bois.

Plongée dans l'obscurité, Lisbeth fut assaillie de visions cauchemardesques. « Si tu ne la tues pas, c'est elle qui te tuera », fit une voix dans sa tête. Elle retint sa respiration. « Si tu la tues, tu seras arrêtée », lança de nouveau la voix. Elle vit son corps se balancer à une corde, ses cheveux bruns encadrant son visage dans une verticalité lugubre. Une de ses chaussures était tombée et gisait au sol comme un jouet abandonné. Sa robe blanche tachée était droite comme la justice.

Elle tira.

Une salve d'applaudissements explosa dans la salle. Lisbeth sourit, sans pour autant retirer son bandeau. Une présence se manifesta à côté d'elle.

– Je te félicite jeune fille, souffla Emilia. Un accident aurait pu si vite arriver.

– Je ne pouvais me permettre qu'une telle chose se produise, répondit Lisbeth. Il y a des enfants dans le public.

À la fin du numéro, la jeune fille se précipita à l'extérieur. La nuit était fraîche, elle aspira une grande goulée d'air. Un frisson fiévreux la parcourut. Elle prit appui contre un mur, incapable de recouvrer son calme. Ses cheveux étaient trempés de sueur. Son costume d'Indienne également. La femme rousse ne pouvait être que celle qu'ils recherchaient. Sa physionomie correspondait en tout point à la description qu'on leur en avait faite.

– Réfléchis, réfléchis, réfléchis, se murmura-t-elle à elle-même.

Emilia ne devait pas être seule. Si elle l'avait repérée aussi rapidement, elle devait bénéficier d'une aide non négligeable. Des espions qui pouvaient se trouver partout en ville. La jeune fille jeta un regard inquiet tout autour d'elle. Les rues étaient encore pleines de monde, mais nul ne semblait se soucier de sa présence.

– Réfléchis ! s'intima-t-elle avec plus de force.

Une évidence la frappa soudain : elle était seule contre une bande organisée. Son enquête s'arrêtait là, elle avait réussi sa mission avec succès. Il ne lui restait plus qu'une chose à faire : prévenir ses sœurs et son frère.

Mais alors qu'elle s'apprêtait à regagner le chapiteau, elle remarqua un homme de grande taille s'avancer dans sa direction. Elle l'observa avec méfiance. Il devait mesurer plus de deux mètres et avait le crâne entièrement rasé. Sa peau mate renvoyait des reflets bleutés dans la nuit, altérée par le tatouage tribal qui recouvrait son visage. Il se posta devant elle et leva sa main droite à plat pour lui lancer :

– Hugh.

Lisbeth laissa échapper un petit rire gêné :

– Oh, non, ce n'est pas ce que vous pensez. Je suis une artiste et c'est pour cette raison que je suis accoutrée de la sorte.

– Hugh, répéta l'homme d'un ton impassible.

Un étrange sourire se dessina sur ses lèvres, révélant deux rangées de petites dents pointues. L'homme sortit un mouchoir de la poche de sa veste. Lisbeth eut un mouvement de recul. Le tissu lui renvoya un éclat blanc. L'homme lui plaqua l'étoffe sur le nez. Les yeux de Lisbeth se révulsèrent alors qu'elle sombrait, inconsciente. Elle eut pourtant le temps de remarquer trois autres individus se profiler derrière la silhouette du colosse noir. L'un d'entre eux portait un gros sac de toile.

Chapitre 21
Louisiana Queen

La nausée provoquée par la houle sortit Lisbeth de sa torpeur. Elle ouvrit les yeux pour découvrir un homme lui faisant face, à quelques centimètres à peine de son visage. Un faible gémissement s'échappa d'entre ses lèvres.

– C'est quoi ces frusques ? demanda une voix dans son dos.

– Son costume de scène, répondit une autre voix, féminine.

Emilia s'avança sous la lampe à pétrole qui pendait du plafond, unique source lumineuse de la pièce dans laquelle ils se trouvaient. Le plancher grinça sous un roulis plus important. Lisbeth avait le cœur au bord des lèvres. Elle ne pouvait pourtant détacher son regard de l'homme qui la fixait avec une attention moqueuse : Joseph Dargent. Un goût de bile amer monta dans sa gorge.

– On est sur un bateau, expliqua le Français. Avec le chloroforme que Mingus t'a administré, j'imagine que tu dois te sentir plus que vaseuse.

Il se redressa pour sortir une cigarette de sa poche.

– Ce qui n'est pas sans me réjouir, dit-il en lui soufflant sa première bouffée au visage.

Un sourire hideux déforma ses traits, contrastant avec la blancheur immaculée de ses dents.

– Tu chasses ? demanda-t-il soudain.

Lisbeth ne répondit pas.

– J'imagine que tu dois chasser, reprit Joseph comme si de rien n'était. Ton défunt père a dû t'enseigner les principes de ce noble sport. Il a également dû t'apprendre que certains gibiers sont plus difficiles à débusquer que d'autres.

Emilia observait l'échange le sourire aux lèvres, se délectant du sadisme manifeste de son ami.

– Les grosses bêtes sont en définitive les plus… timides, expliqua Joseph. Il faut de la patience pour les faire sortir de leur tanière. Et lorsque l'attente devient intenable, on peut recourir à différents stratagèmes. Un appât, par exemple.

Un nouveau nuage de fumée enveloppa la tête de Lisbeth. Joseph attendit qu'il se dissipe pour poursuivre son exposé :

– Tes sœurs sont loin d'être une grosse bête. Même si je leur imagine une certaine dextérité dans le maniement des armes et une détermination à toute épreuve. Je pense qu'il leur manque cependant une qualité essentielle pour trouver leur place dans ce monde de souffrances. (Il croisa les bras en affichant un air suffisant.) La cruauté, termina-t-il.

Lisbeth se tortilla sur sa chaise. Ses poignets avaient été liés dans son dos, contraignant ses mouvements. Le bateau roula de plus belle.

– Je… je vais… marmonna-t-elle en réprimant un hoquet.

– Tu ne vas rien du tout, la coupa Emilia. Nous allons attendre ici tranquillement que le reste de ta famille se pointe. Nous sommes déjà prêts à les recevoir.

La femme porta un verre d'eau aux lèvres de la jeune fille. Une gorgée suffit à calmer la nausée. Lisbeth cligna des yeux. Malgré la pénombre, elle commençait à discerner les silhouettes présentes dans la pièce. Cinq hommes accompagnaient Joseph et sa compagne. Aux abords de la porte d'entrée se tenait le plus imposant : Mingus, le colosse qui l'avait enlevée. Les autres étaient appuyés avec désinvolture contre le mur, ils ne devaient pas faire grand cas de sa présence ni de la menace que représentaient son frère et ses sœurs. L'avantage était certain : « Ne jamais sous-estimer son adversaire, leur avait ressassé Hidalgo par le passé, c'est une erreur grossière qui peut vous précipiter vers la défaite. » Les souvenirs de son éducation martiale ne l'avaient jamais vraiment quittée. Joseph avait vu juste : c'était une chasseuse. Elle se revoyait courir dans les montagnes au lever du jour, soufflant avec régularité, puis se dissimulant dans les hautes herbes, contre le vent, à guetter l'apparition d'un animal susceptible de leur fournir un bon repas. Du temps où leur père vivait encore, ils avaient instauré une règle : chaque jour de la semaine, l'un d'eux devait s'occuper du repas. Le mardi était son jour désigné. Et ce qu'ils avaient tous considéré au départ comme une nécessité alimentaire était rapidement devenu un défi hebdomadaire, une façon ludique de prouver sa valeur aux autres. Elle se souvenait de l'accueil qu'ils avaient réservé à Ellen lorsqu'elle était descendue de la montagne avec la carcasse d'un ours. Des moqueries également à l'égard de Samantha, devant l'unique lapin rachitique qu'elle était parvenue à chasser une belle journée de printemps.

– La Nature est en plein éveil, avait argué cette dernière. Je n'ai pas eu le cœur à troubler cette magie.

Anton n'était jamais en reste à ce jeu. Il ne partait pas loin, mais revenait toujours avec du gibier.

– Comment fais-tu ? lui avait demandé un jour Abigaël.

Le garçon avait porté son index à ses lèvres en répondant :

– Chut, écoute. Il y a un lièvre juste devant la maison. Il est en train de grignoter une jeune pousse. Son cœur bat un peu plus rapidement que la normale. Il doit avoir senti la présence de cet épervier qui tournoie dans le ciel, juste au-dessus de lui.

La réponse avait convaincu Abigaël des dons exceptionnels de son frère.

Emilia donna une gorgée supplémentaire à Lisbeth. La jeune fille retrouvait peu à peu son calme. Les souvenirs de leur vie dans la vallée l'avaient plongée dans une douce sérénité. La panique avait fini par déserter son esprit et son corps s'était adapté au rythme de la houle. Elle respirait profondément, se synchronisant avec les mouvements du bateau. Elle chercha son arc des yeux : il était négligemment posé sur une table au fond de la pièce. Les liens sur ses poignets entaillaient sa chair, il serait difficile de les couper… mais pas impossible. Elle replia l'index de sa main droite et entreprit un long et fastidieux mouvement de va-et-vient sur le chanvre. C'était également une des leçons que leur avait prodiguées leur père : « Il y aura toujours un moment où vous ne disposerez d'aucune arme. De tels instants peuvent se révéler terrifiants. Sauf si vous mettez votre corps à contribution. La plus belle arme que vous possédez, c'est vous-même. » Il avait alors tendu la main pour leur donner un exemple : l'ongle de son index était taillé, aussi tranchant que la lame d'un couteau.

La corde était épaisse et l'amplitude des mouvements de son doigt réduite. L'opération s'avérait bien plus lente qu'elle ne l'avait imaginé. Joseph lui lança un regard empli de suspicion. Il avait remarqué le changement d'attitude de sa prisonnière.

– Tu as quelque chose en tête ? demanda-t-il.

– Quel jour est-on ?

– Mardi.

– Parfait.

Le silence s'abattit dans la pièce. La nervosité de chacun était palpable. Seul Mingus restait indifférent au comportement étrange de Lisbeth. Dans un accès de colère, Joseph leva soudain sa main :

– Maudite gamine ! pesta-t-il. Je vais te faire ravaler ton arrogance !

Il interrompit soudain son geste. Un bruit sourd venait de retentir sur le toit du bateau.

– Déjà, murmura-t-il.

Le tintement d'une vitre qui se brise les fit sursauter. Les hommes sortirent leurs armes dans un élan trahissant leur agitation. Il y eut alors un sifflement aigu et la lampe s'éteignit. Le silence et l'obscurité régnaient dans la pièce. Lisbeth balança ses épaules de chaque côté jusqu'à ce que sa chaise bascule et qu'elle s'écrase au sol dans un bruit sourd. Ensuite, elle ferma les yeux.

Comme le lui avait appris Anton.

Nouveau choc sur le toit, suivi du martèlement étouffé d'un déplacement. La coque du bateau grinçait. Lisbeth n'avait aucune idée du genre d'embarcation sur laquelle elle était retenue prisonnière, mais d'après l'amplitude du roulis, il devait être de taille conséquente. Le souvenir d'énormes bateaux à aube naviguant sur le Mississippi lui revint en mémoire. Elle sourit ; les multiples recoins où se cacher joueraient en leur faveur.

Son index n'avait cessé de cisailler la corde. Encore quelques minutes et elle serait libre. Les yeux toujours clos, elle perçut un autre déplacement, sur le pont. Puis un troisième à l'arrière du bateau. Se pouvait-il que ses sœurs et son frère soient tous présents ? Son cœur se gorgea d'espoir.

Les hommes de Joseph ne disaient rien, attentifs eux aussi au moindre bruit. Soudain, l'un d'eux marmonna :

– Il y a quelqu'un.

Perdant son sang-froid, il tira. Son coup de feu résonna dans la pièce et l'éclat du tir révéla une silhouette immobile dans le fond de la pièce. Lisbeth avait ouvert les yeux juste à cet instant. Elle avait souri de toutes ses dents en découvrant l'ombre fantomatique du jeune garçon qui tenait un sabre entre ses mains.

– Contre lui, murmura-t-elle, vous n'avez aucune chance.

C'était bien plus qu'une certitude. Elle avait déjà vu Anton trancher un frelon en plein vol alors qu'il se trouvait dans un champ vibrant sous le bourdonnement des insectes. La nuit était son royaume. Il entendait des choses que nul autre n'était capable de percevoir. Il sentait les présences, se déplaçait en écoutant les pulsations des cœurs. Dès l'âge de cinq ans, il avait cessé de se cogner aux objets qui lui barraient la route. Son visage ne reflétait rien lorsqu'il se concentrait sur l'environnement qui l'entourait. Impassible, il pouvait effectuer une série de gestes d'une précision inouïe.

Joseph et sa bande n'avaient effectivement aucune chance.

Et ça allait être très rapide.

Un premier sifflement s'éleva, suivi du choc lourd d'un corps qui s'affaisse au sol et le gargouillis étranglé du sang qui jaillit d'une plaie profonde. Les coups de feu strièrent l'obscurité d'éclats vifs. Anton évoluait avec souplesse, évitant les balles en glissant au sol, tel un félin aux mouvements calculés. Il prit appui contre un mur pour bondir sur un de ses adversaires, le sabre levé au-dessus de sa tête. Une gerbe écarlate éclaboussa le plancher comme un bouquet de fleurs sauvages aux funestes motifs.

La porte s'ouvrit avec fracas. Joseph et Emilia disparurent dans l'embrasure, suivis par Mingus. Ils avaient dû sentir qu'ils n'avaient effectivement aucune chance dans le noir.

Lisbeth libéra ses mains de l'entrave de la corde coupée. Il ne lui fallut pas plus d'une minute pour détacher ses pieds.

– Je t'ai manqué ? lui souffla Anton à l'oreille.

– Si tu savais, répondit-elle en le prenant dans ses bras.

– Combien y a-t-il d'hommes sur ce bateau ?

– Je n'en ai pas la moindre idée, mais je crains le pire.

– Les autres vont s'occuper d'eux.

– Les autres ?

– La famille est au grand complet. Nous sommes tous arrivés il y a deux jours.

– Deux jours ! Mais… protesta Lisbeth.

– On s'apprêtait à te retrouver, juste avant ton coup d'éclat sur Bourbon Street. Je vois que tu as retenu toutes les leçons de papa.

– Mais alors…

– Oui, murmura Anton. Nous avons tout de suite repéré l'homme qui te suivait.

– Et vous m'avez utilisée comme appât !

– Je faisais partie de ceux qui n'étaient pas d'accord.

Lisbeth jeta la corde au sol avec colère.

– On réglera ça tout à l'heure, grogna-t-elle en se levant.

Elle se précipita vers l'unique fenêtre de la pièce. Le bateau à aube – c'en était effectivement un – était de belle taille. Il s'élevait sur deux niveaux. Son nom était inscrit sur une chaloupe disposée à l'avant : *Louisiana Queen*. La cabine où ils se trouvaient jouxtait l'énorme roue située à la poupe.

– Que vois-tu ? demanda Anton.

– Ils se sont regroupés sur le pont. Ils doivent être une quinzaine… Ah non, j'en vois d'autres accourir des étages inférieurs. Je dirais entre vingt-cinq et trente.

– Joseph est avec eux ?

– Je ne le vois pas. Ni Emilia ni le colosse qui m'a enlevée. Celui-là, si je mets la main dessus…

Un choc violent ébranla le plancher de la cabine. Le bateau vibra de toute part ; il était en train de démarrer.

– Joseph et ses comparses doivent être dans la cabine de pilotage à l'avant du bateau, déclara Anton. Les fous ! De toute évidence, ils veulent nous couper de la terre ferme. Au milieu du fleuve, un affrontement passera inaperçu et ils ne seront pas inquiétés par les autorités.

– À leur place, je me ferais plus de souci pour ce qui les attend ici, murmura Lisbeth en attrapant son arc.

Elle aperçut alors une ombre se glisser du côté extérieur du bastingage. Son cœur se gonfla de joie lorsqu'elle identifia Samantha.

Sur le pont, les hommes s'étaient placés en cercle. Ils avaient tous brandi leur fusil. L'un d'entre eux éleva la voix, peinant à masquer sa nervosité. Les ordres fusaient ; le groupe s'anima de plus belle. En l'espace d'un instant, ils avaient basculé du statut de prédateurs à celui de proies. L'éclat d'une lame de couteau scintilla tout à coup dans l'obscurité. Un sifflement suivi d'un impact. Un homme se tint la gorge en hoquetant avant de s'écrouler au sol.

– Ça, c'est Ellen, murmura Lisbeth avant que la fusillade n'explose.

Cette première victime avait libéré une onde de panique. Les hommes, le doigt pressé sur la gâchette, tiraient au hasard dans la nuit. Un second s'affaissa, un couteau planté en plein cœur. Puis vint le moment de l'assaut. Des coups de feu éclatèrent en périphérie du pont. Les survivants de la bande de Joseph se replièrent derrière un amas de caisses. Les échardes de bois volaient en tous sens sous la violence de l'attaque. Un homme se tenait la main, le poignet brisé par une balle. Un autre bondit vers le bastingage, dans l'espoir de sauver sa peau en sautant dans le fleuve. Son corps criblé de balles bascula dans les eaux tumultueuses du Mississippi. Les rangs ennemis s'agitaient dans le désordre. Leurs mouvements étaient confus. L'homme qui donnait des ordres avant l'assaut leva le bras pour enjoindre ses soldats de se regrouper. Il s'écroula à son tour, sans avoir pu formuler le moindre ordre. Trois hommes restaient. Ils levèrent les bras en signe de capitulation. La fusillade s'interrompit. Un nuage blanc s'était formé sur toute la surface du pont. Une silhouette se dessina à travers ce décor spectral. D'un geste impérieux de son pistolet, Maureen invita les survivants à sauter par-dessus bord. Ils ne se firent pas prier.

Le reste des sœurs émergea du brouillard. Abigaël avait revêtu sa robe rouge, sa préférée. Son souffle était court et ses joues teintées d'une nuance rosée. Samantha portait un pantalon en cuir et une chemise blanche à manches bouffantes. Un filet de sang coulait d'une blessure qu'elle avait au front. Ellen avait sa petite robe de campagne à carreaux – déchirée en de multiples endroits. Quant à Maureen, ses habits évoquaient l'esprit même de leur combat : jupe noire, chemise noire et bandana noir qui ceignait ses cheveux sombres.

Lisbeth sortit pour se précipiter vers elles.

– Il en reste trois là-haut ! cria-t-elle en désignant le poste de pilotage. Joseph est parmi eux.

Elles se déployèrent en arc de cercle, pour s'avancer accroupies vers la proue.

Les remous du fleuve étaient plus importants. La coque se balançait dans un ample mouvement de va-et-vient. Le bois grinça sous leurs pas alors qu'elles empruntaient l'escalier. L'obscurité régnait dans la cabine. Le silence également. Leurs adversaires avaient disparu.

D'une main, Maureen intima aux autres de rester immobiles.

– Quelque chose cloche, siffla-t-elle entre ses dents.

Le bateau à aube émit une protestation sourde. Il avançait à contre-courant. Les deux gigantesques cheminées crachaient une fumée grise et épaisse. Une nuée d'oiseaux noirs suivait la progression du monstre de bois et de métal.

Soudain, un coup de feu éclata dans la nuit.

– Derrière ! hurla Ellen en se plaquant au sol.

Son frère et ses sœurs l'imitèrent. L'éclat rougeoyant d'une chevelure brilla devant l'énorme roue du bateau : Emilia les avait pris à revers.

– Tout le monde va bien ? s'enquit Maureen.

– Bof… répondit une voix.

Lisbeth se tenait le flanc en grimaçant. Entre ses doigts, le sang coulait épais et sombre. Son visage avait pris une teinte pâle. Abigaël se précipita vers elle.

– C'est rien, c'est rien, murmura-t-elle en inspectant la blessure. La balle a traversé le gras sur le côté du ventre.

Lisbeth paraissait sur le point de défaillir. Elle fit signe à sa sœur d'approcher son oreille pour lui glisser d'une voix pâteuse :

– J'ai pas de gras sur le ventre…

Puis elle sombra dans l'inconscience.

– Restez avec elle ! ordonna Maureen. Je m'occupe de cette ordure !

Elle bondit comme une furie, les deux pistolets en main. La rage déformait ses traits. Et un hurlement terrible monta de sa gorge. Elle fondit sur sa proie sans s'arrêter de tirer. Emilia se réfugia derrière une caisse, avant de faire feu à son tour. Maureen glissa au sol jusqu'à un poteau métallique. Les projectiles tintèrent sur l'acier mais très vite résonna le cliquetis caractéristique du barillet de pistolet vide. Maureen sortit de sa cachette et apostropha son adversaire d'un ton méprisant :

– On règle ça aux poings ?

– Tu gâches une chance, petite, cracha Emilia. Tu m'avais à ta merci.

– N'en sois pas si sûre.

Et elle s'élança vers son ennemie.

Emilia para le premier coup de son avant-bras droit, le second du gauche. Le puissant coup de tête de Maureen la prit en revanche par surprise. Elle se retrouva au sol, la bouche ensanglantée et une dent fêlée.

– Mais… mais ce n'est pas comme ça que… grogna-t-elle.

– Oui, je sais, ce n'est pas comme ça que se battent les filles, lui rétorqua Maureen. On me l'a souvent dit. Mais que veux-tu ? Les temps changent, il faut bien s'adapter.

Emilia se redressa d'un bond et se remit en position de combat.

– Morveuse ! siffla-t-elle.

Maureen lui porta un coup sur la tempe si puissant que sa tête partit en arrière pour aller cogner contre une caisse volumineuse. Elle eut à peine le temps de se redresser qu'elle essuya une nouvelle volée. Maureen était bien trop rapide. Elle semblait être partout à la fois. Emilia rencontrait toutes les difficultés à contenir la fureur de son adversaire. Les coups pleuvaient sur son visage, sur ses flancs. Son nez craqua, libérant un geyser de sang qui macula le bas de son visage. Elle eut le souffle coupé en encaissant un uppercut dans l'estomac.

Elle recula en titubant. Dans son dos, la roue tournait en dispersant sur le pont une constellation d'embruns scintillants.

– Attends, attends… dit Emilia.

Maureen la toisa sans ciller. Emilia était à bout de forces. Sa main tremblait, elle avait perdu de sa superbe.

– Tu as ton compte ? demanda Maureen.

– P… pas tout à fait, murmura la femme.

Avec la rapidité de l'éclair, elle se saisit du couteau qu'elle avait fixé dans le dos de sa ceinture. La lame siffla dans les airs.

Maureen tendit son buste vers l'arrière pour l'éviter. Une mèche de ses cheveux fut tranchée net.

– Espèce de… grogna-t-elle.

Puis elle riposta.

D'un simple coup de pied.

Comme le lui avait enseigné son maître, mentor et père. Car c'est ainsi que se pratiquait la boxe française.

Emilia fut projetée vers l'arrière, contre la roue du bateau. Une expression de terreur pure déforma ses traits lorsqu'elle réalisa qu'un pli de sa robe s'était coincé dans une pale. Elle tira dessus comme une perdue. Le tissu se déchira, impossible pourtant de le débloquer. Le corps d'Emilia s'éleva alors lentement sur la roue. Puis il bascula de l'autre côté. Il y eut un craquement horrible. La roue termina sa rotation, les pales où se trouvait Emilia étaient à présent brisées et couvertes de sang.

Un hurlement perça la nuit.

Joseph avait les mains posées sur le parapet du poste de pilotage. Il avait assisté à toute la scène et une rage sans nom étirait sa bouche en un rictus horrible. Il sortit son pistolet, mais une main le stoppa dans son élan. Mingus le ceintura puis, d'un bond, il sauta par-dessus bord. Leurs corps disparurent dans les tumultes du courant.

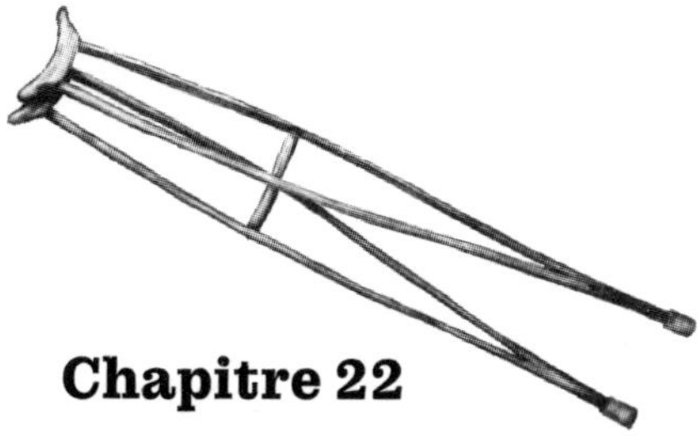

Chapitre 22
Dérouillée

Six silhouettes couraient dans les rues de La Nouvelle-Orléans. Deux d'entre elles en supportaient une troisième.

Six silhouettes s'enfoncèrent dans la nuit noire.

★

Lisbeth ouvrit les yeux et poussa un faible gémissement.

– Ça va mieux ? demanda Abigaël.

– Vous… vous m'avez utilisée comme appât, grogna la jeune fille.

– Et tu t'es parfaitement acquittée de ta tâche, fit remarquer Ellen.

La famille entière se tenait à son chevet. Lisbeth tenta de se redresser, mais un tiraillement au ventre l'en empêcha. Elle vit alors qu'un large pansement de tissu lui bandait l'abdomen.

– On est quel jour ? demanda-t-elle.

– Jeudi, répondit Samantha en lui passant sa main sur le front.

– Alors, j'ai dormi…

– Deux jours, termina Anton.

– C'est souvent ce que font les appâts à la fin de leur mission, déclara Maureen.

– Pfff, t'es pas drôle.

– Tu as été super, petite sœur.

Des rires de soulagement montèrent progressivement dans la chambre.

– On est où ? questionna Lisbeth.

– Une planque. Sûre, dit Ellen.

Lisbeth poussa un soupir de soulagement.

– Et Joseph Dargent ? lança-t-elle.

– Disparu… ou mort, dit Abigaël. Le courant du Mississippi était particulièrement violent ce soir-là.

– Je pense qu'il est encore vivant, gronda Maureen. C'est un dur à cuire. Et je pense même qu'il doit encore se trouver à La Nouvelle-Orléans à l'heure actuelle.

– Nous avons passé notre journée d'hier à remonter une piste qui pourrait nous conduire jusqu'à lui, expliqua Ellen.

Sa mine contrite indiquait que l'opération s'était soldée par un échec.

– Mais ne perdons pas espoir, conclut Maureen. Il paiera comme les autres.

– Et après ? demanda Lisbeth.

– C'est le dernier de la bande. Après, nous regagnerons notre vallée.

Lisbeth dormit deux heures de plus. Son frère et ses sœurs la laissèrent se reposer dans la quiétude de l'appartement qui leur servait de repaire, au cœur de la ville. La jeune fille fut réveillée par une présence au chevet de son lit.

– Tu as de la visite, annonça Abigaël.

Malone et sa troupe l'observaient avec tendresse.

– Comment va notre Indienne préférée ? demanda-t-il.

Lisbeth lui répondit d'un sourire. Guiseppe sortit un petit objet de la poche intérieure de sa veste. Lorsqu'il ouvrit la main, un bouquet en jaillit. Malgré la douleur, Lisbeth réussit à applaudir des deux mains. Hercule lui déposa un baiser sur le front et Malone prit place sur la chaise à côté du lit.

Ils devisèrent une bonne heure, jusqu'à ce que les yeux de Lisbeth se referment sous le coup de la fatigue. En fin de journée, Abigaël vint lui apporter de quoi manger. Elle était seule.

– Les autres sont en ville. Ils cherchent toujours Joseph. Il semble avoir disparu de la circulation. Cet homme est une véritable anguille.

Lisbeth mâcha longuement une bouchée de pain. Même sa mâchoire lui paraissait douloureuse. Dehors, la nuit avait commencé à tomber. Des rumeurs festives montaient de part et d'autre, comme si La Nouvelle-Orléans ne prenait vraiment vie qu'au crépuscule. Des notes de musique s'élevèrent de la rue, une trompette jouant au rythme lent d'un tambour. La mélodie évoquait une marche funèbre. Un frisson parcourut Lisbeth.

– J'ai hâte que tout ça se termine, marmonna-t-elle.

La musique s'éloigna lentement pour se fondre dans le brouhaha ambiant. Abigaël quitta la pièce, abandonnant sa sœur à ses pensées funestes. Le sommeil gagna de nouveau Lisbeth et ses rêves furent loin d'être plaisants. Le rouge dominait le paysage de ses cauchemars. Des cris résonnaient de partout, hurlements sauvages et lamentations se conjuguant dans une cacophonie épouvantable. Lisbeth se réveilla en sursaut et en sueur. La lumière du soleil avait commencé à poindre par l'unique fenêtre de sa chambre. Elle reprit lentement ses esprits.

Une douleur lancinante lui arracha un cri étouffé. Son pansement était maculé de taches sombres. La plaie s'était rouverte et avait recommencé à saigner.

– Abigaël ? appela-t-elle.

Aucune réponse.

Elle insista d'une voix plus forte. La maison semblait déserte. Elle se saisit d'une des béquilles posées à côté de son lit et donna trois coups sur le plancher. Sa sœur dormait-elle encore ? Il devait être tôt. Elle recommença après quelques minutes mais n'obtint pour seule réponse qu'un silence pesant et inquiétant. Un son finit pourtant par le troubler : des pas dans l'escalier. Lisbeth se figea, la cadence était bien trop sourde pour qu'il s'agisse d'une de ses sœurs. Le propriétaire de la maison peut-être ? Maureen lui avait soutenu que c'était un homme discret qui ne posait pas de questions. Les pas s'arrêtèrent juste devant la porte. La poignée tourna lentement et le battant s'ouvrit dans un grincement lugubre. Une silhouette massive se tenait dans l'embrasure. Le sang de Lisbeth se glaça dans ses veines.

– Hugh, murmura Mingus.

Avant d'ajouter d'une voix rauque :

– Tu vas mourir.

Lisbeth se précipita sur la table de nuit. La veille, Ellen avait glissé un revolver dans le tiroir. La jeune fille n'eut pas le temps d'attraper l'arme, le colosse était déjà sur elle. Ses larges poignes enserrèrent son cou. Elle essaya d'inspirer une large goulée d'air, en vain. La force de Mingus était terrifiante. D'une main, elle attrapa une béquille et donna un coup sur le dos du monstre. Ce dernier ne réagit même pas, et se contenta de sourire en murmurant :

– J'aurais voulu prendre plus de temps avec toi. Mais, vois-tu, j'ai reçu des ordres.

Les yeux de Lisbeth se révulsèrent. Elle avait lâché la béquille. Ses bras et ses jambes battaient dans le vide, comme les membres d'un pantin désarticulé. Son champ de vision se voila d'une pellicule blanche. Elle hoqueta. Les bruits de la rue lui semblaient de plus en plus diffus. Des images défilaient dans ses derniers instants de conscience : celles d'une vallée perdue où il faisait bon vivre. Loin de cette tourmente et de cette violence. Loin de ce monde qui n'était pas fait pour les filles.

Sa tête bascula sur le côté. La chambre se découpait sous ces yeux avec une précision étonnante : les murs blancs, le tableau représentant l'océan… elle pouvait presque entendre les vagues gronder. Et puis la porte restée ouverte, et Abigaël qui se tenait le bras et dont le front ruisselait de sang. Elle avait dans la main un couteau de cuisine.

– Lâche-la.

Les mains desserrèrent leur étreinte. Mingus se tourna vers Abigaël, l'air vaguement surpris.

– Je pensais t'avoir réglé ton compte, grogna-t-il.

– Tu n'es pas au bout de tes surprises, gros lard…

Elle essuya le sang qui coulait de son front, maculant son visage d'une large traînée rouge.

– T'as juste gagné un sursis, fillette, dit Mingus avant de bondir vers Abigaël.

Contre toute attente, cette dernière plongea vers l'avant. Elle glissa au sol pour se faufiler entre les jambes du monstre. Mingus était fort, très fort. Mais pas aussi souple et rapide qu'elle. La lame du couteau cingla dans les airs et entailla la chair au niveau du mollet.

– Tu vas payer pour ça ! hurla Mingus en titubant.

Ses poings balayèrent les airs avec violence trois fois consécutives. Seul son dernier coup atteignit sa cible. Sonnée, Abigaël se retrouva incapable du moindre mouvement. Mingus la saisit par le revers de sa chemise et la projeta à travers la pièce. Elle percuta le mur et se retrouva au sol parmi les débris de plâtre et de papier peint.

– Quel gâchis, murmura Mingus avant de balancer son pied vers l'avant.

Le coup souleva la jeune fille comme une poupée de chiffon. Le couteau lui échappa des mains. Elle le chercha à tâtons. Mingus la souleva, ses doigts serrés sur son cou gracile. Il la gifla une fois, puis une seconde. Une constellation de gouttes de sang éclaboussa le mur. Les cheveux d'Abigaël lui collaient au visage, comme les stries sombres de griffures profondes.

– Une dernière ? lança Mingus.

La troisième gifle projeta la jeune fille contre le sol. Elle resta un moment immobile.

– C'est bon, cette fois ? grogna le colosse en se dandinant d'un pas lourd.

Soudain, Abigaël se redressa. Elle avait de nouveau le couteau en main. La lame trancha dans le gras de la cuisse. Mingus poussa un hurlement de rage. D'un coup du plat de la main, il désarma son adversaire et lui balança un uppercut dans l'estomac. Abigaël eut le souffle coupé. Elle s'affaissa lentement en gémissant. Mingus la souleva par le col pour placer son visage au niveau du sien. Les yeux du colosse lançaient des éclairs. Abigaël le toisa, les paupières mi-closes. Elle semblait sur le point de défaillir. Mais tout à coup, un mince sourire illumina ses traits, comme si une blague plaisante lui était revenue en mémoire. Et bientôt, son corps fut secoué par un fou rire. Mingus lui jeta un regard interloqué avant de se mettre à rire à son tour.

– T'es cinglée, petite, hoqueta-t-il. Ça me fait de la peine d'avoir à te tuer.

Ses lourdes épaules étaient prises de sursauts alors que l'étreinte de sa main sur le col de la chemise d'Abigaël se resserrait. Son rire s'accentua, ses yeux pleuraient et sa mine était congestionnée. Il s'interrompit brusquement, juste au moment où le canon d'un revolver se posait sur sa tempe.

Le bras de Lisbeth ne tremblait pas.

Elle tira.

Deux jeunes filles quittèrent une chambre dévastée où gisait le cadavre d'un monstre. Deux jeunes filles descendirent les escaliers en se tenant bras dessus bras dessous. Deux jeunes filles déboulèrent dans la rue et marchèrent en longeant les murs pour éviter de croiser le regard des passants inquiets.

Deux jeunes filles atteignirent les berges du Mississippi, où elles s'allongèrent et essayèrent de reprendre leurs esprits.

Chapitre 23
Séduction

Samantha maquillait Abigaël et Lisbeth les observait avec attention. Poudres et baumes avaient été disposés sur la coiffeuse. Samantha en appliquait délicatement une fine couche sur le visage de sa sœur. Elle alternait les couleurs, changeant de coton à chaque manipulation.

– Pince les lèvres, demanda-t-elle.

Abigaël s'exécuta. À leur côté, Lisbeth adopta une mimique identique.

– Ce sera ton tour après, lui dit Sam dans un demi-sourire.

– Tu crois que tu vas réussir à faire disparaître son œil au beurre noir ?

– Laisse-moi faire et observe, murmura Sam.

La chambre fut de nouveau plongée dans le silence. Même les mouches, d'habitude si nombreuses à cette période de l'année, n'osaient troubler de leur bourdonnement le recueillement des trois sœurs.

– Ferme les yeux, chuchota Sam.

Elle appliqua une première couche avant de préciser :

– Sans te crisper.

Lisbeth se pencha pour ne pas manquer une miette de l'opération délicate qui se jouait. Un murmure d'émerveillement s'échappa d'entre ses lèvres :

– Tu es forte tout de même...

– Je t'apprendrai, dit Samantha.

Les deux benjamines avaient toujours observé leurs aînées avec une pointe d'admiration. Parfois, elles en discutaient toutes les deux.

– À laquelle de nos sœurs voudrais-tu ressembler plus tard ? demandait Abigaël avec son tact habituel.

– Aux trois, répondait Lisbeth sans hésiter. J'aimerais être une puissante guerrière comme Maureen, courageuse comme Ellen et habile comme Samantha.

Cette réponse satisfaisait Abigaël. Elles se muraient alors dans le silence, se projetant dans un avenir où elles s'imaginaient femmes.

– Ne bouge pas, gronda Samantha en appliquant son coton sur la peau par petites touches. J'ai presque fini.

– Je veux qu'on soit les plus belles ce soir, déclara Lisbeth.

– Et vous le serez, affirma Sam.

Elle recula pour contempler son œuvre. Il fallait avoir le nez sur le visage de sa sœur pour s'apercevoir qu'elle avait été passée à tabac deux jours auparavant.

– Tu as encore mal ? demanda Samantha.

– Aux côtes quand je ris, répondit Abigaël.

– Et toi ? demanda-t-elle à Lisbeth.

– La blessure s'est refermée, mais j'ai un bleu énorme tout autour du cou.

– Il ne t'a pas ratée, grinça Samantha. Mais avec un foulard correctement noué, on n'y verra que du feu.

– J'aimerais bien du bleu, dit Lisbeth avec une note de supplication dans la voix.

– Le rouge conviendra mieux, argua Sam. L'harmonie des couleurs est une science que je vous enseignerai également.

– Conviendra mieux à quoi ? demanda Abigaël en dressant la tête.

Leur grande sœur se leva, une lueur taquine dans le regard.

– J'ai une surprise pour vous, annonça-t-elle en ouvrant la porte de la penderie.

Deux robes étaient suspendues à des cintres. Même dans la pénombre, leur couleur paraissait illuminer la chambre d'un chatoiement merveilleux. Abigaël porta ses mains à sa bouche, incapable de produire le moindre son.

– Attention, la prévint Samantha, tu vas gâcher ton beau maquillage.

Les deux benjamines se levèrent d'un bond, leurs doigts éprouvèrent le tissu, le crissement de la soie leur arracha un cri de ravissement. Et l'espace d'un instant précieux, les fusillades, les affrontements contre des bandits à la mine patibulaire, les coups de sabre et de couteau et les fuites éperdues dans la boue s'effacèrent de leur esprit.

– C'est comme un refuge, expliqua Lisbeth à sa sœur le soir même, alors qu'elles s'étaient retrouvées dans l'intimité de leur chambre. Un confort extrême. Les gens attendent de toi que tu te pâmes devant une jolie robe, parce que tu es une fille et tu es censée réagir à tout ce qui brille. Et quand tu t'abandonnes à une telle réaction, tu as vraiment l'impression que chaque chose est à sa place, que la Terre peut continuer de tourner dans le bon sens et que personne ne viendra t'importuner. Même si…

Ses dents avaient alors brillé dans l'obscurité.

– Même si notre enthousiasme a été bien plus fort lorsque Sam nous a offert notre deuxième cadeau, avait-elle terminé.

Les pistolets avaient été rangés soigneusement dans deux coffrets différents, un pour Abigaël et un autre pour Lisbeth. Leurs prénoms étaient gravés sur les crosses en ivoire.

– Waouh… avaient sifflé les deux sœurs de concert.

Elles avaient saisi les armes pour les soupeser, estimer leur ergonomie et se familiariser avec leur prise en main. Et d'un coup, les fusillades avaient refait surface dans leurs pensées.

– Votre anniversaire est passé, expliqua Samantha. Mais avec les autres, on s'est dit qu'il fallait marquer le coup de nos récentes aventures, et surtout de nos retrouvailles.

– Sans oublier la célébration de ce soir, ajouta Abigaël.

– Bien entendu, approuva Samantha. Aujourd'hui est un jour particulier, et nous allons le fêter à la hauteur de son importance, comme il se doit. Ce soir…

Elle toisa ses deux sœurs tour à tour d'un air complice avant de terminer :

– Ce soir, la nuit nous appartient.

★

Elles avaient loué un salon particulier dans un des restaurants les plus huppés de la ville. À l'abri des regards, à l'abri des lumières de la ville, à l'abri des effluves éthyliques qui coulaient à flots à cette heure de la nuit. La table était ronde, ils s'installèrent en silence – les cinq sœurs et leur petit frère aveugle. Le maître d'hôtel s'empressa de leur servir une coupe de champagne.

– Offert par la maison, annonça-t-il avec un léger accent français.

Il disparut après une discrète courbette. Durant toute son intervention, un sourire affable n'avait pas quitté ses lèvres.

Ellen leva son verre. Ses sœurs et son frère l'imitèrent. L'échange de regards fut d'une intensité profonde. Les poitrines se soulevaient au rythme de leur respiration lente. Les convives étaient émus de pouvoir enfin se retrouver.

– À papa, déclara Samantha.

– À papa, reprirent les autres en chœur.

L'effervescence dans les coupes parut scintiller avec plus d'énergie à cette annonce. La première gorgée les rafraîchit. Un murmure de satisfaction parcourut l'assemblée.

– Ça pique, dit Abigaël en regardant Lisbeth, les yeux brillant d'une joie indicible.

– Doucement avec la boisson, les juniors, les sermonna Ellen. Vous n'avez que quatorze ans.

– Et les filles ne sont pas censées boire comme des trous, compléta Lisbeth d'un ton faussement docte.

Sa remarque fut accueillie par quelques rires.

– Papa aurait adoré qu'on trinque tous à sa santé, dit Maureen.

– Quatre ans déjà, soupira Ellen.

Le silence s'installa de nouveau. Un silence empreint de réflexion. Qu'avaient-ils accompli pendant cette période ? Qu'avaient-ils fait qui puisse provoquer la fierté de leur père défunt ? Cela faisait quatre ans, jour pour jour, qu'Hidalgo était tombé sous les balles du gang des gabardines noires. Et pas une semaine ne s'était écoulée sans que son absence ne pèse sur le groupe.

La vengeance est un plat qui se mange froid. Quatre ans avaient été nécessaires pour que les cinq sœurs et le petit frère se sentent prêts à accomplir leur croisade punitive. Leur quête touchait à sa fin alors que l'anniversaire de la mort d'Hidalgo était célébré.

– Il serait fier de nous, dit Maureen comme pour répondre aux questionnements de chacun. Nous avons accompli de grandes choses, nous avons poussé comme des herbes sauvages, malgré le vent brûlant du désert, malgré les orages charriant des torrents de boue. Nous avons traversé ces quatre années sans jamais baisser les yeux. La tête haute, arborant notre jeunesse comme le plus flamboyant des étendards. Et surtout, surtout…

La voix de Maureen s'étrangla dans sa gorge serrée par l'émotion.

– Surtout, nous avons poursuivi la tâche qu'il avait entreprise.

Un nouveau toast fut porté. Chacun savait ce à quoi leur sœur aînée faisait allusion.

– À la famille, dit Anton.

– À la famille, répétèrent les autres.

À cet instant, trois petits coups furent frappés à la porte de leur salon privé. Un jeune serveur fit irruption dans la pièce. Rapidement, il entreprit de distribuer des menus à chacun. Maureen remarqua tout de suite la légère rougeur qui colorait ses joues. Elle lui adressa un clin d'œil qui eut pour effet de le rendre cramoisi. Elle détailla ensuite le menu, en prenant son temps, alors que le jeune homme se tenait dans son dos, le souffle court.

– Le vin est français ? demanda-t-elle négligemment.

– Bien sûr, madame, répondit le serveur avec empressement. Nous ne servons que les meilleurs crus dans notre établissement.

– Hi hi, laissa échapper Abigaël.

Maureen l'interrogea d'un regard sévère.

– Il t'a appelée « madame », gloussa-t-elle.

– Et alors ? rétorqua l'aînée d'un ton emprunté. Qu'y a-t-il d'étonnant à cela ? Ne suis-je donc point une dame ?

– Arrêtez, les coupa Ellen. Vous mettez ce jeune homme mal à l'aise.

– Laquelle d'entre nous trouvez-vous la plus belle ? demanda Abigaël après avoir bu une longue gorgée de champagne.

Le jeune serveur toussa dans son poing fermé. Il semblait au bord de l'explosion.

– Je… je vais prendre la commande, balbutia-t-il.

Et la commande fut prise.

Quelque temps plus tard, Ellen faisait tourner son cognac dans un verre à pied. Elle avait allumé un cigare énorme et se tenait à moitié avachie sur son fauteuil. Elle lâcha un minuscule rot avant de s'excuser en portant ses longs doigts fins devant sa bouche.

– Papa serait effectivement fier de nous, se moqua Samantha d'une voix pâteuse.

Maureen les observa d'un œil amusé.

– Ne vous mettez pas trop en vrac, les filles, dit-elle. Je vous rappelle que notre mission n'est pas encore tout à fait terminée.

– Tu penses que Joseph est toujours à La Nouvelle-Orléans ? demanda Lisbeth.

– Je l'imagine mal dans la peau d'un fugitif, argua Ellen en se redressant dans son fauteuil. Il est déjà passé à l'offensive en nous envoyant Mingus. Il doit attendre bien planqué quelque part que nous prenions l'initiative du prochain coup.

– Oui, mais où ? grommela Samantha.

– J'ai ma petite idée, murmura Maureen.

Le jeune serveur refit irruption dans le salon. Son trouble devant les cinq sœurs semblait s'être dissipé. Ses gestes se firent de nouveau professionnels. Maureen l'interrompit alors qu'il débarrassait les assiettes à dessert.

– Pourquoi ne pas te joindre à nous ? dit-elle en lui désignant un fauteuil vide.

Le garçon bafouilla des excuses à propos de son service et la réprimande que pourrait lui administrer son patron s'il avait vent de son attitude.

– Il n'en saura rien, lui affirma Maureen.

Elle souligna son insistance d'un rapide battement de cils. Le garçon finit par s'asseoir. Les autres membres de la famille se calèrent dans leur fauteuil. Ils avaient identifié dans l'attitude de leur sœur aînée – dans le seul timbre de sa voix, à dire vrai – l'amorce d'une leçon qu'elle s'apprêtait à leur inculquer.

– Tu es né dans la région ? commença Maureen.

– Un peu au nord de La Nouvelle-Orléans. Au cœur du bayou.

– Parmi les caïmans ? demanda Abigaël.

– Il y en avait pas mal qui traînaient dans mon quartier, mais ces grosses bêtes sont plus impressionnantes que vraiment mauvaises.

Il avait bombé le torse en lâchant cette dernière phrase.

– Il y a beaucoup de Français par ici, intervint Ellen. Tu as du sang français ?

– Un peu, répondit le jeune serveur. Par mon grand-père.

– Nous avons du sang français, dit Abigaël.

– Merde ! lança Samantha à la cantonade.

– Par notre père, compléta Maureen.

Le garçon baissa les yeux au sol.

– Je… je sais qui vous êtes.

Un sourire se dessina sur chaque visage.

– Mais je n'ai dit à personne que je vous avais reconnus, s'empressa-t-il de dire. Bien qu'il y ait une forte récompense pour qui donnera des informations à votre sujet.

Maureen cligna lentement des yeux, pour signifier qu'elle appréciait son attitude.

– Ton père fait toujours ses livraisons pour Varka ? demanda-t-elle brusquement.

Elle avait posé sa main sur celle du jeune serveur, dans un geste amical. Son regard sombre révélait pourtant qu'elle pouvait changer de comportement à tout instant.

– Ça va faire deux ans que je n'ai pas adressé la parole à mon père, murmura le serveur. Je ne veux pas de la vie qu'il me proposait.

– Et c'est tout à ton honneur, appuya Maureen.

– Mais je suppose que, oui, il doit toujours œuvrer pour ce malfrat, termina le serveur.

– Tu l'as accompagné par le passé ?

– Quelques fois, oui.

– Alors tu vas sûrement pouvoir nous aider.

Le garçon soupira, comme s'il venait de se libérer d'un poids qu'il portait sur le cœur. Il but une gorgée de cognac dans le verre que lui avait servi Samantha. Et, prenant son courage à deux mains, il désigna Lisbeth d'un mouvement du menton avant de chuchoter :

– C'est elle la plus jolie.

★

– Des ennuis ? demanda Varka à Joseph.

Ce dernier resta silencieux avant de répondre dans un sursaut :

– Hmm… non, non, trois fois rien. Juste quelques bricoles à régler en ville.

Il eut un geste évasif de la main. Varka le dévisagea avec une attention étrange, comme s'il cherchait à déchiffrer sur son visage des signes capables de révéler ce que le Français avait réellement à l'esprit.

– Quelques bricoles… ? murmura-t-il.

– De toute façon, je pars demain, lança Joseph pour changer de sujet.

– Hmm, hmm… souffla Varka tout en continuant son observation.

Il semblait soudain en proie à une intense réflexion.

– Je ne sais pas si c'est une bonne idée, tout ça, déclara-t-il au bout d'un moment.

– Tout ça ?

– Les responsabilités que je vous ai confiées… Je me demande si vous êtes l'homme de la situation.

– Je ne vous décevrai pas, s'offusqua Joseph en serrant les dents.

Varka se mura dans le silence. Joseph eut l'impression que son destin se jouait dans le mutisme de son supérieur, comme si une pièce de monnaie était en train de tourner dans la tête de Varka et que le côté sur lequel elle tomberait déterminerait son avenir.

L'homme avait les coudes posés sur son bureau, les index joints sous son nez. Face à lui, Joseph essayait d'adopter une attitude impassible, en dépit des tourments qui s'agitaient dans l'enceinte de son crâne. L'image d'Emilia basculant sur la roue du bateau à aube refusait de quitter ses pensées. Il luttait contre l'envie de s'effondrer et s'en voulait énormément. Jamais dans son souvenir il n'avait connu pareil tourment. Peut-être n'avait-il jamais été amoureux jusqu'à présent…

– Et votre équipe ? demanda soudain Varka. J'ai entendu dire qu'il y avait eu du grabuge sur le *Louisiana Queen*. Les forces de l'ordre ont repêché des corps dans le Mississippi, dont celui de votre adjointe. Selon les journaux, elle était dans un sale état.

Le regard de Joseph tomba sur un coupe-papier dont la lame brillait sur le bureau. Une idée saugrenue lui traversa l'esprit. Comme cet arrogant pouvait-il se permettre d'évoquer Emilia ? Ses poings se crispèrent sous le bureau, les ongles marquèrent le gras de la paume.

– Nous avons essuyé quelques pertes, parvint-il néanmoins à articuler.

– Et l'affaire a été réglée ?

– Ce n'est qu'une question d'heures. Un de mes hommes – le meilleur – a été missionné pour les empêcher de nous nuire davantage.

Joseph serra les dents. Cela faisait trois jours qu'il n'avait eu aucune nouvelle de Mingus. Ses espoirs se réduisaient désormais à peau de chagrin. Il choisit de ne pas en faire part à Varka.

– Hmm, espérons qu'il soit un peu plus habile que ceux que vous avez perdus sur le *Louisiana*, grommela ce dernier.

Un éclat scintilla sur la lame du coupe-papier. Joseph baissa les yeux pour éviter de croiser le regard de son supérieur.

– Espérons également que vous régliez cette affaire avant votre départ, continua celui-ci. Les responsabilités que je vous confie à New York ne tolèreront pas le moindre doute quant à vos compétences.

– Je ne vous décevrai pas, répéta Joseph.

Le ton de sa voix était plus sec. Varka eut un petit sursaut et toisa son interlocuteur avec un léger amusement.

Trois petits coups furent alors donnés à la porte du bureau. Un homme entra, vêtu d'un costume noir, les traits figés. Il portait une boîte volumineuse ornée d'un ruban.

– Un paquet pour vous, monsieur, annonça-t-il.

– Un paquet qui fait tic-tac ? demanda Varka sur le ton de la moquerie.

– Aucun bruit suspect n'a attiré mon attention, monsieur.

– Parfait, posez-le sur la table.

L'homme s'exécuta.

Lorsque Varka souleva le couvercle, son visage prit une teinte albâtre. Il se ressaisit pourtant rapidement et se tourna vers Joseph pour lui confier :

– Je crains que vous ne soyez en fin de compte le destinataire de ce colis, mon ami.

La tête de Mingus avait été tranchée net. Au sabre de toute évidence. Ses yeux étaient révulsés, fixant un point sur le plafond, et sa bouche entrouverte révélait sa langue qui avait commencé à noircir.

– De combien d'hommes disposez-vous ? demanda Joseph dans un soupir.

– Une cinquantaine. Mais la propriété est bien protégée, il serait difficile d'en…

– Préparez-vous, ordonna Joseph sous le regard inquiet de son chef.

D'une main, il souleva le rideau blanc de la fenêtre qui donnait sur le jardin et murmura :

– Elles ne vont pas tarder à arriver.

Chapitre 24
Le vol de la grue cendrée

La propriété s'étendait sur une centaine d'hectares, en périphérie de la ville. La maison principale s'élevait sur trois étages. La bâtisse aux murs blancs était comme un point lumineux perdu au centre d'un jardin luxuriant. La nature entière vibrait d'un bourdonnement continu. Aux branches des arbres pendaient des chapelets de mousse espagnole, foyer d'une animation microscopique. Des faucheux aux pattes interminables se hissaient vers les hauteurs, des scarabées offraient aux rayons du soleil la flamboyance colorée de leur carapace, des fourmis avançaient en colonnes régulières avec une détermination hypnotique.

Sur les chemins de terre qui cernaient la propriété, les hommes en noir faisaient des rondes. Ils regardaient partout, guettant le moindre bruit suspect dans les feuillages des arbres et des bosquets, la main toujours à portée des pistolets qui pendaient de leur ceinture. Le soleil tapait fort en cette journée. Un voile de chaleur s'était posé sur la colline qui jouxtait la maison, bordant son contour régulier d'un halo spectral. Le vent charriait par bourrasques des nuages d'une poussière épaisse et mordorée. Joseph avait signalé à ses équipes que l'assaut se déroulerait probablement à la tombée de la nuit. Les hommes restaient cependant sur le qui-vive.

Dans les écuries, les chevaux hennissaient et se cabraient, leurs yeux brillants largement ouverts. Le palefrenier s'en inquiéta. Les bêtes ne s'énervaient ainsi qu'à l'approche d'un orage.

Un homme partit d'un pas rapide vers le chenil. Il en revint avec trois chiens gris tirant sur leur laisse. Le rôle des molosses était de pourchasser les esclaves en fuite. Plus d'une fois, leurs crocs avaient lacéré les muscles tétanisés des malheureux fuyards. Ils en avaient gardé la saveur et une appétence pour la cruauté. Leurs gueules entrouvertes étaient cernées d'un épais liseré d'écume. Leurs yeux fous roulaient dans leurs orbites.

– Ils n'ont pas mangé depuis deux jours, déclara l'homme qui les tenait en laisse.

– Parfait, lui répondit son collègue posté devant la porte principale de la maison. Ils n'en feront qu'une bouchée de ces mioches.

– Une petite bouchée, ouais, ricana le premier. J'ai entendu dire que c'étaient des petits gabarits.

– Je comprends pas que le patron se mette dans cet état. La fille aînée a tout juste vingt ans, il paraît. Une bonne fessée devrait suff…

Il s'interrompit tout à coup. Sur la pelouse, à une bonne centaine de mètres de distance, un oiseau arpentait le sol avec une méticuleuse application.

– Une grue cendrée, murmura-t-il.

Son compagnon le regarda, surpris.

– Je ne savais pas que tu t'intéressais à ce genre de bestioles.

– Ornithologie. Ça s'appelle l'ornithologie.

L'oiseau s'immobilisa soudain. Il déploya ses ailes en deux amples battements, puis prit son envol. L'homme le regarda longuement décrire un large arc de cercle au-dessus de la propriété. Sa contemplation extatique fut brutalement interrompue par un sifflement suivi d'un impact sourd. Son compagnon le fixait toujours, un sourire crispé aux lèvres, une flèche plantée dans le cou. Un gargouillis s'échappa de sa bouche, il s'affaissa. Libérés, les trois chiens bondirent en direction du jardin.

– Bon s…

L'ornithologue s'était figé. Deux autres hommes en noir accouraient dans sa direction. Il leur fit un bref signe de la main, leur intimant le silence.

Une série d'aboiements résonnèrent dans le lointain. Les trois hommes tendaient l'oreille pour essayer de saisir le moindre son à même de les éclairer sur la situation. Un couinement aigu les fit sursauter, puis un silence pesant les enveloppa avant que le bruit d'une cavalcade ne monte progressivement dans leur direction. Les trois hommes dégainèrent leurs armes en même temps. L'un d'eux visa les buissons frémissants, le doigt posé sur la gâchette.

Soudain, un des molosses apparut devant eux. Le chien fila à toutes jambes, les oreilles basses, en direction du chenil.

– Qu'est-ce que… grogna l'ornithologue.

Il se tourna vers les deux autres.

– Vous restez là ! Je vais alerter le patron.

Il pénétra dans la maison. Dix hommes attendaient dans le hall principal.

– Tenez-vous prêts ! cria-t-il avant de bondir vers les escaliers.

Il gravit les marches quatre à quatre. Sur le palier, il donna les mêmes ordres aux cinq individus en poste. Puis il courut en direction du dernier étage, où se trouvait le bureau de son patron. Sans même frapper, il ouvrit les portes à toute volée.

– Elles arriv… commença-t-il à bout de souffle.

Il fut stoppé net dans son élan. Varka était assis dans son fauteuil, les bras ballants, son coupe-papier planté dans le front.

Une odeur épouvantable régnait dans la pièce. L'ornithologue remarqua alors la boîte en carton entrouverte, où s'activaient une nuée de mouches vertes. Il posa sa main sur sa bouche, contenant un haut-le-cœur. Une voix dans l'ombre le sortit de son hébétude :

– Le respect. Je ne demandais rien d'autre que le respect. Venant d'une race de dégénérés comme la vôtre, ça ne me semble pas être le bout du monde ?

Joseph s'avança dans la lumière. Il s'essuyait soigneusement les mains avec un mouchoir blanc. Lorsqu'il eut terminé, il disposa l'étoffe sur le manche du coupe-papier, masquant le visage du cadavre.

– Vous savez ce que vous… bredouilla l'ornithologue.

– Oui, oui, je sais, je sais, dit Joseph Dargent d'un ton las. La place de Varka au sein de l'organisation… bla bla bla… Et la réaction de ses pairs lorsqu'ils apprendront qu'il s'est fait assassiner.

Il baissa violemment les bras, comme s'il cherchait à balayer ces principes d'un simple geste.

– Personne n'est censé savoir que c'est moi qui lui ai planté cet objet dans la tête, murmura-t-il sans quitter l'ornithologue des yeux.

Ce dernier comprit avec horreur qu'il était l'unique témoin. Lentement, il leva la main pour la placer à hauteur de la crosse de son revolver.

– Tss, tss, tss, fit Joseph en secouant la tête. Ce ne serait pas franchement une bonne idée, mon ami… Mon ami ?

Il l'interrogea du regard.

– Jim, je m'appelle Jim, dit l'ornithologue. Jim Custer.

– Eh bien, mon bon Jim, je crains être bien plus rapide que toi à ce jeu-là. Mais on peut essayer pour voir, si tu veux ?

Jim Custer baissa la main.

Joseph alla se positionner tranquillement à la fenêtre.

– Au-dessus de Varka, il doit y avoir un chef très puissant. J'imagine qu'il peut obtenir ce qu'il désire d'un claquement de doigts. Et j'imagine que les gens le craignent.

Jim acquiesça d'un mouvement de tête. Il avait déjà entendu parler de l'homme qui dirigeait l'organisation et de la terreur qu'il inspirait.

– Mais à mon avis, au-dessus de cet homme, il doit y avoir aussi quelqu'un de plus puissant encore, avança Joseph.

Il leva les yeux au ciel, dans une attitude des plus théâtrales.

– Dieu peut-être ? confia-t-il dans un murmure.

Il tapa ses mains l'une contre l'autre avec force en éclatant de rire. Jim sursauta. Il ne pouvait détacher son regard du corps de Varka. Les conséquences de cet assassinat seraient terribles. Le seul moyen de les éviter restait de ne laisser aucun témoin. Une goutte de transpiration coula entre ses omoplates.

– Il existe une chose encore plus forte, murmura Joseph. Une chose susceptible de mettre Dieu Lui-même dans l'embarras. Cela s'appelle la vengeance.

Il se passa la main dans les cheveux. Tout dans son attitude exprimait une lassitude extrême.

– La vengeance te place au-dessus de tout, poursuivit-il. Au-dessus du jugement divin, et au-dessus des lois humaines. La vengeance te transforme en un être capable de s'élever jusqu'à un stade hors du commun. La vengeance t'octroie le droit d'être le dernier à parler. Et crois-moi, mon jeune ami, je suis bien placé pour le savoir. J'ai moi aussi goûté à cette rage brûlante qui te consume tout entier. Qui ne tire sa raison d'être que dans sa présence permanente dans la moindre de tes pensées. Moi aussi, je me suis abandonné à cette ivresse capable de te donner une énergie insoupçonnable. Car jamais je n'ai renoncé. La vengeance est une drogue…

Avec une rapidité étonnante, il dégaina son pistolet.

– Et voici son moyen d'expression favori.

Jim Custer recula d'un pas. Joseph lui lança d'une voix blanche :

– Je devrais te supprimer, cependant…

D'un geste du menton, il désigna l'extérieur de la maison.

– Cependant, il existe peut-être un moyen de t'en tirer. Elles arrivent et – ça m'est douloureux de l'admettre – elles ont été entraînées par le meilleur d'entre les meilleurs. Mon pire ennemi. Celui qui, par sa simple existence, m'a contraint à traverser l'océan et choisir ce pays de malheur pour y finir mes jours. Elles sont redoutables, même si j'ai douté de leurs talents par le passé. Elles sont le bras armé de la vengeance et se placent largement au-dessus de la volonté divine et de la loi des hommes.

Joseph sortit son deuxième revolver et le fit tourner dans sa main.

– Je compte me battre jusqu'au bout. Et si je sors victorieux de cet ultime combat… alors tu pourras t'inquiéter pour ton sort.

★

Ils émergèrent de la forêt d'un pas lent. Maureen, Ellen et Samantha ouvraient la marche. Puis Lisbeth et Abigaël, les deux jumelles qui boitillaient encore. Et enfin Anton, légèrement en retrait. Chacun tenait son arme serrée dans ses mains.

Quelques hommes s'étaient postés sur le perron de la propriété, en guise de comité de réception. Deux d'entre eux levèrent le canon de leur pistolet. Leur initiative fut accueillie par une série de sifflements. Ils s'écroulèrent, le corps lardé de flèches. Sans demander leur reste, les autres se replièrent dans la demeure.

Anton avait les yeux fermés. Il avançait, la pointe de son sabre traînant au sol, creusant une rigole tortueuse dans son sillage. Il fredonnait un chant, ses lèvres s'ouvraient à peine. Le groupe marchait au rythme de la mélodie. Ses sœurs connaissaient cette chanson par cœur. Ils l'avaient tous chantée si souvent lors de leurs soirées au coin du feu, du temps où Hidalgo était encore en vie. Le souvenir de sa voix grave ne s'était jamais effacé de leur mémoire. Sa présence planait au-dessus de leurs têtes, tel un totem aux pouvoirs galvanisants.

La chanson évoquait les plaines enneigées du Colorado, lorsque le silence y règne en maître. Une famille y voyageait, ses membres blottis les uns contre les autres, pour tenter d'échapper à la morsure du froid. Un homme les conduisait jusqu'à un havre de paix, une utopie dont nul n'osait rêver. Il était le berger de cette troupe de miséreux. Il était leur guide.

Les cinq filles se postèrent devant la façade de la maison, le garçon derrière elles. Leur regard était rivé sur la fenêtre située en haut de la bâtisse ; une silhouette s'y découpait, impassible. Maureen arma son fusil à canon scié, le visage reflétant la plus franche détermination. Puis elle gravit en silence les marches du perron et, d'un violent coup de pied, ouvrit la porte principale. Elle fit un pas en arrière, évitant la rafale de balles qui lui était destinée. Un calme étrange enveloppa alors la demeure, ce silence si particulier qui précède la tempête ; le moment où la poudre guette le signal du départ pour pouvoir enfin s'exprimer, dans une symphonie funeste et flamboyante.

Les hommes s'étaient positionnés derrière la rambarde du grand escalier en pierre. Ils firent feu dès la première apparition dans l'embrasure de la porte. Les balles crépitèrent contre le sol, contre les murs. Les vases en faïence explosèrent sous les impacts. Un nuage de fumée blanche s'éleva, dégageant un parfum de cordite dans tout le hall. Les assaillants étaient à présent invisibles. Un homme hurla en levant un bras :

– Cessez le feu !

Le tintement d'un morceau de verre se détachant d'une fenêtre ponctua son injonction. Le groupe se tenait immobile, dans l'appréhension de la riposte.

Un objet lumineux fendit tout à coup les airs dans un sifflement aigu, projetant un halo coloré sur les nappes de fumée. Les sbires de Varka plongèrent au sol. La bouteille emplie de pétrole explosa dans une iridescente chatoyante. Les flammes s'élevèrent dans un grondement sourd, embrasant les tentures fixées aux murs, les tapis et les meubles. Un individu transformé en torche humaine courut en hurlant en direction d'une baie vitrée qu'il traversa dans une pluie d'éclats de verre. Un autre tentait vainement d'éteindre le feu qui enveloppait son bras. Dans un mouvement de panique, il se redressa. Une explosion sourde le projeta avec brutalité contre un mur. Les filles s'étaient engagées dans les escaliers, fusil au poing. Avec des gestes d'une précision mécanique, elles épaulaient, visaient et tiraient, faisant mouche à chaque coup. Les cadavres s'amoncelaient, gisant en travers des marches. Lorsqu'elles atteignirent le premier palier, dix-sept corps jonchaient déjà le sol. Une cavalcade descendit des étages supérieurs. D'autres hommes les mirent en joue le long de la rambarde. Maureen et ses sœurs eurent tout juste le temps de se plaquer contre un mur, hors de portée. Les balles s'enfoncèrent dans le plancher dans un vacarme assourdissant. Anton, qui était resté au rez-de-chaussée, s'était dissimulé derrière une colonne de marbre. Durant tout le début de l'assaut, il n'avait cessé de fredonner.

Ellen bondit hors de sa cachette au moment où ses adversaires rechargeaient leurs armes. Le canon de son fusil cracha ses projectiles mortels à trois reprises. Deux corps tombèrent dans le vide avant de s'écraser plus bas dans un son mat. Samantha fit feu à son tour. La fumée devint de plus en plus dense et s'éleva en d'épaisses volutes tourbillonnantes. Samantha sortit en dernier. Le doigt pressé sur la gâchette, elle abattit les derniers hommes encore debout au deuxième étage.

Lentement, le groupe poursuivit sa progression vers le haut.

Au dernier étage, un long couloir débouchait sur une porte unique. Ellen se tenait l'épaule. Elle avait été touchée. Maureen boitait, sa cuisse était rouge de sang.

– On continue, murmura-t-elle à ses sœurs.

Un homme caché derrière une porte apparut soudain devant elles. Samantha et Abigaël tirèrent en même temps. Le corps de leur adversaire rebondit contre le mur, y imprimant une traînée écarlate. Lorsqu'elles ouvrirent la porte du bureau, le silence régnait dans toute la maison. Les gonds grincèrent, le battant pivota, révélant les trois hommes qui se trouvaient dans la pièce.

Varka était toujours dans son fauteuil, les bras ballants. Jim Custer se tenait en retrait. Il avait déposé ses armes au sol. Quant à Joseph Dargent, il était appuyé contre le mur, dans une attitude désinvolte, un mince sourire aux lèvres. Il se redressa et tapa lentement dans ses mains.

– Bravo, mesdemoiselles. Je dois avouer que votre pugnacité force le respect. Et que je n'aurais pas parié un *cent* que vous atteindriez cet étage encore debout.

Maureen arma son fusil. Le cliquetis du métal résonna dans la pièce, comme le signal d'un dénouement imminent.

– Fin de la route, comme j'ai eu souvent l'habitude de le dire, dit Joseph sans en tenir compte. Pourtant, il me reste suffisamment de balles dans mon barillet pour que vous ne l'emportiez pas toutes au paradis.

Il dévisagea les filles une à une, avec une attention glaciale.

– Il existe deux scénarios possibles, articula-t-il. Soit vous tirez, et comme je suis plus rapide que vous, il y a de fortes chances que j'entraîne l'une d'entre vous, voire plusieurs, dans la tombe. Soit vous refusez ce sacrifice, et vous me laissez partir.

– Soit on t'abat comme un chien avant que tu aies eu le temps de dégainer, cracha Ellen.

– Vous pouvez tenter le coup, dit Joseph avec une pointe de malice.

Son assurance ne laissait aucun doute sur l'issue de cette ultime confrontation. Les filles se déployèrent en arc de cercle autour de leur proie. Leurs mouvements étaient mesurés, comme si la distance qui les séparait de leur destin se réduisait inexorablement. Joseph ne souriait plus. Il avait dégagé les pans de sa veste, révélant deux revolvers à la crosse aussi noire que l'abîme qui conduit aux enfers. La poitrine de Lisbeth se soulevait au rythme de sa respiration. Son regard rencontra celui d'Abigaël, puis celui d'Ellen. Samantha lui adressa un sourire, sans pour autant quitter Joseph des yeux. L'air semblait s'être épaissi, contraignant chaque geste dans une gangue poisseuse. Un filet de lumière traversait la pièce, séparant avec une étrange netteté les deux camps adverses. Maureen brisa tout à coup le silence :

– Tu n'es qu'un pion, lâcha-t-elle. Peut-être estimes-tu représenter l'apothéose de notre vengeance ? Tu te trompes lourdement. D'autres viendront après toi. D'autres tomberont. Ce n'est plus pour notre père que nous voulons obtenir justice, mais pour pouvoir vivre tranquillement et nous affranchir du joug de personnes de ton acabit.

Le visage de Joseph avait pris une pâleur mortelle. Sa mâchoire palpitait sous ses dents serrées. Il déplia ses doigts dans un mouvement d'une grâce calculée.

Lisbeth remarqua à cet instant précis que le rythme de la respiration de ses sœurs s'était calé sur le sien. La conviction de faire partie d'une entité unique et parfaite se fixa dans son esprit.

Elle fit un pas en avant.

Un tout petit pas.

Anton interrompit son chant lorsque la fusillade éclata au dernier étage. Il s'appuya contre une colonne de marbre, pris d'un vertige soudain. Dans l'assourdissant vacarme, il avait saisi dans le moindre détail le son de chaque détonation. Celles des fusils de ses sœurs, mais également celle d'un pistolet.

Un seul coup avait été tiré.

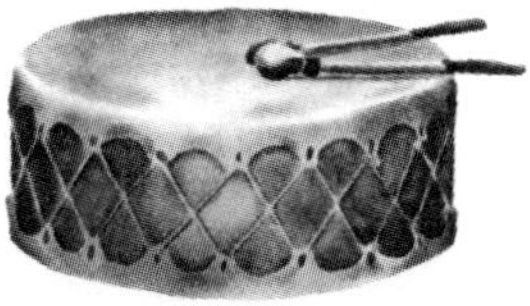

Chapitre 25
Place à la fête

Frederik Varka Junior gratifia la jeune serveuse d'un généreux pourboire. Cette dernière s'empressa de le débarrasser de son manteau, esquivant la main du jeune homme qui effleurait le bas de son dos. Elle fila à pas de souris jusqu'au vestiaire, empochant le billet qui lui avait été donné avec un empressement fébrile. Frederik laissa ses yeux vagabonder le long de la silhouette svelte avant de s'écrier d'une voix claire :

– Et maintenant, place à la fête !

Ses deux hommes de main acquiescèrent d'une moue entendue. Frederik navigua entre les tables avec aisance, saluant au passage Victor le Glabre et Emil le Polonais. Il chercha des yeux Arthur Conlay et lui adressa un signe amical de la main lorsque son regard se posa sur lui.

Ils étaient tous là. Trois générations réunies dans la même salle de ce cabaret clandestin de Chicago. Les ancêtres lutinaient la jeunesse, abusant de gestes déplacés et de propos grivois. Leur progéniture les observait avec un amusement complice. Quant aux plus jeunes, comme Frederik, ils goûtaient à cette puissance grisante à laquelle ils avaient enfin accès.

– Champagne ! commanda-t-il d'un ton autoritaire.

Ce soir, place à la fête, et il comptait bien en profiter. Il avait tant de choses à célébrer. Sa récente intronisation au sein de l'organisation. Les barons du crime lui avaient confié un poste important, comme il n'avait jamais osé en rêver. Il allait enfin pouvoir prouver de quoi il était capable.

Mais ce soir était également l'anniversaire de la mort de son père. Cela faisait huit ans qu'il avait été froidement assassiné dans sa propriété de La Nouvelle-Orléans. Huit ans qu'il avait en fin de compte cédé sa place à son fils unique.

Sa coupe déborda légèrement, il n'attendit pas que le niveau se stabilise pour en avaler une large lampée. La mousse laissa une trace d'écume sur sa lèvre supérieure, il la fit disparaître d'un coup de langue.

Sur la scène, un pianiste était penché sur le clavier de son instrument. Absorbé par sa musique, il ne semblait pas troublé par le brouhaha de la salle. Sa dextérité était telle qu'à lui seul, il parvenait à créer une ambiance.

Frederik but une autre gorgée avant de tendre son verre pour se faire resservir. L'ivresse montait doucement, comme le reflux d'une marée aux vagues pétillantes et gorgées de soleil. Ses hommes de main, eux, buvaient de l'eau. Frederik donna une tape amicale dans le dos de celui assis sur sa droite.

– Quelle fête ! Mais quelle fête, mes amis ! s'enthousiasma-t-il.

Un homme au crâne dégarni se présenta à leur table. Il tendit discrètement une enveloppe au jeune homme.

– Avec les félicitations de monsieur Banswitsky, murmura-t-il.

Frederik porta un toast en direction d'une table éloignée. Un homme d'une belle corpulence lui répondit en levant son verre. L'ensemble de la salle donnait l'impression de graviter autour de Frederik. Bientôt, sa table accueillit deux nouveaux invités, qui s'assirent après que leur hôte les y eut invités.

– Les affaires roulent, on dirait, dit l'un d'eux en guise d'introduction.

– Les affaires roulent, répéta l'autre en écho.

– Je n'ai pas à me plaindre, répondit Frederik dans un sourire.

Les deux rouquins avaient le regard fuyant. Ils étaient vêtus de costumes sombres dans lesquels flottaient leurs corps secs et nerveux. Leur diction était hachée et les mots s'échappaient de leur bouche avec le débit d'une mitraillette.

Ils discutèrent un bon moment, le visage penché vers l'avant pour éviter que des oreilles indiscrètes ne saisissent la moindre bribe de leur échange. Parfois pourtant, un mot s'échappait de la conversation pour venir flotter au-dessus de leur table : territoire, échange et même respect. En plein cœur de la négociation, Frederik leva les yeux pour murmurer :

– Il est pas mauvais, ce pianiste…

Puis, se tournant vers un de ses gardes du corps :

– Tu l'avais déjà vu ici ?

– La barmaid m'a dit qu'il était nouveau. C'est vrai qu'il est plutôt bon.

Les doigts du musicien couraient sur son clavier à une vitesse stupéfiante. Les notes s'enchaînaient avec souplesse et dextérité, la mélodie se révélait pour aussitôt s'effacer devant un passage plus technique. Le jeune homme faisait corps avec son instrument. Son visage s'animait, souriant, ou plus grave, au gré du morceau qu'il interprétait.

– Il est aveugle, précisa le garde du corps.

– Aveugle ? fit Frederik.

Il fut parcouru d'un frisson. Un souvenir désagréable venait de refaire surface dans sa mémoire. Ou plutôt un conseil lié à la mort de son père : « Méfie-toi des aveugles. » Un petit rire monta de sa gorge. Ce pianiste semblait bien inoffensif, le dos courbé sur son instrument. Une expression juvénile marquait les traits de son visage. Il ne devait pas avoir plus d'une vingtaine d'années. Frederik balaya son inquiétude d'un mouvement de tête, avant de s'étonner une nouvelle fois :

– C'est vrai qu'il est pas mauvais.

Un des rouquins le rappela à la conversation d'un claquement de doigts impatient.

– Veuillez m'excuser, leur dit Frederik, pour ce petit intermède musical.

Les chiffres s'invitèrent dans la conversation, et un mot dominait : pourcentage. Plus d'une fois, les visages des rouquins se voilèrent d'une note menaçante. Ils parvinrent toutefois à un accord, scellé par une vigoureuse poignée de main et une nouvelle tournée de champagne. Frederik vida son verre d'un trait, juste au moment où les lumières se tamisaient, annonçant l'imminence du spectacle. Frederik Varka Junior se cala dans son fauteuil et sortit un volumineux cigare de la poche de son veston. Il en offrit un à chacun de ses convives. La fumée enveloppa leur table avant de se dissiper dans les hauteurs de la salle.

Une jeune fille fit irruption sur la scène. Elle était vêtue d'une robe blanche qui descendait jusqu'aux mollets. Un murmure de désapprobation traversa le public. Les hommes présents étaient surtout là pour admirer de jolies paires de jambes dénudées. Sans se démonter, la jeune fille commença à chanter. Sa voix, de belle facture, calma aussitôt les mécontents. D'autant que les paroles de sa chanson évoquaient l'Ouest sauvage. Une vague de nostalgie saisit l'ensemble de la salle. Certains spectateurs retirèrent même leur chapeau. La fin de la chanson fut accueillie pas une salve d'applaudissements enthousiastes. La jeune chanteuse avait une présence indéniable sur scène et le public n'y était pas insensible. Une autre comédienne vint la rejoindre, vêtue de la même façon.

– On dirait des jumelles, murmura un des gardes du corps.

Elles effectuèrent un numéro d'équilibriste spectaculaire. Leurs mouvements étaient d'une grâce infinie. Elles tournoyaient l'une autour de l'autre, pour s'immobiliser de temps en temps dans une position acrobatique, défiant les lois de la gravité sous les murmures ébahis des spectateurs.

Une silhouette apparut dans le fond de la scène, vêtue à l'identique. Elle jonglait tout en s'avançant sous la lumière des projecteurs. Trois robes blanches virevoltaient à présent sur les planches.

– Quelque chose ne va pas, patron ? demanda le garde du corps.

– Non… non… c'est juste que je pensais à un truc…

– Rien de grave ?

Frederik ne répondit pas. Une forte appréhension lui serrait la gorge. Son instinct lui hurlait de quitter les lieux. Il jeta un regard effaré tout autour de lui. Les spectateurs riaient, sous le charme de la représentation. Victor le Glabre battait ses grosses mains en cadence avec la musique. Arthur Conlay sirotait un verre de whisky sans perdre une miette du spectacle. Personne ne paraissait partager le trouble de Frederik. Souvent, ses intuitions se révélaient bonnes. Dans le cas présent, son malaise était monté progressivement jusqu'à atteindre un paroxysme paranoïaque : il se passait quelque chose d'étrange dans cette salle de cabaret. Un verre de champagne pourrait peut-être atténuer son inquiétude… Il leva la main pour attirer l'attention d'une serveuse, avant de la baisser lentement, en proie à une angoisse terrible : il n'y avait plus aucune fille dans la salle. Elles s'étaient regroupées près du bar, dans le fond de la pièce.

– Patron ? demanda le garde du corps.

Frederik avait le regard rivé sur la scène. Une quatrième personne venait d'y faire son apparition. Habillée de blanc également, elle était plus grande que les autres. Son port altier souleva une rumeur d'admiration dans le public. Cette fille était d'une beauté à couper le souffle.

Un large tambour de guerre indien était fixé à sa taille. Elle s'avança vers le devant de la scène puis, d'un mouvement souple, elle se saisit des deux baguettes placées au dos de sa ceinture. Le pianiste s'interrompit lorsqu'elle commença à taper. La cadence était sourde et lancinante, à la manière des battements d'un cœur énorme. Le silence se fit progressivement alors que le rythme s'accélérait. Chacun semblait hypnotisé par la prestation de la jeune fille.

Frederik remarqua pourtant que le pianiste s'était levé pour se placer derrière son instrument. Les trois autres filles s'étaient déployées autour de la joueuse de tambour.

Une goutte de transpiration perla sur la tempe de Frederik.

Il posa ses mains sur la table, dans une attitude qui indiquait qu'il était sur le point de se lever. Il ne bougea pas pour autant.

Il savait qu'il était déjà trop tard.

N'importe qui aurait bondi vers la sortie, aurait compté sur le professionnalisme de ses gardes du corps. Mais Frederik en savait déjà beaucoup sur les sœurs et leur frère aveugle. Depuis tout petit, il avait entendu des histoires terribles à propos de cette famille. Il savait également qu'elles étaient responsables de la mort de son propre père.

Il reprit place lourdement sur son fauteuil.

Et attendit.

Le pianiste ouvrit le couvercle de son instrument pour en sortir quatre objets. Déjà, dans la salle, certains se ruaient sur leurs armes.

Peine perdue.

Anton lança les fusils à ses sœurs. Les filles les attrapèrent au vol et les armèrent dans le même mouvement. Le cliquetis du métal plongea le public dans un état de stupeur. Personne ne voulait vraiment croire à ce qui était en train de se passer.

Maureen s'avança sur le devant de la scène, fusil au poing.

– Pour notre sœur, Lisbeth, dit-elle.

Avant d'ouvrir le feu.

carnet de croquis

EXTRAITS III

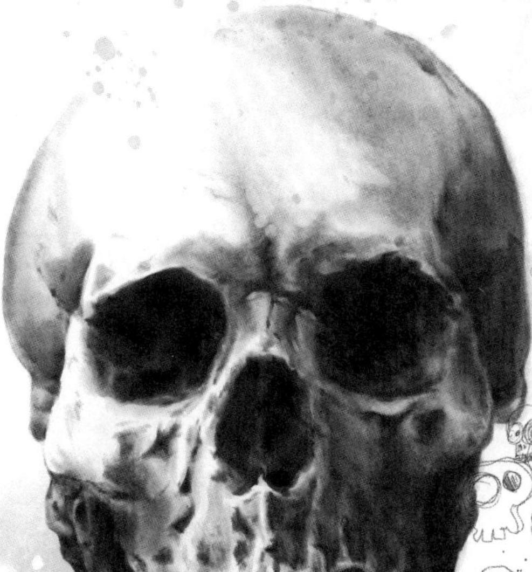

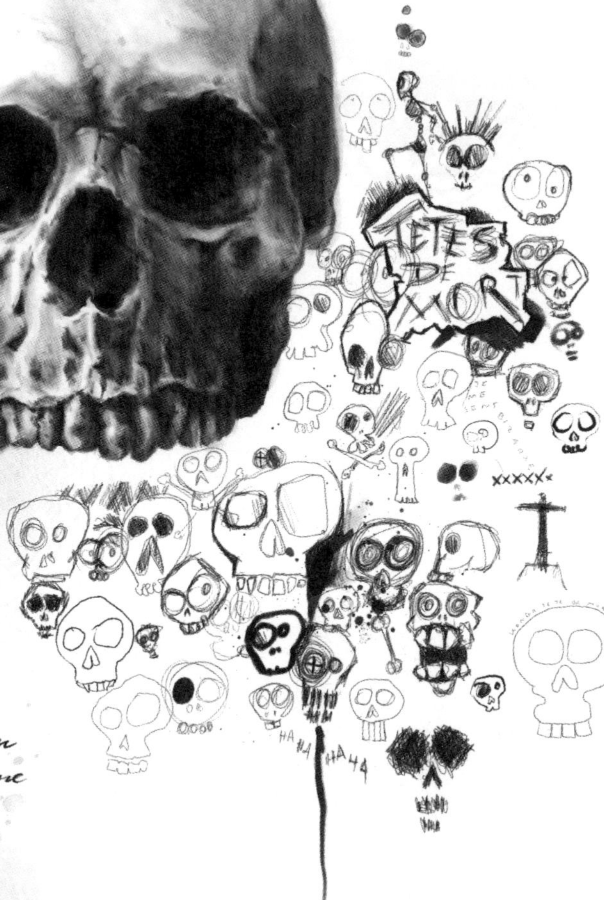

Parfois, un dessin vaut mieux qu'une longue phrase.

la Nouvelle-Orléans

*Dans les rues de
la Nouvelle-Orléans,
il y a comme le
parfum d'un envoûtement.
Une atmosphère hypnotique
à laquelle je peine à
résister. Et une voix
intérieure qui me sussure :
ce serait si bon
de s'y abandonner.*

Émilia Santander
Courtisane du cœur dur comme de la pierre
i.f.t. 9/10

IMMENSE déception !

depuis le temps qu'on nous parle de caïmans ! on n'en a pas vu la queue d'un dans les bayous...
(Celui-là a été dessiné d'après un modèle empaillé)

ÇA suffit !!!
les crânes de mort !!
Quand le dernier des salopards aura poussé son dernier souffle, alors je pourrai aller me reposer...
Raoul Rumbert
borgne sans foi ni loi
i.f.t : 9/10

Le vol de la grue cendrée
dans la mousse espagnole, ça grouille de vie
Bugs
Partout
Par millions
BZZZZZZZZ
ça bourdonne
ça crisse
ça vibre

ÉPILOGUE
Le gardien

– Qui êtes-vous ?

La vieille dame ne me répond pas. Son regard se perd vers l'horizon, par-delà les grands arbres du jardin.

– Si Lisbeth est morte, assassinée par Joseph, qui êtes-vous ? insisté-je.

Ses yeux finissent par se poser sur moi. Une lueur de défiance danse dans ses pupilles. L'espace d'un instant, je m'en veux d'avoir été aussi directe. Elle m'adresse un sourire, de toute évidence pour me signifier que cela n'a aucune importance. Puis elle me répond d'une voix calme :

– Je suis Maureen. Mais également Ellen, Samantha, Lisbeth et Abigaël. Je suis toutes les cinq réunies, dans l'osmose la plus parfaite. Je suis le bras armé de la vengeance. Je suis celle qui pointe son pistolet sur quiconque osera se dresser sur son chemin.

Elle a puisé dans ses dernières forces pour déclamer sa tirade.

– Je suis celle qui reste, termine-t-elle à bout de souffle.

Ses yeux se ferment. Je crains qu'elle ne se soit endormie. Mais ses mains restent crispées sur les accoudoirs de son fauteuil.

Ses paupières closes s'agitent, la vieille dame donne l'impression de scruter un vaste paysage intérieur, comme si elle cherchait désespérément un événement précis dans le chaos de ses souvenirs.

– Samantha est morte quelques années après le massacre de Chicago, dit-elle. La tuberculose. Elle était âgée de vingt-cinq ans. Puis ce fut le tour d'Ellen, bien plus tard. Un stupide accident de vélo, une mauvaise chute, une brève perte de conscience. Le manque de chance a fait le reste. Ses pertes de mémoire ont été de plus en plus fréquentes. Elle a passé le dernier mois de sa vie alitée. Nous étions à ses côtés, jusqu'au bout. Quand elle est partie, elle avait soixante-quatre ans.

Sa voix se fait plus sourde, légèrement enrouée. Elle ouvre de nouveau les yeux pour me fixer.

– Maureen nous a quittés il y a exactement dix jours. De toutes les cinq, elle était celle qui souhaitait plus que tout partir la dernière. Probablement pour se donner l'impression d'avoir accompli sa tâche, d'avoir conduit le troupeau jusqu'à l'étable et de pouvoir enfin se reposer une fois le travail terminé.

Un petit rire s'échappa d'entre ses lèvres.

– Le syndrome de la grande sœur, railla-t-elle. Je ne connais personne ayant vraiment réussi à y échapper. Et ça a été d'autant plus fort lorsque notre père est mort. C'est Maureen qui nous a conduits à travers toute cette folie. Elle a été notre guide, mais nous l'avons suivie en toute connaissance de cause. Nous avons abattu froidement les membres du gang des gabardines noires. Jusqu'à Joseph Dargent. Mais il nous en fallait plus. Toujours plus. Les familles entières de gangsters trépassaient sous notre passage. Notre appétit de vengeance était insatiable.

Ses yeux se gorgent de larmes.

– Abigaël ? l'appelé-je dans un murmure.

Elle lève la tête dans ma direction.

– Pas une fois, je n'ai pu effacer cette image de mes souvenirs. Au dernier étage de cette résidence, cet homme que nous détestions plus que tout au monde… Et ma sœur qui fait un pas en avant. Un tout petit pas. Comme pour s'offrir. Je me souviens de son sourire, je me souviens de son regard. De la résignation avec laquelle elle a posé son pied. Joseph a eu un moment d'hésitation. Mais comment faire autrement face à une telle détermination ?

Abigaël secoue la tête lentement.

– Il a tiré, une seule fois. Mes sœurs ont fait feu à leur tour. Tout a été si rapide. Et j'ai été la seule à regarder Lisbeth tomber. Sa chute m'a semblé durer une éternité. Comme si son corps entier se relâchait. Comme si le tuteur qui lui permettait de se tenir debout depuis toujours venait de se briser brutalement. Ses cheveux ont tournoyé, ses yeux se sont lentement éteints. Malgré la violence de la situation, son départ vers l'au-delà s'est fait dans une douceur inouïe. Elle a flotté un long moment, avant de s'affaisser sur le sol. Elle était ma sœur, ma jumelle…

Une larme aussi grosse qu'une perle roule sur sa joue.

– Je suis si fatiguée, chuchote-t-elle.

Je comprends qu'il est l'heure pour moi de prendre congé. Je me lève et pose mes mains sur les siennes. Elle évite mon regard, gênée par ce chagrin qu'elle ne peut contenir.

– Si fatiguée, répète-t-elle.

– Je reviendrai la semaine prochaine ? lui demandé-je.

Elle ne me répond pas. Je m'éloigne à tâtons.

– Attendez, me dit-elle au moment où j'ouvre la porte de sa chambre.

Elle me tend une enveloppe blanche. Je reconnais la lettre que son père leur a écrite, juste avant de mourir.

– Lisez-la, me dit Abigaël. Je pense qu'il s'agit de la dernière chose dont aurez besoin pour terminer votre article.

Je glisse l'enveloppe dans la poche de mon imperméable. Une fois dehors, j'inspire une grande goulée. Le froid vif me fouette le visage, les yeux me piquent. Malgré tout, j'éprouve un grand soulagement à me trouver enfin à l'air libre. La chambre d'Abigaël m'avait paru si minuscule à la fin de son récit.

Je marche d'un bon pas et choisis de contourner Central Park avant de prendre le métro. Le ciel est sombre, la pluie ne va pas tarder à tomber. Je reçois une première goutte sur la joue. La station de métro n'est plus qu'à une centaine de mètres, je m'y engouffre en prenant garde à ne pas glisser sur les marches humides.

La rame est bondée. Une odeur de chien mouillé irrite mes narines. Je me presse dans un coin, cherchant à éviter le contact. Une dizaine de stations plus loin, je descends enfin. Mon appartement se situe à deux blocs. Le bruit de mes pas claque sur la chaussée. Je salue brièvement le concierge en entrant dans l'immeuble, avant de gravir quatre à quatre les escaliers qui montent jusqu'à mon appartement. Là, je m'assieds sur le lit et, sans pouvoir me contrôler, je me mets à pleurer.

Je me réveille au petit matin, encore tout habillée. Je peine à savoir où je me trouve. Difficile de reprendre le cours de ma vie… J'ai rendez-vous à la rédaction ce matin. Alors que je m'apprête à aller me doucher, le téléphone se met à sonner. Les nouvelles ne sont pas bonnes : Abigaël est morte dans la nuit.

Ce n'est qu'au bout d'une semaine que je me souviens de la présence de l'enveloppe dans la poche de ma veste. Le papier est gondolé, probablement à cause de l'averse du premier soir. Je fais tourner l'objet dans mes mains. Il appartient à Abigaël, et je n'ai aucun moyen de le lui restituer. J'ai cherché à assister à ses funérailles, sans succès. Le lendemain de sa mort, j'ai appelé la maison de retraite pour savoir quand se déroulerait la cérémonie.

– On est venu chercher le corps, m'a répondu la dame de l'accueil.

– Qui ça, on ?

Elle a été incapable de me répondre. Abigaël avait disparu de ma vie aussi rapidement qu'elle y était entrée. J'oscillais entre tristesse et dégoût.

Le travail m'a empêchée de trop ruminer. J'avais largement de quoi écrire mon article. Le récit de la vieille dame a été foisonnant. Je me suis lancée sans réfléchir, penchée sur ma machine à écrire. J'ai envoyé une première version à mon rédacteur en chef, et son accueil a été plutôt enthousiaste. J'avais pourtant l'impression qu'il manquait quelque chose à ma production. C'est à ce moment que je me suis souvenue de la lettre.

J'hésite avant de l'ouvrir. Elle ne contient qu'un seul feuillet. Le papier a jauni, sûrement a-t-il été longuement manipulé sous les rayons du soleil ? L'écriture est fine et appliquée. Je n'ai qu'une vision approximative d'Hidalgo, d'après les descriptions d'Abigaël. Je l'imagine pourtant sans peine, écrivant à la lumière d'une chandelle, alors que le reste de sa famille dort à poings fermés. Je l'imagine se concentrant sur chaque mot, afin que ses phrases trouvent le sens exact.

Mes enfants,

Me voilà de nouveau projetée un siècle en arrière. Alors que le ciel s'apprêtait à se voiler de fureur.

Un jour je ne serai plus. Mais ce jour ne sera pas vraiment celui de la séparation. Car même si je ne suis plus là physiquement, je compte bien subsister encore de longues années dans votre mémoire.

Mes enfants, vous êtes les personnes auxquelles je tiens le plus au monde. Je pense que ce n'est pas une révélation, vous avez probablement dû le remarquer à travers l'éducation que j'ai cherché à vous prodiguer quotidiennement. Et à travers mon affection sincère.

J'ai mis un point d'honneur à vous inculquer les valeurs qui ont fait de moi ce que je suis. Le courage est l'une des plus importantes.

Le courage d'affronter la vie, sans jamais baisser les yeux. Mais également le courage de dire non alors que la majorité dit oui. Le courage de faire face à ses faiblesses, d'assumer sa tristesse et les journées de désespoir. Car c'est aussi de cela que l'homme est fait. Méfiez-vous des gens qui sourient tout le temps.

Le courage est une qualité, mais c'est aussi une vertu. Il faut être courageux dans ses renoncements. La facilité se présente à tous les carrefours de l'existence. Est-elle seulement le juste choix ? Permet-elle seulement de s'élever ?

Je souhaite de tout cœur que vous ayez le courage de surmonter les obstacles qui se dresseront devant vous. De ne pas forcément choisir la solution de facilité, mais celle où vous aurez l'occasion de vous surpasser vous-mêmes. C'est ce qui, selon moi, vous permettra de vivre une vie digne d'être vécue.

La mienne n'a pas été exempte de défauts. J'ai commis des erreurs. Et je pressens que vous en commettrez également.

La vengeance n'est pas une bonne chose.

Mais je vous imagine mal régler mon départ d'une autre façon. « Les chiens ne font pas des chats », comme on dit.

Vous avez à votre disposition suffisamment de talents pour que vos adversaires passent un sale quart d'heure. Je ne sais pas cependant si cette perspective doit me rassurer. Vous allez vous précipiter dans la vie, et je ne serai plus là pour vous conseiller. Les émotions telles que la colère ou la tristesse risquent de vous submerger et d'altérer vos actions.

La vengeance n'est pas une bonne chose.

Mais je crains de ne vous laisser aucune autre alternative. Je vous ai élevés dans un monde violent. J'ai vécu selon un mode de vie violent et je terminerai probablement en adéquation avec ma pathétique existence.

Vous avez eu un père. Je regrette de ne pas avoir été capable d'être aussi votre mère. Un peu de douceur ne peut nuire, surtout lorsque l'on vit dans l'Ouest sauvage.

Les esprits avisés argueront qu'il faut laisser la société œuvrer pour la justice. Que la loi du talion ne peut être appliquée dans un monde civilisé. Existe-t-il seulement une justice en Amérique ? Qui plus est pour des personnes de votre sexe… Les femmes n'ont pas leur place ici. Je me souviens des premières paroles que nous avions entendues de la bouche de Malone. Et plus le temps passe, plus je me dis qu'il avait raison. Des siècles s'écouleront probablement avant que vous soyez prises en considération.

La vengeance n'est pas une bonne chose.

C'est ce que me dicte ma raison. Mais si j'écoute – ne serait-ce qu'une seconde – parler mon cœur… Ce que la société ne vous accorde pas, il vous faudra l'obtenir à la sueur de votre front.

Mais le bon sens me conduit à vous faire renoncer à votre vengeance. Je ne vois pas comment y parvenir. Même en évoquant une nouvelle fois les solutions de facilité. Peut-être est-il plus courageux de renoncer à faire couler le sang ? Peut-être est-ce cela, le vrai courage : vivre avec une sensation d'inachevé… Avec la conscience que ceux qui vous ont causé du tort courent toujours, en toute impunité. La vengeance ne résoudra rien, ça, je peux vous le garantir. La vengeance ne me fera pas revenir.

Je vous connais… comme si je vous avais faits.

Un jour ou l'autre, votre nature profonde prendra les rênes de votre destinée et vous fera vous opposer à mon autorité et faire fi de mes recommandations.

Peut-être bien pour réaliser par vous-mêmes que j'ai raison : la vengeance a un goût amer.

Et peut-être que ce sera en définitive l'acte le plus courageux que vous puissiez réaliser : vous affranchir de mon autorité.

Quel que soit votre choix, je serai toujours là pour vous accompagner.

Votre père qui vous aime.

Hidalgo.

★

Il m'a fallu un an et demi pour trouver l'endroit.

Un vieil homme m'accueille. Je l'appelle par son prénom :

– Anton ?

Il me répond d'un sourire et prend mes mains dans les siennes. Nous restons là un long moment. Il palpe mes doigts, comme s'il cherchait à faire connaissance de cette façon, alors que son regard vide se perd dans le mien. Malgré les rides, son visage a conservé une douceur d'enfance. Les scènes que j'avais imaginées s'enrichissent de détails qui me laissent le souffle court. Je le vois, caché dans un buisson, la mine affolée, hésitant à saisir la main tendue d'Hidalgo. Je le découvre, ballotté par les cahots du chariot, écoutant avec une attention admirative ses sœurs lui conter l'histoire de leur vie. Je l'identifie comme le témoin aveugle de toute cette épopée, toujours en retrait, uniquement sensible aux émotions.

Dans son dos, la maison familiale – Santa Esmeralda – dépasse largement les projections que j'avais pu faire. L'édifice s'élève sur deux étages, construit uniquement en bois. Le jardin qui ceint la bâtisse vibre de mille couleurs. Anton accentue la pression de ses mains sur les miennes.

Puis il me tire pour me guider à travers un petit chemin de terre qui descend en contrebas de la maison. Les arbres bruissent pour saluer notre progression. Un lièvre traverse juste devant nous, s'arrêtant le temps de nous lancer un regard effarouché. Le clapotis de la rivière monte jusqu'à nous.

Malgré son grand âge et sa cécité, Anton marche d'un pas alerte. Nous débouchons sur une clairière, la vallée s'offre à moi dans toute sa splendeur, telle que je l'avais imaginée à travers les récits d'Abigaël. Les montagnes escarpées offrent aux rayons du soleil leurs neiges éternelles. L'herbe est si grasse qu'elle crisse sous chaque pas. La nature palpite d'une énergie foisonnante. Je m'abandonne à ce spectacle, le souffle coupé.

– C'est ici, murmure alors Anton.

Les cinq tombes sont disposées dans un alignement parfait. La terre qui recouvre celle d'Abigaël est plus fraîche que les autres. Je m'agenouille devant. Mes doigts se perdent dans la glaise alors que je lui adresse une pensée muette. Un oiseau se pose sur la croix et pousse un cri avant de s'envoler. Je sors l'enveloppe de ma poche et la pose au milieu des fleurs disposées sur le monticule.

– Merci, murmuré-je.

Puis je parcours du regard les autres tombes. Celle du bout est plus volumineuse. Une photo est disposée contre la croix. Hidalgo ressemble à l'homme que je m'étais imaginé. Les traits secs et le regard franc, fixant avec une attention étrange l'objectif de l'appareil photo.

– Un jour, je trouverai ma place parmi ma famille, dit Anton. Et ce jour-là, notre épopée entrera véritablement dans l'histoire.

Ses mots sonnent comme un regret. Je me redresse pour prendre sa main dans la mienne.

– Vous ne sombrerez pas dans l'oubli, lui murmuré-je.

Un éclat traverse son visage alors que je lui dis :

– Je t'en fais la promesse.

Il me suffit de fermer les yeux...
Ça commence toujours par ce filet d'air
qui me caresse le visage. Puis viennent les odeurs.
Celle de la terre humide, des fleurs des champs.
Et les sons qui montent peu à peu dans
mon esprit. Le pépiement des oiseaux, le cri du rapace
qui s'apprête à fondre sur sa proie, le bruissement
des feuillages, le chant cristallin du torrent.
Il me suffit juste de fermer les yeux.

Le paradis est à portée.
Au seuil de mes souvenirs.

Remerciements

Merci à tous ceux qui m'ont accompagné pendant cette traversée de l'Ouest sauvage : June, Nils et Mona pour la grande fête quotidienne du haricot rouge, ma Maman, parce qu'à l'ouest de Paris, il y a Gif-sur-Yvette, Nadine et Dominique pour leur accueil lors d'une poignée de chapitres, François et Isabelle pour leur accueil lors de quelques chapitres de plus, Rbk pour ses conseils en dessin que j'ai fait semblant de ne pas suivre (mais qu'en fait j'ai suivi un peu mais point trop n'en faut parce que des fois tu m'énerves). Merci aux modèles qui ont accepté de prêter leur trogne aux personnages de ce roman : Nils, Luis Alberto, Olaf, Tibert, Gaël, Caroline et Antoine. Merci à *l'école des loisirs* et plus particulièrement Véronique et Laure pour leur diligence (le fait d'être diligent, hein, pas la voiture tirée par des chevaux). Et enfin merci à Pépé (le seul, l'unique, mais qui malheureusement n'est plus là pour accueillir ma gratitude) avec qui j'ai partagé de multiples soirées western (prononcez *Vestern*).